To Desire A Devil
by Elizabeth Hoyt

初恋と追憶の肖像画

エリザベス・ホイト
琴葉かいら[訳]

ライムブックス

TO DESIRE A DEVIL
by Elizabeth Hoyt

初恋と追憶の肖像画

主要登場人物

ホープ子爵レノー・セント・オーバン……………………死んだと思われていた元軍人
ベアトリス・コーニング……………………………………かつてのレノーの屋敷に住む令嬢
ブランチャード伯爵レジナルド・セント・オーバン……ベアトリスの伯父、レノーの父親の爵位を継いだ親戚
ジェレミー・オーツ…………………………………………ベアトリスの幼なじみ
ヴェール子爵ジャスパー・レンショー……………………レノーの親友、同じ連隊にいた元大尉
メリサンド・レンショー（レディ・ヴェール）…………ジャスパーの妻
ロッティ・グラハム…………………………………………ベアトリスの親友
ネイサン（ネイト）・グラハム……………………………ロッティの夫、庶民院の議員
エメリーン・ハートリー……………………………………レノーの妹
サミュエル・ハートリー……………………………………エメリーンの夫、レノーの連隊にいた元軍人
クリステル・モリヌー（タント・クリステル）…………レノーの叔母
アリスター・マンロー………………………………………レノーの連隊に同行していた博物学者
ヘレン・マンロー……………………………………………アリスターの妻
ハッセルソープ卿……………………………………………レジナルドの議員仲間
リスター公爵アルジャーノン・ダウニー…………………レジナルドの議員仲間

プロローグ

　昔々、名もない国で、ひとりの兵士が戦争を終えて帰路についていた。三人の仲間と何キロもの距離を歩いてきたが、十字路でそれぞれの道に分かれた。その後もひとり歩き続け、やがて靴から小石を取り除くために足を止めて腰を下ろした。

　兵士は靴を履いたが、まだ旅を再開する気にはなれなかった。長い間戦争に行っていたため、故郷に戻っても誰も待っていないことはわかっていた。帰還を歓迎してくれたはずの人たちは、とっくに死んでいる。たとえ生きていても、長年の間にすっかり変わってしまった自分に気づいてくれたかどうか。戦争に行った人間は、同じ人間のまま戻ってくることは決してない。恐怖と欠乏、勇気と喪失、殺戮と退屈が一分ごとに、一日ごとに、一年ごとに巧みに作用し、良くも悪くもかつての姿をゆがめ、ついにはまったくの別人に変えてしまう。

　兵士は岩に腰かけ、頬に涼しい風を受けながら、つらつらとそんなことを考えていた。傍らには大きな剣が置かれ、兵士はその剣にちなんだ名前で呼ばれていた。

　彼の名は、長剣《ロングソード》……。

『ロングソード』より

1

ロングソードの剣はたぐいまれなるもので、重く、鋭く、威力があるだけでなく、ロングソード本人でないと振るうことができなかった……。

『ロングソード』より

イングランド、ロンドン
一七六五年一〇月

政治目的のお茶会ほど退屈な催しはない。この手の社交行事の女主人は、とにかく何か、何でもいいから、パーティに刺激を与える出来事が起こってほしいと切に願うものだ。

とはいえ、死人がお茶会に乱入してくるのは少々刺激が強すぎるのではないかと、ベアトリス・コーニングはあとになって思った。

死人の乱入劇が起こるまでは、お茶会はいつもと何ら変わりなかった。要するに、どうしようもなくつまらなかったということだ。ベアトリスが会場に選んだのは青の間という部屋で、当然ながら青色をしていた。おとなしく落ち着いた、つまらない青色だ。白い柱形が壁に並び、天井まで伸びて、先端には控えめに渦巻き模様が入っている。テーブルと椅子がそこらじゅうに置かれ、中央には遅咲きのウラギクの花瓶がのった楕円形のテーブルが据えられている。軽食として用意されているのは、薄く切ってバターを塗ったパンや、淡いピンク色の小さなケーキなどだ。ベアトリスは彩りを良くするためだけにでも、ラズベリータルトを出したいと言い張ったのだが、その案はレジー伯父——世間ではブランチャード伯爵として通っている——に却下された。

ベアトリスはため息をついた。レジー伯父は愛すべき人だが、けちなところがある。おかげで、ワインは水で薄められてしなびた薔薇のような色をし、紅茶も薄すぎてティーカップの底に描かれた小さな青い塔が透けていた。ベアトリスは部屋の向こう側に立っている伯父に目をやった。ずんぐりしたがに股の脚をふんばり、腰に両手を当てて、ハッセルソープ卿と熱心に議論している。本人はケーキの味見をするつもりはないようで、よく見ると、ワイングラスも一度しか満たされていないのがわかる。憤慨しすぎたのか、かつらが斜めにゆがんでいた。ベアトリスは唇に愛情のこもった笑みが浮かぶのを感じた。まあ、大変だわ。従僕のひとりに合図して持っていた皿を渡し、伯父の身だしなみを直すために、ジグザグに歩いてゆっくりと部屋の奥に向かった。

ところが、目的地まであと四分の一というところで、誰かに軽く肘に触れられ、耳元でささやかれて足を止めた。「ねえ見て……公爵様がお得意の怒ったタラの物まねをしているわ」

ベアトリスが振り返ると、シェリーのような茶色のきらめく目と視線が合った。ロッティ・グラハムは身長一五〇センチと少し、ふくよかな体つきをしていて、髪は黒っぽく、そばかすの散った無邪気そうな丸顔からは想像もつかない鋭い知性を備えている。

「物まねなんてするはずないでしょう」ベアトリスはそうつぶやきながら、何気なく振り返ってたじろいだ。ロッティの言ったことは正しく——いつものことだ——リスター公爵は怒った魚そっくりに見えた。「ともかく、タラが怒ることなんてある？」

「そのとおり」それが言いたかったのだと言わんばかりに、ロッティはうなずいた。「あの人は嫌いよ、昔から。政治理念とはまったく関係なしにね」

「しいっ」ベアトリスはたしなめた。ふたりだけで立っているとはいえ、近くには紳士たちの輪がいくつもあり、その気になれば立ち聞きはできる。室内にいる男性は全員が筋金入りのトーリー党（現在の保守党の前身にあたるイギリスの政党）員のため、ベアトリスたちがホイッグ党（のちの自由党、現在の自由民主党の前身にあたるイギリスの政党）寄りであることは隠さなければならない。

「あら、まあ、ベアトリスったら」ロッティは言った。「ここにいる博識の紳士のどなたかがわたしの言葉を聞きつけたとしても、このかわいらしい頭に少しでも意見というものが存在するなんて想像もできないわよ。その意見が自分たちの考えとは相容れないとなればなおさら」

「ミスター・グラハムも？」

ふたりは部屋の隅にいる真っ白なかつらをかぶったハンサムな若い男性を見た。頬をピンク色に染め、目を輝かせて、背筋を伸ばした堂々たる立ち姿で話をし、紳士たちを楽しませている。

「特にネイトはそうよ」ロッティは言い、夫に向かって顔をしかめた。

ベアトリスはロッティのほうに顔を向けた。「でも、わたしたちの側に引き入れる作戦はうまくいっているんじゃないの？」

「勘違いだったわ」ロッティは軽い口調で言った。「ネイトは自分が賛成だろうとなかろうと、ほかのトーリー党員の意向に従うの。大風の中のシジュウカラみたいに、びくともしないわ。だから、イギリス軍の退役軍人に恩給を出すというミスター・ホイートンの議案には、反対票を投じるんじゃないかしら」

ベアトリスは唇を嚙んだ。ロッティの口調は軽薄とも呼べるほどだが、本当は落胆しているのがわかった。「残念ね」

ロッティは片方の肩をすくめた。「おかしな話だけど、あんなふうに簡単に丸め込まれる夫に比べれば、わたしとは真逆の意見でも熱意を持って示せる人のほうがよっぽど好感を持てるわ。わたしって理想主義者なのかしら？」

「いいえ、それだけあなたが強い気持ちを持っているということよ」ベアトリスはロッティと腕を組んだ。「それに、わたしならミスター・グラハムのこともあきらめないわ。だって、あなたを愛しているんだもの」

「ええ、わかってる」ロッティは近くのテーブルに置かれたピンク色のケーキの盆を眺めた。

はだいぶましね」
「だからこそ、この状況は悲惨なのよ」口にケーキをひとつ放り込む。「ふうん。見た目より
「ロッティ！」ベアトリスは笑いまじりに抗議した。
「だって本当だもの。いかにもトーリー党らしい小さなケーキだから、埃みたいな味がする
んじゃないかと思ってたけど、ほのかに薔薇のいい香りがするわ」ロッティはケーキをもう
ひとつ取って食べた。「ブランチャード卿のかつらがずれてるんだけど、気づいてる？」
「ええ」ベアトリスはため息をついた。「それを直しに行こうとしていたときに、あなたに
呼び止められたのよ」
「あら。じゃあ、お魚さんに立ち向かわないとね」
ベアトリスが目をやると、リスター公爵がレジー伯父とハッセルソープ卿に合流したとこ
ろだった。「最高。それでも、かわいそうなレジー伯父様のかつらは直してあげないと」
「まあ、勇敢な人」ロッティは言った。「わたしはここでケーキの見張りをしているわ」
「弱虫」ベアトリスは小声で言った。
唇に笑みを浮かべ、伯父がいる輪に向かって再び歩きだす。もちろん、ロッティの言うこ
とは正しい。伯父の客間に集っている紳士は、有力なトーリー党員ばかりだ。大半が貴族院
に所属しているが、ネイサン・グラハムのように庶民院の議員もいる。ベアトリスが政治的
な意見を持っていることを知っただけでも、紳士たちは憤慨するだろうし、それが伯父とは
反対の意見であるなどもってのほかだ。いつもならベアトリスも政治的見解は胸に秘めてお

くのだが、退役軍人に正当な恩給が支給されるかどうかは、見過ごすには重要すぎる問題だった。戦争の傷がひとりの人間に与える影響の大きさを、その影響がイギリス軍を除隊されてから何年間も続くものであることを、ベアトリスは目の当たりにしていた。というより、ただ単純に……。

青の間のドアが荒々しく開き、壁に打ちつけられた。部屋中の頭がいっせいに振り向いて、そこに立っている男性を見た。背が高く、信じられないほど広い肩幅が戸口をふさいでいる。地味な革のレギングのようなものとシャツ、鮮やかな青い上着といういでたちだ。ぼさぼさの長い黒髪は背中に垂れ、伸びすぎたひげは痩せたあごを覆い隠さんばかり。片耳から鉄製の十字架が垂れ、ウエストに巻いたひもにさやのない巨大なナイフがぶら下がっている。そして、ずっと前に死んだはずの男性と同じ目をしていた。

「いったい誰――」レジー伯父が言いかけたとき、その声をかき消すように、低くざらついた男の声が響いた。

「父はどこだ《ウ・エ・モン・ペール》？」

男はベアトリスをまっすぐ、室内にはほかに誰もいないかのように見つめた。ベアトリスは凍りつき、頭がぼうっとしてわけがわからないまま、楕円形のテーブルに片手をついた。そんなはずが……。

男はベアトリスのほうに歩いてきたが、その足取りはしっかりしていて傲慢で、いらだたしげだった。「父に会わせてくれと言っている《ジャンシスト・シュル・ル・フエ・ド・ヴォワ・モン・ペール》！」

「わたし……あなたのお父様の居場所は知らないわ」ベアトリスはつかえながら言った。男の歩幅は大きく、ふたりの間の距離は縮まっていく。もうすぐ目の前まで来そうだ。誰も動こうとせず、ベアトリスは勉強したはずのフランス語をまるで思い出せなかった。「お願い、わたしは知らない――」

だが、男はすでに近くに来ていて、大きく粗野な手をベアトリスに向かって伸ばしていた。ベアトリスはたじろいだ。なすすべがない。悪魔が自らベアトリスを捕まえに自宅まで、よりによって退屈なお茶会の最中にやってきたかのようだった。

そのとき、男はよろめいた。浅黒い片手が体を支えるようにテーブルをつかんだが、小さなテーブルはその負荷に耐えられなかった。男はテーブルもろとも倒れ、膝をついた。花瓶が男のそばの床に落ちて割れ、花びらと水とガラス片が飛び散った。男は絨毯《じゅうたん》に倒れ込みながらも、怒りに満ちた目でベアトリスの視線をとらえていた。そして白目をむき、気を失った。

誰かが悲鳴をあげた。

「何ということだ！　ベアトリス、大丈夫か？　執事はいったいどこにいる？」

レジー伯父の声が背後から聞こえたが、すでにベアトリスは、花瓶からこぼれた水はお構いなしに、倒れた男性のそばに膝をついていた。おずおずと唇に手を触れると、かすかに息がかかるのが感じられた。まだ生きているのだ。ああ、よかった！　ずっしりした頭を両の手のひらではさみ、膝にのせて顔がよく見えるようにする。

ベアトリスは息をのんだ。

男は刺青《いれずみ》をしていた。三羽の鳥の図柄が右目のまわりを、野蛮に荒々しく飛んでいる。威厳ある黒い目は閉じられていたが、眉はひそめられてかすかにしわが寄り、意識はなくともベアトリスを責めているかのようだった。ひげは伸び放題で長さ五センチはあったが、それとは不釣り合いなほど優美な口がのぞいている。唇は引き締まっていて、上唇は厚みがあり、官能的な弓形を描いていた。

「ベアトリス、お願いだからその……それから離れてくれ」レジー伯父は言った。ベアトリスの腕に手をかけ、立ち上がるよううながす。「おまえが動いてくれないと、従僕がこいつを屋敷から追い出すことができない」

「従僕には渡さないわ」その信じがたい顔を見つめたまま、ベアトリスは言った。

「いい子だから……」

レジー伯父のその声に、ベアトリスは顔を上げた。いらだちに顔を赤くしていても、レジー伯父は愛すべき人に見えた。この人が誰であるかを知ったら死んでしまうかもしれない。それから、わたしも……わたしにとっても、その事実はどういう意味があるというの？

「ホープ子爵なの」

レジー伯父は目をしばたたいた。「何だって？」

「ホープ子爵なのよ」

ふたりは揃ってドアのそばの肖像画のほうを向いた。容姿端麗な若い男性を、現伯爵の前の継承者を描いた絵だ。この男性が亡くなったために、レジー伯父は爵位を継ぐことができ、ブランチャード伯爵となったのだ。

黒い、まぶたの垂れた目が、肖像画からこちらを見つめている。

ベアトリスは生身の男性を振り返った。今は閉じられているが、その目はよく覚えている。黒く、怒りに満ち、きらきらと輝いていて、この肖像画の目とそっくりだった。

驚きのあまり、心臓が止まる思いだった。

ホープ子爵、レノー・セント・オーバン、すなわち本物のブランチャード伯爵は生きていたのだ。

ハッセルソープ卿、リチャード・マドックは、気を失って倒れている狂人をブランチャード伯爵の従僕たちが居間の床から持ち上げるのを見ていた。男がホールの執事と従僕をどうやって突破してきたのかは、誰にもわからない。ブランチャードはもっと客のことを考えたほうがいい。何しろ、この部屋はトーリー党の有力者でいっぱいなのだから。

「馬鹿め」ハッセルソープの思いを代弁するように、リスター卿が隣でぶつくさ言った。「屋敷が安全でないのなら、ブランチャードは警備を余分に雇うべきだった」

ハッセルソープは低くうなり、水で薄められたまずいワインをすすった。従僕たちはすでにドアの前まで進んでいたが、野蛮な狂人の重みに苦労しているようだった。伯爵と姪は、低い声で話しながら従僕たちに続いている。ブランチャードがちらりと見てきたので、ハッセルソープは非難するように眉を上げた。伯爵は慌てて目をそらした。地位はブランチャードのほうが上かもしれないが、政治的影響力はハッセルソープのほうがはるかに大きい。その事実は日ごろから気軽に利用するようにしていた。ブランチャードはリスター公爵と並んで、議会における最大の味方だ。ハッセルソープは首相の椅子を狙っていたが、リスターとブランチャードの後ろ盾があれば、来年中には実現できそうだった。

計画どおりに事が運べばの話だが。

短い行列が部屋を出ていくと、ハッセルソープは客に視線を戻し、かすかに顔をしかめた。男が倒れていた場所の近くにいた人々が小さな輪に分かれ、低い声で興奮気味にささやき合っている。何かあったようだ。何らかの情報がさざ波のように、人だかりの外側に広がっていくのが見て取れた。その知らせが新たな輪に到達するごとに、紳士たちは眉をぴくりと上げ、かつら頭を寄せ合った。

ネイサン・グラハムという若い男性が、近くの噂話の集団の中にいた。グラハムは庶民院議員に選出されたばかりの野心家で、大志を支える財産と演説の才能を持っている。警戒すべき若者だが、都合良く利用できる可能性もあった。

グラハムは輪から飛び出し、部屋の隅に立つハッセルソープとリスターのもとにやってきた。「ホープ子爵だという話です」

ハッセルソープはわけがわからず、目をしばたたいた。「誰が?」

「あの男ですよ!」グラハムは割れた花瓶をメイドが片づけている場所を示した。

「ありえない」リスターがうなった。「ホープは六年前に死んだ」

「なぜあれがホープということになるんだ?」ハッセルソープは静かにたずねた。

グラハムは肩をすくめた。「似ているのです。あの男が部屋に飛び込んできたとき、わたしは顔が見えるくらい近くにいました。あの目……そうですね、〝たぐいまれ〟としか言いようがない」

「たぐいまれだろうと何だろうと、目だけでは死人がよみがえった証拠にはならない」リスターは言った。

リスターの口調に有無を言わさぬ威厳があるのは無理のない話だった。リスターは背が高く、腹が出た大柄な男性で、誰にも否定できない存在感を備えている。また、イングランドきっての権力者のひとりでもあった。だから、リスターが口を開くと、人は当然のように耳を傾けるのだ。

「はい、公爵様」グラハムはリスターに小さくおじぎをした。「でも、男は父親のことをたずねていたのです」

それに続く言葉は、グラハムが言わなくても皆わかっていた。〝そして、今わたしたちがいるのは、ブランチャード伯爵のロンドンの屋敷です〟

「ばかばかしい」リスターはためらったあと、声を落として言った。「もしあれがホープなら、ブランチャードはたった今、爵位を失ったことになる」

意味ありげにハッセルソープを見る。爵位を失えば、ブランチャードは貴族院にいられなくなる。大事な味方がいなくなってしまう。

ハッセルソープは顔をしかめ、ドアのそばに掛けられた等身大の肖像画のほうを向いた。その絵のモデルになったとき、ホープは若く、まだ二〇歳くらいだったようだ。肖像画には、汚れのないピンクがかった白い頬と、明るく澄んだ目で笑う若者が描かれていた。もしあの狂人がホープなら、ずいぶん様変わりしたことになる。

ハッセルソープはリスターに向き直り、ユーモアのない笑みを浮かべた。「狂人がブランチャードの座を奪うことはできない。それ以前に、まだ誰もあの男がホープであることを証明していないんだ。警戒する理由はない」

ハッセルソープはワインを飲んだ。外面こそ冷静で落ち着いた様子を保っていたが、内心ではその一文に続きがあることに気づいていた。

警戒する理由はない……今は、まだ。

従僕は四人がかりでホープ子爵を持ち上げ、今もその重みによろよろしていた。ベアトリスはレジー伯父とともに従僕たちの後ろを歩きながら、彼らが今にも子爵を落としてしまうのではないかと思い、注意深く様子を見守っていた。伯父を説得し、意識不明の男性は空いている寝室に連れていくことにしたのだが、伯父はその件にまったく納得がいっていなかった。もともと、男を表に放り出してしまおうと思っていたのだ。ベアトリスの判断はもっと慎重だったが、それはキリスト教徒としての慈悲だけでなく、もしこの男性がホープ子爵だった場合、放り出してしまえば自分たちの立場がまずくなると考えたからでもあった。

従僕たちは重荷によろめきながらホールに出た。ホープ卿は肖像画よりも痩せていたが、それでもかなり長身の男性だ。一八〇センチ以上はあるだろう。ベアトリスは身震いした。幸い、ベアトリスを恐ろしい目つきでにらみつけたあとは、意識を失ったままだ。もし意識を取り戻していたら、少しも動かせていないかもしれない。

「ホープ子爵は死んだ」レジー伯父はベアトリスの隣を歩きながら言った。自分で言ったことを、自分でも信じていないような口ぶりだ。「六年前に死んだんだ！」

「伯父様、お願い、興奮してはだめよ」ベアトリスは心配そうに言った。本人は指摘されるのをいやがるが、レジー伯父はつい一カ月前、卒中を起こしている。発作が起こったとき、ベアトリスは心底怯えた。「お医者様に言われたことを忘れないで」

「ふん！　あのやぶ医者が何と言おうと、わたしはぴんぴんしている」レジー伯父は言い張った。「おまえの優しさはわかるが、これがホープのはずがない。三人の人間が、ホープが死ぬところを見た、植民地アメリカの先住民に殺されたと断言しているんだ。そのひとりはヴェール子爵で、ホープの幼なじみだ！」

「じゃあ、その人たちが間違っていたのね」ベアトリスはつぶやいた。目の前の従僕たちが、息を切らしながら幅広の濃いオーク材の階段を上っているのを見て、顔をしかめる。寝室はすべて、タウンハウスの三階にあった。「その人が頭をぶつけないようにして！」

「はい、お嬢様」ジョージという最年長の従僕が答えた。

「もしあれがホープなら、正気を失っているんだ」レジー伯父はぷりぷりしながら、上階のホールに足を踏み入れた。「こともあろうに、フランス語でわめいていた。父親のことを！五年前、先代の伯爵が亡くなったのは紛れもない事実だ。わたしも葬式に出たからな。先代の伯爵まで生きているとは言わせないぞ」

「そうね、伯父様」ベアトリスは答えた。「でも、ホープ子爵はお父様が亡くなったことを知らないんじゃないかしら」

意識のないこの男性のことを思うと、胸が痛んだ。こんなにも長い間、どこにいたの？どうしてあんな奇妙な刺青を入れているの？　なぜお父様が亡くなったことを知らないの？ああ、伯父様の言うとおりなのかもしれない。この人の心は壊れているのかもしれないわ。

その恐ろしい考えを代弁するように、レジー伯父は言った。

「あの男が正気じゃないのは明らかだ。うわごとを言っていたし、おまえを襲った。おい、横になったほうがいいんじゃないか？　おまえの大好きなレモンのお菓子を運ばせるよ。高くつくが構うものか」

「伯父様、ご親切はありがたいのだけど、この人はわたしに触れるほど近くには来ていなかったわ」ベアトリスは小声で言った。

「だからって、そのつもりがなかったわけじゃないだろう！」

レジー伯父は、従僕たちが男性を深紅の間に運ぶさまを非難がましく見つめた。それは二番目に上等な寝室だったので、ベアトリスは一瞬疑問を感じた。もしこの人がホープ子爵だったら、一番上等な寝室を用意するのが筋ではないかしら？　でも、そうとも言いきれない？　ホープ子爵なら、今はレジー伯父が使っている伯爵用の寝室に寝かせたほうがいいの？　ベアトリスはかぶりを振った。事態は恐ろしく込み入っていて、いずれにせよ、今のところは深紅の間で我慢するしかない。

「こいつは精神科病院に入れないと」レジー伯父は言っていた。「目を覚ましたら、わたしたちが眠っている間に皆殺しにされるかもしれない。もし、目を覚ましたらの話だが」

「この人はそんなことはしないと思うわ」ベアトリスは伯父の最後の一言に込められた期待も、自分の不安も無視し、頑として言った。「熱があるだけに決まってる。顔を触ったとき、燃えるように熱かったもの」

「医者を呼ばなきゃならないようだな」レジー伯父はホープ卿に向かって顔をしかめた。

「しかも、費用はわたし持ちで」

「キリスト教徒らしい行いよ」ベアトリスは言った。従僕たちがホープ卿をベッドに下ろす様子を、不安げに見守る。倒れてからはまったく動かず、声も発していない。このまま死んでしまうのだろうか？

レジー伯父はうなった。「客の手前、この事態に何か説明をつけなきゃならない。今もこの件を噂しているはずだ。われわれはロンドン中の噂の的になるよ、間違いない」

「そうね、伯父様」ベアトリスはなだめるように言った。「伯父様がお客様のもとに行くのなら、ここはわたしが見ておくわ」

「長居はするな。こいつに近づきすぎないようにするんだ。目を覚ましたらどんな行動に出るかわかったものじゃない」レジー伯父は意識のない男性をにらんでから、どすどすと部屋を出ていった。

「わかってる」ベアトリスは待機している従僕たちのほうを向いた。「ジョージ、お医者様の手配をしておいて。伯父様はほかのことに気を取られて、そのことを忘れるかもしれないから」覚えていても費用面を優先するかもしれないから、と心の中でつけ加える。

「かしこまりました」ジョージはドアのほうに向かおうとした。

「あ、それから、ミセス・キャラハンに上がってくるよう言っておいてくれる?」ベアトリスはベッドの上の青ざめたひげの男性に向かって顔をしかめた。「ミセス・キャラハンなら、どんな場合もやるべきことを心得ているでしょうから」

「わかりました」ジョージはいそいそと部屋から出ていった。

ベアトリスは残る三人の従僕に目をやった。「ひとりは料理人にお湯を沸かすよう言って、ブランデーと……」

ところがその瞬間、ホープの黒い目がぱちりと開いた。その動きが唐突すぎ、まなざしが強すぎたため、ベアトリスはまぬけな悲鳴をあげ、後ろに飛びのいた。少女じみた反応に気まずい思いをしながら、体勢を立て直し、起き上がろうとしているホープ卿のもとに駆け寄る。

「だめよ、だめです! ベッドにいてください。病気なんだから」肩に触れ、軽く、だがしつかりと押し戻した。
その瞬間、嵐に襲われたかのようだった。ホープ卿が荒々しくベアトリスをつかみ、ベッドに押し倒して、その上にのしかかってきたのだ。その体は痩せてはいるものの、ベアトリスには煉瓦《れんが》の入った袋が胸に落ちてきたように感じられた。息を吸おうとあえぎ、わずか数センチ先からにらみつけてくる敵意のこもった黒い目を見上げる。薄黒いまつげを一本一本数えられそうなほどの距離だ。

あの恐ろしいナイフが脇腹に押しつけられるのを感じるほどの距離。

……息ができない！　ベアトリスはホープ卿の胸に手を押し当てようとしたが、その手はつかまれ、彼の手で握りつぶされそうになった。「会わせろ《ジャンシスト・シュル・ル・フエ》――」

ヘンリーという従僕に湯たんぽで頭を殴られて、その声はとぎれた。ホープ卿は倒れ、ずっしりした頭がベアトリスの胸に落ちてきた。一瞬、ベアトリスは窒息の恐怖に駆られた。すると、ヘンリーがホープ卿を引き上げてくれた。ベアトリスは震える息を吸い込み、脚をがくがくさせながら立ち上がって、ベッドの上の意識不明の病人のほうを向いた。がくりとうなだれ、刺すような黒い目はまぶたに隠れている。本気でわたしに危害を加えるつもりだったの？　さっきはひどく恐ろしく……正気を失っているようにさえ見えた。この人にいったい何があったの？　ベアトリスはひりひりする手をさすり、唾をぐっとのみ込んで、体勢を立て直した。

戻ってきたジョージは、ヘンリーに事情を聞いてぎょっとした顔になった。

「それでも、あんなに強く殴る必要はなかったでしょう」ベアトリスはヘンリーを叱った。

「あいつはお嬢様を傷つけようとしていたんです」ヘンリーは強情な口調で言った。

ベアトリスは震える手で髪を触り、髪飾りがずれていないことを確かめた。「ええ、まあ、そこまでのことにはならなかったけど、確かに一瞬怖い思いはしたわ。ありがとう、ヘンリー。ごめんなさい。まだ少し動揺しているみたいで」唇を噛み、再びホープ卿に目をやる。「ジョージ、子爵の部屋のドアに見張りを立たせたほうがいいと思うの。いい？　昼も夜もよ」

「かしこまりました」ジョージはしっかりと返事をした。

「わたしたちのためでもあるけど、本人のためでもあるわ」ベアトリスは言った。「それに、この病気が治ったらもう大丈夫だと思うの」

従僕たちは疑わしげな視線を交わした。

ベアトリスは自分の不安を隠すため、少々厳しさを増した声で言った。「この出来事がブランチャード卿の耳に入らずにすめばありがたいのだけど」

「かしこまりました」ジョージが従僕を代表して答えたが、相変わらず疑わしげな顔をしていた。

そのとき、ミセス・キャラハンが部屋に駆け込んできた。「お嬢様、いったい何の騒ぎです？　ハーリーの話では、紳士が倒れているとのことでしたが」

「ミスター・ハーリーの言うとおりよ」ベアトリスはベッドの上の男性を手で示した。何か思いついたように、勢いよくメイドのほうを向く。「この方に見覚えはある?」

「この方に?」ミセス・キャラハンは鼻にしわを寄せた。「見覚えはありませんね。紳士にしては、ずいぶん毛深い方ですね?」

「ホープ子爵だそうです」ヘンリーが満足げに言った。

「どなたですって?」ミセス・キャラハンは言った。

「あの絵に描かれている方ですよ」ヘンリーは説明した。「あ、余計なことを。申し訳ございません」

「いいのよ、ヘンリー」ベアトリスは返事をした。「あなたは先代の伯爵の生前、ホープ卿のことは知っていたの?」

「あいにく、存じ上げないのです」ミセス・キャラハンは言った。「お忘れかもしれませんが、わたしは伯父様が伯爵になられたときに来たものですから」

「ああ、そうだったわね」ベアトリスはがっかりして言った。

「使用人のほとんどがそうです」ミセス・キャラハンは続けた。「先代のころから引き続きいた者もいましたが……もう亡くなっています。何しろ、先代が亡くなってから五年経ちますから」

「ええ、わかっているけど、もしかしたらと思ったのよ」誰かホープ卿を直接知っている人に確認してもらわなければ、この男性の正体を断言することはできないでしょう? ベアトリスはかぶりを振った。「とりあえず、今はどっちでもいいわ。この人が誰であれ、看病するのがわたしたちの務めだもの」

ベアトリスは使用人たちに指示を与え、仕事を割り振った。医者の診断を聞き——結局、レジー伯父は医者を呼ぶのを忘れてはいなかった——料理人にオートミール粥を作らせ、看護体制を整えたときには、お茶会はとっくに終わっていた。ベアトリスはホープ卿……らしき男性をヘンリーの監視下に置き、階段を下りて青の間に向かった。

もう誰もいなかった。絨毯の湿った箇所だけが、数時間前の劇的な事件を物語っている。ベアトリスはしばらくその染みを見つめ、振り返ると、目の前には当然のようにホープ卿の肖像画があった。

何て若く、屈託がないのかしら！　いつもどおり、ベアトリスは何か抗うことのできない力に吸い寄せられるように、肖像画に近づいていった。この肖像画は一九歳のときに初めて見た。その日、新たにブランチャード伯爵となった伯父とともにブランチャード邸に着いたのは、夜遅くになってからだった。ベアトリスは寝室に案内されたものの、新しいわが家と馬車での長旅、ロンドンそのものに気が高ぶり、眠れなくなってしまった。そこで、目が冴えたまま三〇分以上横たわっていたあと、部屋着を羽織って階段を下りたのだ。

図書室をのぞき、書斎を探索し、ホールをいくつも抜けて、やがて当然のように——運命的と言ってもいい——ここにやってきた。今立っているこの場所、ホープ子爵の肖像画から一歩手前のこの地点に。そのときも今と同じく、最初に視線を引かれたのは笑っている目だった。かすかにしわが寄っていて、茶目っ気と皮肉なユーモアに満ちている。次に気になる口は幅が広く、上唇がゆったりと官能的な曲線を描いている。髪は漆黒で、太い眉の上からまっすぐ後ろになでつけられていた。彼はくつろいだ姿勢で木にもたれ、片腕を曲げて無造作に鳥撃ち銃を支え、その顔を二匹の猟犬が息を切らしてうっとりと見上げている。

犬たちを笑うことはできない。肖像画の子爵を初めて見たとき、ベアトリスも同じ表情をしていたはずだ。きっと今もしているのだろう。数えきれないほどの夜、こんなふうに肖像画を見つめながら、自分の内面を見てくれる、ありのままの自分を愛してくれる男性との出会いを夢見てきた。二〇歳の誕生日の晩、何かすばらしいことが起こりそうな予感に胸を高ぶらせ、ここに下りてきた。初めてキスをしたとき、自分の気持ちを見つめ直すためにここに来た。おかしなことに、ひどく不器用に唇を重ねてきた若者の顔は、もうはっきりとは覚えていない。そして、ジェレミーが戦傷を負って戻ってきたときも、ここに来た。

ベアトリスは最後に一度、そのすばらしい漆黒の目を見てから顔をそむけた。五年という長い間、絵に描かれた男性に、夢と幻想の産物にうつつを抜かしていた。そして今、生身の男性が二階上に横たわっている。

問題は、あの髪とひげの下に、汚れと狂気の奥に潜んでいるのが、遠い昔にこの肖像画のモデルを務めたのと同じ男性なのか、ということだ。

2

さて、ゴブリン王は以前からロングソードの魔法の剣を羨《うらや》んでいた。ゴブリンというのは、自分がすでに手にしているものに決して満足しない生き物なのだ。日が暮れ始めたとき、ゴブリン王は高価なベルベットのマントに身を包み、ロングソードの前に姿を現した。おじぎをして言う。「旅のお方、この財布には金貨が三〇枚入っている。その剣と引き替えに差し上げよう」

「気を悪くなさらないでいただきたいのですが、わたしは剣を手放す気はありません」ロングソードは答えた。

すると、ゴブリン王は目を細めた……。

『ロングソード』より

どんよりと生気のない茶色の目が、血まみれの顔からこちらを見上げている――間に合わなかった。

ホープ子爵、レノー・セント・オーバンは、激しい胸の鼓動とともに目覚めたが、ぴくりとも動かず、意識があるそぶりは少しも見せなかった。じっと横たわったまま、静かに呼吸を続け、周囲の状況を測る。腕は両脇にあるから、普段は手を地面に固定している杭の縄を連中が掛け忘れたのだろう。向こうのミスだ。連中が眠るまで静かに待ってから、ウィグワム（アメリカ先住民のテント風の小屋）の脇に埋めてあるナイフとぼろぼろの毛布、干し肉を取ってこよう。今度こそ、連中が目を覚ましたときにはもうここにはいない。今度こそ……。

　だが、何かがおかしかった。

　注意深く息を吸うと、匂いがした……パン？　ちくちくする目を開けると、過去と現在の狭間でまわりの景色がふわふわと揺れた。一瞬吐き気に襲われ、やがてすべてがぴたりと収まった。

　その部屋には見覚えがあった。

　レノーは驚き、目をしばたたいた。深紅の間。父の屋敷だ。背の高い開き窓があり、色褪せた深紅のベルベットのカーテンが掛かっていて、明るい陽光が差し込んでいる。壁板には濃い色の木材が使われ、窓の脇の壁には盛りを過ぎたピンクの薔薇の絵が飾られている。その下には、張りぐるみのチューダー様式の肘掛け椅子があった。母はその椅子を嫌っていたが、ヘンリー八世陛下が座ったと言われていたため、父が捨てることを禁じていた。母は亡くなる一年前に椅子をこの部屋に放り込み、父も動かす気にはなれなかったようだ。椅子には、レノーの青い上着がきちんとたたまれて掛けられていた。ベッド脇には小さなテーブルがあり、丸パンがふたつと水の入ったグラスが置かれている。

レノーはしばらく食べ物を見つめ、消えるのを待った。パンとワインと肉の夢を見て、目が覚めたら消えていたという経験をしすぎたせいで、目の前の贅沢を見た目どおりに受け取ることができない。だが、しばらく経ってもパンはそこにあったので、すばやく手を伸ばし、痩せ細った指でがむしゃらに皿を探った。パンをひとつつかんで小さくちぎり、口に押し込む。ぱさぱさしたパンを咀嚼《そしゃく》しながら、周囲を見回した。

レノーが横たわっているのは、背の低い先祖のものだったらしき古めかしいベッドだった。足は端からだらりと出て、深紅の寝具に絡まっているが、それでもここがベッドであることに変わりはない。これも煙のように消えてしまうのではないかと思いながら、胸に掛けられた刺繍入りの上掛けに触れる。もう六年以上ベッドでは眠っておらず、その感触には違和感があった。毛皮と土を固めた床に慣れきっていた。運が良ければ、枯れ草が敷かれていることもあった。指に当たる絹の上掛けはなめらかで、皮膚のがさがさした部分やたこに引っかかった。どうやらこれは現実のようだ。

ここはわが家なのだ。

勝利感が全身に押し寄せてくる。何カ月もの間、根気強く旅をしてきた。大半は徒歩で、金も、友人も、権力もなかった。最後の数週間はひどい高熱と下痢に苦しみ、終着点を目前に敗北を喫するのではないかと怯えた。だが、ついにわが家に帰ってきたのだ。

レノーは水の入ったグラスを取ろうと手を伸ばし、たじろいだ。体中の筋肉がどこもかしこも痛い。手がぶるぶると震え、水は少しシャツにこぼれたが、パンを流し込める程度の量は飲むことができた。上掛けをつかんで、老人のような動きで引き下げると、レギングとシャツを身につけているのがわかった。だが、モカシンは脱がされている。狼狽し、どこにあるのかとあたりを見回すと――靴はあれしか持っていない――上着が掛かっているチューダー様式の椅子の下に置かれているのが見えた。

慎重に、じりじりとベッドの端に移動し、あえぎながら立ち上がる。くそっ！　ナイフはどこだ？　体が弱りすぎていて、あれがなければ身を守ることができない。室内便器があったので用を足し、チューダー様式の椅子に向かう。青い上着の下にナイフがあった。それを右手で持つと、なじみのあるすり減った角の柄の感触に、たちまち心が落ち着くのを感じた。はだしでサイドテーブルの前に戻り、残りの丸パンをポケットに入れる。余計な労力を使うせいで髪の生え際に汗をかきながらも、音をたてずにドアに向かった。六年にわたる囚われの身の経験から、この世ではどんなことも起こりうるとわかっている。

だから、仕着せ姿の従僕が部屋の外のホールに配置されているのを見ても驚かなかった。だが、部屋を出ようとしたときに、その従僕に行く手を阻まれたことには少し驚いた。

レノーは眉を上げ、この六年間、必ず相手に武器を手に取らせてきた目つきで従僕を見た。だが、この若者は食糧や命のために戦ったことがないのだろう。その目つきで顔をまともに見られても、身の危険は感じなかったようだ。

「ここを出てはいけません」従僕は言った。

「そこを通してくれ《ソー・ド・モン・シュマン》」レノーはぴしゃりと言った。

従僕は目を丸くし、少し間があってからようやく、レノーはこの六年間毎日のように使ってきたフランス語で喋っていることに気づいた。「馬鹿を言うな」ざらついた声で言ったが、英語を発音するのは妙な感じがした。「わたしはホープ卿だ。通してくれ」

「ミス・コーニングから、あなた様にはここにいていただくようにと」従僕は言い、ナイフに目をやった。ごくりと唾をのむ。「厳しく言いつかっております」

レノーはナイフをつかみ、従僕を体で押しのけようと近づいた。「ミス・コーニングというのはいったい誰だ？」

「わたしです」従僕の背後から女性の声が聞こえた。レノーの動きは止まった。その声は低くて優しく、畏縮するほど洗練されていた。長い、本当に長い間、そのような口調で発せられた英語は聞いていなかった。しかも、この声……。このような声のためなら、山も動かすし、人も殺してしまいそうなくらいだった。これほど長い間あがいてきた理由さえ忘れてしまうかもしれない。その声は、単に魅力的というだけではなかった。

命そのものだった。

ほっそりした女性が、従僕の向こうから顔をのぞかせた。「それとも〝わたしがそうです〟と言ったほうがいいのかしら？　言葉って難しいわね。そう思いません？」

レノーは顔をしかめた。その女性はレノーの想像とはどこか違っていた。身長は高くも低くもなく、金色の髪と白い肌をし、感じのいい表情を浮かべている。目は大きく、灰色をしていた。いかにもイギリス人らしい容姿で、そのためエキゾチックに見えた。いや、それはおかしい。レノーは足元をふらつかせながら、頭の中を整理しようとした。ただ、金髪の女性を見ることにまだ慣れていないだけだ。イギリス人の女性を。

「誰だ？」レノーは問いただした。

女性の薄茶色の眉がぴくりと上がった。「わかっていらっしゃるものだと思っていたわ。失礼しました。ベアトリス・コーニングです。初めまして」

そう言うと、格式の高い舞踏会に出ているかのように膝を曲げた。

おじぎなどできるはずがなかった。その場に立っているだけでも足がふらつくのだ。女性の脇をすり抜けようと思い、再び前に出る。「わたしはホープだ。いったいどこに――」

ところが、女性に腕を触られ、その感触にレノーは凍りついた。丸みを帯びた彼女の体を組み敷き、柔らかな部分に奥まで埋もれている光景が、一瞬にして頭に広がったのだ。現実の記憶でないことはわかっている。まだ幻覚を見ているのか？自分の体は彼女の体を知っているように思えた。

「病気だったのよ」女性はしっかりした発音でゆっくり言い、まるで小さな子供か、ぼんやりした村人を相手にしているかのようだった。

「わたしは――」レノーは言いかけたが、女性が迫ってきたので、後ずさりせざるをえなくなった。前に歩き続けるには彼女を押しのけるしかなく、そんなことをすれば痛い思いをさせてしまうだろう。

そう思うと、全身がすくんだ。

ゆっくりと、優しく深紅の間に押し戻され、やがてレノーはベッドのそばで呆然と女性を見下ろしていた。

この人は誰だ？

「きみは誰だ？」疑問をそのまま口にする。

女性は眉間にしわを寄せた。「忘れたの？　さっき言ったでしょう。ベアトリス――」

「コーニングだろう」レノーはじれったくなって続きを言った。「それはわかっている。わからないのは、なぜきみが父の屋敷にいるのかということだ」

女性の顔に警戒の色がよぎり、見間違いかと思うほど一瞬で消えた。だが、見間違いではなかった。彼女が何かを隠しているのがわかり、レノーは身構えた。そわそわと室内を見回す。ここで敵に襲われれば、逃げ場がない。ドアまですんなりとたどり着けそうにないが、策を講じるほどの空間もない。

「わたしはここに伯父と住んでいるのよ」レノーの思考を読み取ったのか、女性はなだめるような口調で言った。「今までどこにいたか話してくださる？　何があったの？」

「だめだ」どんよりと生気のない茶色の目が、血まみれの顔からこちらを見上げている。レノーは乱暴に頭を振り、亡霊を追い払おうとした。「やめろ！」

「いいの」女性の灰色の目が、警戒するように見開かれた。「話してくれなくていいわ。じゃあ、もう一度横になって――」

「伯父というのは誰だ？」差し迫った危険に、うなじの毛が逆立つのを感じた。

女性は目を閉じたあと、レノーをまっすぐ見据えた。「わたしの伯父は、レジナルド・セント・オーバン、ブランチャード伯爵です」

レノーはナイフを握る手に力を入れた。「何だと？」

「本当にお気の毒に」彼女は言った。「横になったほうがいいわ」

レノーは彼女の腕をつかんだ。「今、何と言った？」

女性はピンクの舌を突き出して唇をなめ、レノーは何の脈絡もなく、この人は花の香りがする、と思った。

「あなたのお父様は五年前に亡くなったの」彼女は言った。「あなたは亡くなったと思われていたから、わたしの伯父が爵位を継いだのよ」

では、ここはわが家ではないのだ、とレノーは苦々しく思った。ここは、わが家などではないのだ。

「それはさぞかし気まずかったでしょうね」次の日の午後、ロッティはいつもどおりずけずけと言った。

「最悪だったわ」ベアトリスはため息をついた。「あの人はもちろんお父様が亡くなったことなんて知らなかったし、手には大きなナイフを持っていたし。何か乱暴なことをされるんじゃないかとびくびくしたんだけど、逆にものすごく静かになって、むしろそのほうが怖かったわ」

黙り込んだホープ卿を見て強い同情の念に駆られたことを思い出し、ベアトリスは顔をしかめた。レジー伯父の爵位と自分たちの住まいを奪いかねない男性に同情するのはおかしいが、現にそう感じてしまった。彼が失ったものに心を痛めずにはいられなかった。

紅茶を一口飲む。ロッティはいつも濃くておいしい紅茶を淹れてくれる。毎週火曜の午後にグラハム邸で紅茶を飲み、噂話に花を咲かせる習慣ができたのは、そのためかもしれなかった。ロッティの家族用の居間はとてもしゃれていて、濃い薔薇色と、一見地味だが実は薔薇色の補色として最適な、灰色がかった緑色で装飾されている。ロッティは色彩感覚に優れていて、いつもスマートな格好をしているので、小さな白いポメラニアンのパンも、スマートな顔をしているという理由で飼っているのかもしれなかった。

小さな敷物のようにふたりの足元にうずくまり、ビスケットのかけらに目を光らせている小型犬に、ベアトリスは目をやった。

「〝物静かな紳士こそ要注意〟ってことね」ロッティは賢明にも砂糖の小さな塊を選んで紅茶に入れながら言った。

一瞬間があったあと、ベアトリスは会話の流れを思い出した。「まあ、最初に現れたときは物静かとは言いがたかったけど」

「ええ、まったく」ロッティは満足げに言った。「あなたの首を絞めるんじゃないかと思ったわ」

「ねえロッティ、あなた、わくわくしているように見えるんだけど」ベアトリスはそっけなく言った。

「だって、そんなことがあれば、一年以上も晩餐会で話題に困らないじゃない」ロッティは少しも悪びれずに言った。紅茶を飲んで鼻にしわを寄せ、もうひとつ小さな砂糖の塊を入れる。「実際、今日で三日目だけど、行方不明だった伯爵があなたの家のお茶会に飛び込んできた話でいまだに持ちきりよ」

「レジー伯父様が、わたしたちはロンドン中の噂の的になると言っていたわ」ベアトリスは暗い顔で言った。

「伯父様も珍しく正しいことを言ったわね」ロッティは再び紅茶に口をつけると、今回は満足できる味だったらしく、にっこりしてカップを脇に置いた。「教えて。あの人は本当にホープ卿なの？」

「だと思うわ」ベアトリスはふたりの間の小さなテーブルの上の盆からビスケットをひとつ選びながら、ゆっくりと言った。パンが顔を上げ、ビスケットを皿に運ぶベアトリスの手を目で追う。「でも今のところ、戦争前からホープ卿のことを直接知っていた人は誰も本人と会っていないの」

自分もビスケットを選んでいたロッティは、その言葉に顔を上げた。

「え、誰も？　妹さんがいたんじゃなかった？」

「今は植民地よ」ベアトリスはビスケットをかじり、もごもごしながら言った。「叔母様もいるんだけど、どこか外国に行っているの。執事にきいても要領を得なくて。レジー伯父様はホープ卿に会ったことがあるらしいんだけど、そのときはまだ一〇歳くらいの子供だったから、あてにならないのよ」

「じゃあ、お友達は？」ロッティはたずねた。

「まだ外に出られるほど体調が回復していないわ」ベアトリスは唇を噛んだ。今朝、全力を尽くしてホープ卿を説得し、何とか深紅の間に留まってもらったのだ。「ホープ卿が死ぬところを見たという人に、手紙は送ったんだけど。ヴェール子爵よ」

「それで？」

ベアトリスは肩をすくめた。「今、田舎の地所にいるの。こっちに来るまでには何日もかかるでしょうね」

「まあ！　じゃあ、あなたはひたすら、恐ろしくハンサムな男性……といっても、今は少々毛の量が多すぎるけど、その人の看病をしなきゃいけないってことね。しかも彼が、消えた伯爵なのか、あなたの純潔を脅かす極悪人なのかもわからない。何て羨ましいんでしょう」

ベアトリスが下を向くと、パンが椅子の近くに落ちた砂糖の塊を発見したところだった。ロッティの言葉に、ホープ卿がのしかかってきたときの記憶がよみがえり、その体がひどく重かったことが思い出された。一瞬、生命の危険すら感じたことが。

「ベアトリス？」

まずい。ロッティはぴんと背筋を伸ばし、目に見えるほど鼻をひくつかせていた。

ベアトリスはとぼけた顔をした。「なあに？」

「わたしに〝なあに？〟は通用しないわよ、ベアトリス・ローズマリー・コーニング。猫をかぶっているのが丸わかりの声だわ！　何があったの？」

ベアトリスはたじろいだ。「実は、最初の日は意識が混濁していたみたいで……」

「で？」

「寝室に連れていったとき――」

「寝室で何かあったの？」

「あの人が悪いわけではないんだけど――」

「まあ、何てこと！」

「なぜかわたしをベッドに押し倒して、自分も倒れてきたの」ロッティの興奮した顔を見て、ベアトリスは目を固くつぶって言った。「わたしの上に」

つかのま、沈黙が流れた。

ベアトリスは薄目を開けた。

ロッティが目をむき、言葉を失うという、奇跡に近いことが起こっていた。

「何もなかったのよ、本当に」ベアトリスはどこか弱々しい口調で言った。

「何もなかったですって！」ロッティは言葉を取り戻し、ほとんど叫ぶように言った。「体面を汚されたのよ」

「違うわよ。従僕もその場にいたもの」

「従僕は数に入らないわ」ロッティは言い、立ち上がって勢いよく呼び鈴のひもを引いた。

「従僕も数に入るに決まってるでしょう」ベアトリスは言った。「三人もいたんだから。ところで、何をするつもり？」

「紅茶のお代わりを持ってこさせるの」飲み尽くされ、食べ尽くされた紅茶の盆に、ロッテイは非難がましく目をやった「新しいポットと、ビスケットもあと一皿いると思うわ」

ベアトリスは手元に視線を落とした。「要するに……」

「何？」

息を吸って、突然真顔になったロッテイを見る。「ロッテイ、あの人、すごく怖かったの」

ロッテイは腰を下ろし、かわいらしい唇を引き結んだ。「痛いことをされたの？」

「いいえ。まあ……」ベアトリスはかぶりを振った。「一瞬息はできなくなったけど。でも、それは別にいいの。問題は、あの人の目よ。わたしを殺しかねない目つきをしていたわ」鼻にしわを寄せる。ロッテイは唇を噛んだ。「馬鹿げたふうに聞こえるでしょうけど」

「まさか」ロッテイは唇を噛んだ。「そんな人を伯父様のお屋敷に置いておいて、本当に大丈夫なの？」

「わからない」ベアトリスは正直に言った。「でも、ほかにどうすればいいの？　もしあの人を表に放り出したあとで、本物の伯爵だとわかったら、わたしたちは厳しく非難されるわ。伯父様は犯罪者として訴えられるかもしれない。用心のために、ドアの前に見張りを立たせておいたのだけど」

「それは賢明ね」ロッテイはやはり心配そうな顔をしていた。「もしあの人がホープ卿だったらどうするかは考えたの？」

そのときメイドが入ってきたので、ロッティはそちらに注意を引かれ、ベアトリスは質問に答えることを免れた。実のところ、今後のことを考えると、パニックに陥ったように胸がぎゅうっと締めつけられるのだ。深紅の間にいる男性が本当にホープ子爵で、彼が爵位を取り戻すことに成功すれば、ベアトリスもレジー伯父も屋敷から追い出される。ここ五年で当たり前の存在になっていた地所も金も失うとなれば、レジー伯父の病状は悪化するだろう。そんな状況になれば、伯父はどうなることか。先日の卒中はたいしたことではないと本人は言っているが、ベアトリスは汗が噴き出た白っぽい伯父の顔と、彼が息を切らしている様子を見ていた。あのときのことを思い出しただけでも、思わず胸に手を当ててしまう。ああ、神様、レジー伯父様を失うわけにはいかない。

だから、その件に関しては、今はまるで話す気になれなかった。

そこで、ロッティが白と薔薇色の縞模様の美しい長椅子にもたれ、答えをうながすように視線を向けてくると、ベアトリスはほほ笑んで言った。「今日はミスター・グラハムと軍人恩給について話すはずだったわよね。聞いた話だと、ミスター・ホイートンはまた秘密の会合を開こうと――」

「ふん、ネイトも軍人恩給も知ったことじゃないわ」ロッティは飾り房のついた金色の絹のクッションを膝に引き寄せて抱きしめた。「政治にも夫にも心の底からうんざりよ」

そのとき、メイドが食器を満載した盆を持って騒々しく入ってきた。新たなお茶一式が用意される間、ベアトリスはロッティの様子を見ていた。ロッティはいつも軽い口調で話すが、ミスター・グラハムとの間に深刻な問題があるのではないかと、ベアトリスは心配していた。ふたりは当然ながら、しゃれた結婚式を挙げた。ネイサン・グラハムは近年台頭してきた裕福な家庭の跡継ぎ息子で、ロッティは由緒はあるものの貧窮している家の出身だ。いかにも現実的な縁組みだが、それに負けないくらい愛情もあるのだとベアトリスは思っていた。少なくとも、ロッティの側には。それは間違いだったの？

メイドがやはり騒々しく出ていくと、ベアトリスはそっと言った。「ロッティ……」

ロッティは紅茶を注いでいて、手元のティーカップから視線をそらそうとしなかった。

「昨日、レディ・ハッセルソープがフォザリング家の音楽会で、ミセス・ハントを無視した話は聞いた？ ハッセルソープ卿がミスター・ハントを嫌っていることの表れだなんて、突拍子もない憶測も聞いたけど、むしろレディ・ハッセルソープがうっかりしていただけじゃないかしら。あの人、すごく間が抜けてるから」

ロッティは紅茶がなみなみと注がれたティーカップを差し出したが、その目には気のせいか、懇願の色が浮かんでいるように見えた。でも、わたしに何ができるの？ 二四歳にもなるのにいまだに処女で、結婚の申し込みも一度も受けたことがない。そんなわたしに恋愛の何がわかるの？

ベアトリスはため息をつき、ティーカップを受け取った。「それで、ミセス・ハントはどうしたの？」

結婚の問題点というのは、とロッティ・グラハムは思った。思い描いた結婚生活と現実がかけ離れていることだ。

ロッティは長椅子――去年〈ウォレス&サンズ〉で大枚をはたいて買った――に戻り、冷めていくお茶一式を見つめた。世界一の親友ベアトリスに、どうでもいいことを三〇分間まくしたてたあと、ドアまで送っていったところだ。ベアトリスはかわいそうに、週に一度のこのお茶会に来たことを心から後悔しているだろう。

ロッティはため息をつき、皿からビスケットの最後の一枚を取って、指で砕いた。かわいいパンがやってきてスカートのそばに座り、きつねに似た小さな顔をほころばせてロッティを見上げる。

「甘いものの食べすぎは良くないわ」ロッティはつぶやいたが、それでもビスケットのかけらをパンにやった。パンはそれをとがった小さな歯の間に上品にはさみ、金めっきのフランス製の肘掛け椅子の後ろに、戦利品とともに引っ込んだ。

ロッティはだらりと長椅子にもたれ、うんざりしたように両腕を椅子の背に投げ出した。多くを望みすぎなのかもしれない。少女じみた幻想を抱いているだけで、そんなものはとっくの昔に卒業するべきだったのかもしれない。結婚生活というのは、両親のように理想的に見える夫婦の場合も、いつかは悪夢のように冷えきってしまうものであり、ロッティはレディ・ハッセルソープのように間が抜けているだけなのかもしれなかった。

下階のメイド頭のアニーが、お茶一式を片づけにやってきた。ロッティをちらりと見て、ためらいがちに言う。「奥様、ほかにご用はございますか?」

ああ、何ということ、使用人にまで勘づかれている。

ロッティは少し体を起こし、落ち着いて見えるよう努めた。「いいえ、もういいわ」

「かしこまりました」アニーは膝を曲げた。「今夜のお夕食はおひとりとおふたり、どちらにいたしましょうかと料理人がたずねておりました」

「ひとりでいいわ」ロッティは言い、顔をそむけた。

アニーは静かに部屋を出ていった。

ロッティがしばらく長椅子に身を投げ出したまま、突飛なことをつらつらと考えていると、再びドアが開いた。

ネイトが入ってきて、やがて足を止めた。「おっと、すまない! じゃまをするつもりはなかったんだ。この部屋には誰もいないものと思っていた」

ネイトの声に、パンが肘掛け椅子の下から出てきて、なでてもらおうと飛んでいった。パンは最初からネイトになついていた。

ロッティはパンに向かって鼻にしわを寄せ、気楽な口調でネイトに言った。「夕食前に帰ってくるとは思わなかったわ。料理人に食事はひとり分でいいと言ったばかりよ」

「いや、いいんだ」パンの相手をしていたネイトは体を起こし、いつものくつろいだ笑みを顔いっぱいに浮かべてこちらを見た。ベアトリスの胸を最初にうずかせたのは、この笑顔だった。「今夜はコリンズとルパートと食事だ。ホイッグ党のパンフレットをこの部屋に忘れていて、それを取りに戻っただけなんだ。ルパートが見たいと言ってね。あった。これだ」

ネイトは部屋を横切り、書類が乱雑に積まれている隅のテーブルに向かうと、いかにも満足げにそのパンフレットを取った。パンフレットを読みふけりながらドアに向かい、出ていこうとしたとき、今さら思いついたように顔を上げた。

顔をしかめ、ぼんやりとロッティのほうを見る。「いいんだよな？　その、コリンズとルパートと食事をしても？　この約束をしたとき、今夜はきみにも何か社交行事の予定があると思っていたんだ」

ロッティは眉を上げ、気取って言った。「あら、わたしのことなら気にしないで。わたしは――」

だが、ネイトはすでにこちらに背を向けていた。

「よかった、よかった。わかってくれると思っていたよ」そう言うと、いまいましいパンフレットに鼻先を突っ込んだまま、ドアを出ていった。

ロッティはふうっと息を吐いて、ドアに小さなクッションを投げつけた。驚いたパンがキャンキャン吠える。

「結婚して二年なのに、わたしより退屈なおじいさんふたりと食事をするほうがいいのね！」

パンが長椅子の隣に飛び乗ってきて――絶対にだめだと言い聞かせている行為だ――ロッティの鼻をなめた。

堰《せき》を切ったように、ロッティは泣きだした。

二四歳にもなるのに、一度も結婚の申し込みを受けたことがない。

自宅に戻る道すがら、ベアトリスの頭にはその言葉が、不快な呪文のように延々と鳴り響いていた。自分が未婚である状態を、こんなにもあからさまな言葉で表現したのは初めてだ。自分にふさわしい紳士が現れるまで人生は始まらないとばかりに、その日を待って日々をぼうっと過ごしているわけではない。それどころか、忙しく充実した日々を送っているわ、とベアトリスは自分に言い聞かせたが、それはどこか言い訳じみていた。レジー伯父が一〇年前に妻を亡くしたため、ベアトリスは伯父の家の女主人役の練習をしながら育ったようなものだった。政治目的のお茶会や晩餐会、ハウスパーティ、年に一度の舞踏会は少々退屈かもしれないが、切り盛りする側にとってはなかなかの大仕事だ。

厳密に言えば、求愛されたことはある。つい昨年の春は、ミスター・マシュー・ホーンという男性が、ベアトリスに非常に興味を持っている様子だった。ただ、気の毒なことに、彼は頭を撃って自殺してしまった。また、結婚の申し込みを受ける直前までいったこともある。ミスター・フレディ・フィンチという伯爵の次男は、颯爽としていてユーモアのセンスもあり、キスもすてきだった。数年前の社交シーズンの大半を、ベアトリスはフレディにエスコートされて過ごした。フレディと出かけるのは楽しかったし、彼自身も楽しい人だったが、特別な感情は抱けなかった。一緒に馬車に乗るのは楽しみでも、何かの理由で中止になれば、少しがっかりする程度だった。自分の関心の低さは何とかなるとしても、あちらもさほど深い感情は持っていないように感じ、そんな結婚生活には耐えられないと思った。結婚する相手は――結婚できればの話だが――自分を激しく、情熱的に愛してくれる男性がよかった。

自分を決して捨てない男性が。

だからフレディとは別れたが、劇的なことは何もなく、ただ会う回数を減らしていき、自然消滅を狙った。フレディの愛情に関しても読みは正しく、ベアトリスがしだいに距離を置くようになっても、文句ひとつ言われなかった。一年後、彼はグィネヴィア・クレストウッドという、軍事作戦を決行するようにお茶会を開く地味な外見の女性と結婚した。

それで、わたしは嫉妬した？ ベアトリスは馬車の窓から外を眺めながら、自分の気持ちを見つめ直し、できるだけ自分に正直になろうとした。自分に嘘をつくのは大嫌いだ。そして、かぶりを振った。いいえ、と心から言える。ミセス・フィンチとなったあの女性に嫉妬はしていない、たとえふたりの子供たちがとてもかわいらしくても。まず、あのかわいらしい子供たちにはいずれグィネヴィア似の巨大な糸切り歯が生えてくるだろうし、フレディは面白くて愛嬌があり、容姿もかなり整っていたけど、わたしを愛してはいなかった。グィネヴィアとは情熱的な恋に落ちたのかもしれない。いや、それも違うような気がする。

肝心なのはそこでしょう？ 馬車に一緒に乗ったり、ダンスしたり、散歩したりした紳士たちは誰も、心の奥深くからわたしに興味を持っていたわけではなかった。ドレスを褒めてくれて、ほほ笑みながらダンスをしてくれたけど、本当の意味でわたしを……仮面の奥に潜む女を見てはいなかった。グィネヴィア・クレストウッドは情熱のない結婚で満足できるのかもしれないけど、わたしはそれでは物足りない。

一年ほど前、舞踏会から帰ってきて青の間に入り、ホープ卿の肖像画を見つめていたときのことが思い出される。彼は情熱で息づいているように見えた。ホープ卿——たとえ絵に描かれた平面的な姿でも——に比べると、知り合いのどの紳士も透明な幽霊のように背景に消えていった。とっくに亡くなっていると思っていた当時でさえ、つい一時間前まで傍らにいた生身の紳士よりも、肖像画のホープ卿のほうが生々しかった。

もしかすると、二四にもなってまだ処女なのは、それが本当の理由かもしれない。ホープ卿がそうであると夢見ていたような、情熱的な男性が現れるのを待っているのだ。

でも、あの人がその男性なの？

馬車はブランチャードのタウンハウスの前に停まり、ベアトリスは従僕の手を借りてステップを下りた。いつもなら料理人と相談し、一週間分の献立を決める時間だ。だが、今日はまっすぐ厨房に行って盆の用意を命じ、料理人には予定を変更すると伝えた。その後、用意させた盆を持って階段を上り、三階の深紅の間を目指した。

深紅の間を見張らせている従僕のジョージが、近づいてくるベアトリスに会釈した。

「お嬢様、お盆をお運びいたしましょうか？」

「ありがとう、ジョージ、でも自分でできるわ」心配そうにドアに目をやる。「あの方はどうしていらっしゃる？」

ジョージは頭を掻いた。「こんな言い方で申し訳ありませんが、機嫌がよろしくありません。メイドが暖炉の火の世話をしに来たのが気に入らなかったようで。あのフランス語らしき言葉で、何やら罵声を浴びせて……いえ、そんな気がしただけですが。わたしはフランス語がちんぷんかんぷんなもので」

ベアトリスは唇をすぼめてうなずいた。「ノックしてくれる？」

「かしこまりました」ジョージはドアをたたいた。

「どうぞ」ホープ卿の声が聞こえた。

ジョージは開けたドアを手で押さえ、ベアトリスは中をのぞき込んだ。ホープ卿は大きなベッドの上に体を起こし、ゆったりしたねまき姿で膝にのせたノートに何か書いている。ナイフは腰の右側に、上掛けからはみ出して置かれていた。今はとりあえず落ち着いている様子だったので、ベアトリスは安堵のため息をついた。ここ二日間紅潮していた頬は熱が引いたものの、顔は今もげっそりしている。長い髪はきつく結っておさげにしているが、あごは相変わらず黒いひげに覆われていた。ねまきはボタンが上からふたつ開いていて、真っ白な布の内側で濃い色の毛が縮れているのがちらりと見えた。ベアトリスの視線は一瞬、その光景に釘づけになった。

「ご親戚のベアトリス、わたしの世話をしに来てくれたのか？」ホープ卿が言い、ベアトリスはびくりとして顔を上げた。知ったふうな黒い目と視線がぶつかる。

「紅茶とマフィンを持ってきただけよ」ベアトリスはそっけなく言った。「そんな意地の悪い言い方をしないで。メイドはみんな怯えているし、ジョージの話だと、今朝メイドをひとりどなりつけたそうね」

「ノックをしなかったからだ」ホープ卿の視線を浴びながら、ベアトリスは部屋に入り、盆をベッド脇のテーブルに置いた。

「だからって怖がらせてもいいことにはならないわ」

ホープ卿はいらだたしげに目をそらした。「人が部屋にいるのがいやなんだ。あのメイドが許可を求めずに入ってきたのが悪い」

ベアトリスは声をやわらげ、ホープ卿を見た。「使用人はノックしないよう教育されているの。あなたもそれに慣れたほうがいいと思うわ。でも、それまではこの部屋のドアはノックするよう言っておくわね」

ホープ卿は肩をすくめ、盆の上のマフィンに手を伸ばした。半分を不作法に口に押し込む。

ベアトリスはため息をつき、椅子をベッドのそばに引き寄せて座った。

「お腹がすいているみたいね」

ホープ卿は次のマフィンをつかもうとしていた手を止めた。「きみは船の上で虫に食われたビスケットを食べ、水で薄めたエールを飲むはめになったことがないんだな」黒い目で反抗的にベアトリスを見つめながら、マフィンにかじりつく。

ベアトリスはその視線に不安をかき立てられていることを隠し、冷静に見つめ返した。ホープ卿の目は、飢えた狼のように野蛮だった。「ええ、船には一度も乗ったことがないの。

あなたは最近船でこっちに帰ってきたの？」

ホープ卿は目をそらし、黙ってふたつめのマフィンをたいらげた。ベアトリスは一瞬、彼は質問に答えてくれない気がした。やがて、苦々しげな答えが返ってきた。「料理人の助手の仕事を得たんだ。まあ、料理するものなどほとんどなかったが」

ベアトリスは不思議そうにホープ卿を見た。いったいどういういきさつで、伯爵の息子がそのような卑しい仕事を？「どこから船に乗ってきたの？」

ホープ卿は顔をしかめたあと、黒いまつげ越しに茶目っ気のある目で見上げた。「実は、わたしにベアトリスという親戚がいたことを思い出せないんだが」

質問に答える気はないようだ。ベアトリスは不満のため息を押し殺した。「それは、わたしはあなたの親戚ではないからよ。少なくとも血はつながっていないわ」

ホープ卿は話題をそらすためにその質問をしたのだろうが、今は興味津々の様子で首を傾げていた。「説明してくれ」

彼がノートを脇に押しやり、全神経を自分に集中させるのがわかると、ベアトリスはますます居心地が悪くなった。立ち上がり、せっせと紅茶を注ぎながら話をする。「わたしの母はレジー伯父様の奥さん、つまりわたしの伯母にあたるメアリーの、妹なの。母はわたしを産んだとき、父はわたしが五歳のときに亡くなった。それで、メアリー伯母様とレジー伯父様がわたしを引き取ってくれたの」

「悲しい話だな」ホープ卿はからかうように言った。

「いいえ」ベアトリスは首を横に振り、ミルクは入れず砂糖をたっぷり入れた紅茶のカップをホープ卿に渡した。「まったくそんなことはないわ。わたしはつねに愛され、大事にされてきた。最初は父に、途中からはレジー伯父様とメアリー伯母様に。伯父夫婦には子供がいなかったから、わたしを本当の娘のように、たぶんそれ以上にかわいがってくれたわ。レジー伯父様は本当に良くしてくれた」真剣な面持ちでホープ卿を見つめる。「伯父はいい人よ」

「だから、わたしは自分の爵位を放棄して、レジー伯父さんに明け渡せというわけか」その声は冷笑的だった。

「意地悪を言わないで」ベアトリスは威厳ある声音で言い返した。

「へえ？」言っている意味がわからないという顔で、ホープ卿はベアトリスをじろじろ見た。

「意地悪はやめて。ただ、今はわたしたちの家というだけだから――」

「だから、きみたちを気の毒に思えと？　武器を捨てて和睦しろと？」

ベアトリスはいらだちを抑えようと、息を吸い込んだ。「伯父様は年を取っているの。別に――」

「わたしは爵位を、土地を、金を、人生そのものを盗まれたんだ」一言発するごとに声量を上げながら、ホープ卿は言った。「なのに、きみの伯父さんの心配などすると思うか？」

ベアトリスは目をみはった。ホープ卿はひどく怒っていて、ひどく頑なだった。絵の中で笑っていた青年はどこに行ったの？　完全に消えてしまったの？「あなたは亡くなったと思われていたの。誰も爵位を盗むつもりなんてなかったのよ」

「誰がどういうつもりだろうと関係ない」ホープ卿は言った。「問題は結果だ。わたしは自分が権利を持っているものを奪われた。家を失ったんだ」

「でも、それはレジー伯父様のせいじゃないわ!」ついに我慢できなくなり、ベアトリスは叫んだ。「わたしはただ、これは戦争じゃないと言いたかったの。だからちゃんと話し合って――」

ホープ卿はティーカップを壁に投げつけ、唐突な荒々しい動きでテーブルの上を払った。ベアトリスが飛びのくと、盆も皿も、熱い紅茶で満たされたティーポットも、さっきまで立っていた床の上に落ちて割れた。

「よくもこんなこと!」ベアトリスは強い口調で言い、まずは床の上の惨状を、次にベッドの上の野獣を見た。「よくもこんなことができたわね!」

ホープ卿の黒い目は激しく燃えさかり、ベアトリスは肌が熱くなるのを感じるほどだった。「もしこれが戦争でないと思っているなら」低い声で言う。「きみはわたしが思っている以上に世間知らずなんだな」

ベアトリスは腰に両手を当てて身を乗り出し、怒りに声を震わせた。「確かにわたしは世間知らずかもしれない。難しい問題でも話し合いで解決できると思うなんて、馬鹿げていて、子供じみていて……愚かなのかもしれない。でも、敵意に引きずられて人間性すら忘れた意地の悪い冷笑家になるくらいなら、ひどいまぬけでいるほうがよっぽどましよ!」

くるりと振り向いて部屋を出ていこうとしたが、芝居がかった退場劇は、手首をつかまれたせいで阻止された。ぐいと引っぱられてバランスを崩したベアトリスは、後ろ向きにベッドに倒れ込み、ホープ卿の膝にのってしまった。息を切らして顔を上げる。

そこには、燃えるような黒い目があった。

ホープ卿は前かがみになっていて、息が唇に感じられるほどだった。腰の下で彼の脚の筋肉が動き、自分が不安定な姿勢をとっていることに気づかされる。両手で上腕をつかまれ、身動きが取れなかった。「わたしは確かに意地が悪く、敵意むき出しで、冷笑的な人間かもしれないが、人間性はじゅうぶんすぎるほど備えている」

平原で狼に捕まったうさぎのように、ベアトリスは息ができなかった。ホープ卿の体温が波のごとく押し寄せてくるのが感じられる。胸のふくらみは今にも彼の胸に押しつぶされそうで、そのうえまずいことに、あのきらめく黒い目はベアトリスの唇を見つめている。

ベアトリスが見ていると、ホープ卿の唇は開き、まぶたが下がって、低いうなり声が発せられた。「この戦争に勝つためには、持てる手段をすべて使うつもりだ」

ホープ卿の目に浮かぶ邪悪な意志に魅入られていたため、寝室のドアが開いたときはぎょっとした。ホープ卿は突然ベアトリスの腕を放した。ベアトリスの背後にいる闖入者《ちんにゅうしゃ》を見つめている。ほんの一瞬、その顔に喜びのようなものがよぎった気がしたが、あっというまに消えたので、見間違いだったのかもしれない。

いずれにせよ、ホープ卿が口を開いたとき、その表情と声は石のように硬かった。

「レンショーか」

3

「そんなことを言わずに」ゴブリン王は叫んだ。「その剣と引き替えに金貨を五〇枚差し上げよう。どうか首を縦に振ってくれ」

「お断りします」ロングソードは答えた。

「では、金貨一〇〇枚なら剣を譲ってもらえるね？　それはただの古く錆びついた剣だが、この金額なら同等かそれ以上の剣を二〇本以上買える」

これを聞いて、ロングソードは笑った。「どんな金額を提示されようと、この剣を売るつもりはありません。なぜなら、この剣を手放せば、命を落とすことになるからです。この剣とわたしは、魔法によって結びつけられているのです」

「ああ、そういうことなら」ゴブリン王はずる賢そうに言った。「一ペニーで髪を一房売ってくれないか？」

『ロングソード』より

レノーは六年間、ジャスパー・レンショーに再会できたら自分は何を言い、どう感じるのだろうと考えてきた。どんな質問をし、どんな説明を求めるのだろうと。その瞬間を迎えた今、自分の心の中を探り、感じたことは……何もなかった。

「今はヴェールだ」ドアのそばに立つ男は言った。顔には少々しわが増え、まなざしもかすかに哀愁が深まっていたが、それはレノーが少年時代に遊んでいたあの男だった。一緒に将校任命辞令を買ったあの男。親友だと思っていたあの男。

過酷な異国の地で、わたしを死んだものとして見捨てた男だ。

「では、爵位を継いだのだな？」レノーはたずねた。

ヴェールはうなずいた。今も帽子を手に、ドアのすぐ内側に立っている。野獣の考えを読み解こうとするかのような目で、レノーを見つめていた。

ミス・コーニングが、レノーが引き寄せていた膝の上から立ち上がった。すっかりヴェールに気を取られていたレノーは、彼女の存在を忘れるところだった。今になって手をつかもうとしたが、手遅れだった。ミス・コーニングはベッドから離れ、レノーには手の届かない場所に行っていた。これでは、次に不用意に近づいてくるときまで待たなければならない。

ミス・コーニングは咳払いをした。「ヴェール卿、お母様のガーデンパーティで一度お会いしましたね」

ヴェールはさっと彼女に視線を向け、まばたきしてから、顔いっぱいに笑みを浮かべた。派手な動きでおじぎをする。「失礼いたしました。お名前は？」

「親戚のミス・コーニングだ」レノーはうなるように言った。血のつながりがないことをヴェールに説明する必要はないだろう。何を言われるかわかったものではない。

ヴェールの濃い眉が上がった。「きみに若い女性の親戚がいたとは知らなかったな」

レノーは薄くほほ笑んだ。「最近見つかったんだ」

ミス・コーニングは眉間にしわを寄せ、明らかに困惑した様子でふたりの男性を見比べた。「お茶を持ってこさせましょうか？」

「ああ、お願いしたい」ヴェールは言ったが、同時にレノーは首を横に振った。「いらない」

ヴェールは顔から笑みを消し、レノーを見た。

ミス・コーニングは再び咳払いをした。「では、そうね、ええっと、ふたりだけでお話ししてもらったほうがよさそうね。積もる話もあるでしょうから」

ドアのそばの今もヴェールが立っている場所に向かい、耳打ちする。「あまり長居はなさらないでくださいね。お加減が悪くていらっしゃるから」

ヴェールはうなずき、ミス・コーニングのためにドアを押さえ、彼女が出ていくとそっと閉めた。振り返ってレノーを見る。

レノーはぴしゃりと言った。「わたしは病人ではない」

「具合が悪かったのか？」

「船に乗っているときに熱が出たんだ。たいしたことじゃない」

ヴェールは眉を上げたが、その件に関しては何も言わなかった。その代わり、こうたずねた。「何があった？」

レノーは皮肉な笑みを浮かべた。「それはこっちがききたい」

ヴェールは顔を青くして目をそらした。「わたし……わたしたちはみんな、きみが死んだと思っていたんだ」

「死んではいない」レノーは短く言いきり、切歯をかちりと嚙み合わせた。

人体が焼ける悪臭が思い出される。腕に食い込む縄。新雪の上を裸で歩かされたこと。血まみれの顔から見上げてくる茶色の目……。レノーは一度きっぱりと頭を振り、亡霊を追い払って、目の前の生きた人間に焦点を合わせた。手をナイフの柄にかける。

ヴェールはその動きを用心深く見ていた。「きみが生きていると知っていたら、絶対に置き去りにはしなかったよ」

「だが、現実にはわたしは生きていて、きみに置き去りにされた」

「すまなかった。きみは……」ヴェールは唇を引き結んだ。両足の間の絨毯を見つめる。

「きみは死んだと思ったんだ、レノー」

一瞬、レノーの頭の中で悪魔がささやき、裏切りを持ちかけてきた。生きたまま焼かれ、死にゆく男のゆがんだ顔がはっきりと見える。だが、その光景と狂気の声を、レノーは何とか振り払った。

「ワイアンドット族の野営地で何があった？」レノーはたずねた。

「きみが連れていかれたあと、ということか？」ヴェールは返事を待たず、深いため息をついた。「わたしたちは杭に縛りつけられ、ほかの連中……マンロー、ホーン、グロウ、コールマンは拷問にかけられた。コールマンは死んだ」

レノーはうなずいた。白人だろうと現地民だろうと、捕らえた敵をアメリカ先住民がどのように扱うかはこの目で見てきた。

ヴェールは気合いを入れるように、息を吸った。「二日目にコールマンが死んだあと、わたしたちは誰かを火あぶりにしているところに連れていかれた。先住民はそれをきみだと言った。その男はきみの上着を着ていたし、黒髪だった。だから、わたしたちはきみだと思った。みんな、きみだと思ったんだ」ヴェールは顔を上げ、苦悩に満ちた青緑色の目でレノーの目を見た。「男の顔はすでになくなっていた。真っ黒になって、炎に焼かれていたんだ」

レノーは目をそらした。レノーの中にある理性は、ヴェールもほかの皆もそうするしかなかったのだとわかっていた。強烈な証拠を見せられ、レノーは死んだと思い込んだのだ。そのようなものを見せられ、聞かされれば、まともな人間であれば誰もが同じように思うだろう。

それでも……。

それでも、レノーの中心にいる獣は、その説明を拒んでいた。わたしは見捨てられた。己の命と四肢を危険にさらして守った人々に置き去りにされたのだ。仲間と呼んでいた人々に。

「それから二週間近く経ってから、サミュエル・ハートリーが救援隊を連れて戻ってきて、わたしたちは解放された」ヴェールは静かに言った。「その間ずっと、きみは先住民の野営地にいたのか？」

レノーはかぶりを振り、上掛けにぺたりと置いた左手を見つめながら、白い布地と浅黒い肌のコントラストについてぼんやりと考えた。手は痩せ、甲にはくっきりと腱が浮き出ている。「妹のエメリーンはどうしている？」

ヴェールがいらだたしげにため息をつくのが聞こえた。「エメリーンか。エメリーンは元気にしている。再婚したんだ。サミュエル・ハートリーと」

レノーはすばやく顔を上げ、目を細めた。「ハートリー伍長？ あのよく歩く男か？」

ヴェールは笑顔を作った。「そうだ。ただ、今は伍長の地位から出世している。植民地との貿易で一財産築いたんだ」

「ミス・コーニングに、エメリーンは植民地の人間と結婚したと聞いたが、それがハートリーだとは思わなかった」いくらハートリーが現在は裕福でも、エメリーンが自分より身分の低い男と結婚したことに変わりはない。伯爵の娘だというのに。いったいどういうつもりだ？

「ハートリーが一年前、仕事やら何やらでロンドンに来たとき、妹さんはすっかり心を奪われてしまったようだ」

その情報について考えていると、困惑と怒りが頭の中を渦巻いた。この六年で、エメリーンはそんなにも変わってしまったのか？ それとも、わたしの記憶が間違っているのか？ 時間とこれまで経験してきたことにゆがめられて？

「何があったんだ、レノー？」ヴェールは穏やかにたずねた。「先住民の野営地でどうやって生き延びた？」

レノーはさっと顔を上げた。かつての友人をにらみつける。「そんなことが本当に気になるのか？」

「そうだ」ヴェールは当惑したようだった。「そうだよ、当たり前じゃないか」

ヴェールは説明を待つように見つめてきたが、レノーは何があろうと、この男のために魂をこじ開けるようなことはしたくなかった。

やがてヴェールは目をそらした。「そうか。まあ、よかったよ……本当によかった……きみが無事に、元気な姿で戻ってこられて」

レノーはうなずいた。「もういいか？」

「何だって？」

「もういいか？」レノーははっきり発音した。疲れていて眠かったが、そのことは絶対にヴェールには知られたくなかった。「用はそれだけか？」

あごを殴られたかのように、ヴェールは頭をのけぞらせた。そして足を開き、肩をいからせて、まっすぐ前を向いた。にっこりと、ユーモアのない笑みを唇に浮かべる。「まだだ」

レノーは目を見開いた。

「裏切り者の話もしようと思っていたんだ」ヴェールは柔らかな口調で言った。

レノーは首を傾げた。「裏切り者……？」

「スピナーズ・フォールズで、先住民にわたしたちのことを売った男だ」ヴェールがそう言ったとたん、レノーの耳の中で轟音が鳴り始め、最後の一言をかき消すほどだった。「フランス人の母親を持つ裏切り者だ」

ベアトリスが新たに紅茶とビスケットをのせた盆を手に階段を上っていると、衝撃音が聞こえた。大階段の途中で足を止め、見えもしない上階を見るように視線を上げる。何か事故があったのかしら？　磁器の置物か時計が炉棚から落ちた？　そうあってほしいと願ったものの、歩調を速めて上階のホールに着くと、二度目の衝撃音が聞こえた。ああ、まずい。ホープ卿とヴェール卿が殺し合いをしているような音だ。

ホールの奥でホープ卿の部屋のドアが勢いよく開き、ヴェール卿がどすどすと出てきた。怒ってはいるが、ありがたいことにけがはしていない。

「レノー、これで終わったと思うなよ」ヴェール卿は叫んだ。「くそっ、また来るからな」三角帽に頭を押し込み、こちらを向いたとたん、ベアトリスに気づいた。その顔に一瞬、おどおどした表情が浮かぶ。

そのあと、そっけなく会釈をした。「これは失礼。今はあの中に入っていかないほうがいい。あいつはまともに話が通じる状態ではないのでね」

ベアトリスは深紅の間のドアに目をやったあと、ヴェール卿に視線を戻した。彼が近づいてくると、あごに赤い跡がついているのが見えてぞっとした。

誰かに殴られたような跡だ。

「何があったのです？」ベアトリスはたずねた。

ヴェール卿はかぶりを振った。「あいつはわたしがかつて知っていた男ではない。感情が……激しすぎる。野蛮だ。どうかお気をつけて」

ヴェール卿は優雅におじぎをすると、ベアトリスの前を通り過ぎて階段を下りていった。

ベアトリスはヴェール卿の姿が見えなくなるまで見送ってから、今も手に持っている盆に目をやった。紅茶が少しこぼれ、盆に敷いたリネンの布に染みができている。厨房に戻り、メイドに盆を替えさせるという手もあった。運ぶのも、そのメイドに頼めばいい。だが、それは意気地のない行為だ。自分が足を踏み入れるのも怖いような場所に、使用人の女性を送り込むなど、女主人のやるべきことではなかった。

ベアトリスはホールの奥に目をやった。ホープ卿の部屋のドアは今も開いている。あそこにひとりきりでいるのだ。

ベアトリスは肩をいからせて歩き、ドアを開けた。「紅茶とビスケットのお代わりを持ってきたわ」てきぱきと言い、部屋に入る。「あなたも今度はちゃんと飲みたいのではないかと思って」

ホープ卿は壁側を向いてベッドに横たわり、最初眠っているようにも見えたが、先ほどの騒ぎを考えればそのはずはなかった。

ホープ卿は振り返らなかった。「出ていってくれ」

「思い違いをしているみたいね」ベアトリスは気さくな口調で言った。

ベッド脇の小さなテーブルに盆を置こうとしたが、テーブルから弧を描くように破片が散らばっていて、その中には醜い磁器の時計と、揃いの陶器のパグ二匹の残骸も含まれていた。さっきホープ卿に運んできた茶道具の破片と合わせて、ちょっとした山のようになっている。

ベアトリスは窓辺のテーブルに向かった。ベッドからは手が届かない距離だ。

「今、何と言った？」ホープ卿はぶつくさ言った。

「え？」窓辺のテーブルにはすでに花瓶と真鍮《しんちゅう》の枝つき燭台が置かれていたので、ベアトリスはこれ以上紅茶をこぼさないよう慎重に盆を扱った。

「わたしが思い違いをしているとか言っただろう」ホープ卿は不機嫌そうになった。

「ああ」盆がテーブルにのると、ベアトリスはホープ卿のほうを見てにっこりしたが、彼は相変わらずこちらに背を向けたままだった。「あなたはわたしを使用人だと思っているようだから」

ベアトリスが紅茶を注ぐ間、ベッドは静まり返っていた。ベアトリスにやんわりとたしなめられて、恥じ入っているのかもしれない。

「だって、紅茶を運んでくるじゃないか」

どうやら予想は外れたようだ。

「紅茶は元気が出る飲み物だし、特に気分が悪いときには効果があるもの」ベアトリスは紅茶に砂糖を入れ――ホープ卿はとても甘い紅茶が好きなようだ――ベッドにティーカップを持っていった。「だからといって、そんな意地悪な言い方をされたらいい気持ちはしないわ」

ホープ卿はなおも壁のほうを向いていた。ベアトリスはカップをどうしようかと思いながらしばらくそのまま持っていたが、やがてテーブルにそっと置いた。やけに傾いた橋がオレンジと黒で描かれた趣味の悪いカップだったが、がたついてはいない。磁器が割れるのは見たくないものだ。

「紅茶はいかが？」ベアトリスはたずねた。

大きな肩が片方すくめられたが、それ以外の動きはない。ホープ卿とヴェール卿の間に何があったのだろう？

「元気が出るわよ」ベアトリスはささやくように言った。

ホープ卿は鼻を鳴らした。「それはどうかな」

「そう」ベアトリスはスカートをなでつけた。「じゃあ、もう行くわ」

「行くな」

その一言はごく低い声で発せられ、危うく聞き逃すところだった。ベアトリスはホープ卿を見た。やはり動きはなく、どうしていいのかわからなかった。彼がどうしたいのかもわからない。

ホープ卿の上腕は上掛けの上に出ていて、ベアトリスは一歩進み出て手を伸ばした。完全に礼儀を逸した行動だが、どういうわけか正しいことのように思えた。大きく温かい手に触れる。手の下にゆっくり自分の指を潜り込ませ、彼の手を握った。ホープ卿はそっと握り返してきた。ベアトリスの胸の一点がぽっと温まり、そのぬくもりが湯の水溜まりのように少しずつ広がっていって、全身が内側から温められるのを感じた。この感覚は知っている。幸福だ。この人は手を握っただけで、わたしに荒々しく不適切な幸福を感じさせることができるんだわ。この感覚は警戒しなければならない。この男性は要注意だ。

そのとき、ホープ卿が口を開いた。「あいつはわたしを裏切り者だと思っている」

ベアトリスは心臓が止まりそうになった。「どういう意味？」

ホープ卿はようやくこちらを向いた。顔は無表情で、目は陰を帯びていたが、ベアトリスの手を放そうとはしなかった。「われわれの連隊、第二八歩兵連隊が植民地で大虐殺されたことは知っているか？」

「ええ」その大虐殺は誰もが知っていた。あの戦争最大の悲劇のひとつだ。

「ヴェールは、何者かがわれわれの居場所をもらしたと言うんだ。第二八歩兵連隊の高位にいる誰かが、フランス軍と先住民の同盟軍にわれわれを売ったと」

ベアトリスはごくりと唾をのんだ。ひとりの人間の裏切りで大勢の人が亡くなったなど、こんなにおぞましい話があるだろうか。だが、ホープ卿が裏切り者の存在を知ったときは、それどころではないおぞましさを感じたはずだ。とにかく、ホープ卿の失われた六年間がスピナーズ・フォールズでの悲劇とどう結びつくのかは今もわからず、ベアトリスは今すぐにでもそのことをききたくてたまらなかった。

心の中ではそんな思いが渦巻いていたが、口からは〝お気の毒に〟という言葉しか出てこなかった。

「それだけじゃない」ホープ卿は強調するようにベアトリスの手を引っぱった。「裏切り者にはフランス人の母親がいた。ヴェールはわたしがその裏切り者だと考えているんだ」

「でも……でも、そんなの馬鹿げてる」ベアトリスは思わず叫んだ。「その、フランス人の母親の部分ではなくて……それはなるほどと思うけど、あなたが裏切り者だと思われるなんて……そんなの……そんなの、絶対おかしいわ」

ホープ卿は何も言わず、ただもう一度ベアトリスの手をぎゅっと握った。

「わたし」ベアトリスは用心深く言った。「ヴェール卿はあなたのお友達だと思っていたのだけど」

「わたしもだ。でも、それは六年前の話で、今はあいつのことがわからなくなってしまった」

「だから殴ったの?」ベアトリスはたずねた。

ホープ卿は肩をすくめた。

心配していたことが事実だとわかり、ベアトリスは身震いした。ホールでヴェール卿に警告されたことが思い出される。〝どうかお気をつけて〟。それでも、唇を湿らせて言った。

「ちゃんとあなたのことを知っている人なら、あなたが仲間を裏切るような人でないことはわかるはずよ」

「だが、きみこそわたしを知らないじゃないか」ついにホープ卿はベアトリスの手を放し、触れていた部分が離れたことで、ベアトリスの体からはぬくもりが消えていった。「きみはわたしのことを何も知らない」

ベアトリスはゆっくりと息を吸った。「そのとおりよ。わたしはあなたを知らない」紅茶の盆を取りに行く。「でも、それはたぶんわたしだけの責任ではないわ」

部屋を出て、ドアを静かに閉めた。

ベアトリスはジェレミー・オーツのもとを最低でも週に一度、多いときは二、三度訪ねているのに、執事のパットリーはいつもベアトリスが誰だかわからないふりをした。「どちら様でしょう?」次の日の午後も、パットリーは驚きあきれたように、飛び出した目でベアトリスを見つめた。

「ミス・ベアトリス・コーニングよ」ベアトリスは名前をでっち上げたい衝動を抑え、いつもどおりに答えた。

パットリーは自分の仕事をしているだけだ。少なくとも、それが何よりも思いやりのある解釈だし、ベアトリスはできるだけ思いやりを持ちたいと思っていた。

「かしこまりました」パットリーは節をつけて言った。「ミスター・オーツがご在宅かどうか確かめてまいりますので、居間でお待ちいただけますか?」

思いやりを持つことと、滑稽なまでに形式に忠実であることは別だ。〝ミスター・オーツ〟が自宅以外の場所にいるはずがない。ベアトリスはあきれて目を動かした。「わかったわ、パットリー」

案内されたのは一番上等な居間ではなく、日当たりが悪く、濃い色の重厚な家具であふれ返ったかびくさい部屋だった。パットリーが戻ってくるまでの時間を利用し、ベアトリスは心を落ち着けようとした。ホープ卿との言い合いの興奮がまだ残っていたし、彼の部屋を出たあとはかすかな罪悪感に襲われていた。何しろ、ホープ卿はベッドから起き上がれないでいるうえ、六年ぶりに再会した親友と喧嘩したばかりなのだ。そんな男性に、女性がきつく当たることはないでしょう？　ちょっと意地が悪すぎたんじゃない？　そうはいっても、ホープ卿の態度も辛辣だった。イギリスに戻って以来、自分の身に起こる何もかもにいらだっている——激怒していると言ってもいい——のはわかるけど、それでも本当に、わたしを鬱《うっ》憤《ぷん》晴らしに使う必要がある？

そのとき、パットリーが戻ってきて、ミスター・オーツがベアトリスに会う旨を伝えてきた。ベアトリスは無言で非難してくる執事の背中について階段をふたつ上り、ジェレミーの部屋に向かった。

「ミス・ベアトリス・コーニングがいらっしゃいました」パットリーが物憂げに言った。

ベアトリスはパットリーを押しのけて部屋に入った。もうたくさんだ。パットリーに満面の笑みを向け、断固とした口調で言う。「ここでけっこうよ」

パットリーは声を殺してぶつぶつ言っていたが、部屋を出てドアを閉めた。

「あの人、どんどんたちが悪くなるわ」ベアトリスは窓辺に行き、カーテンの片側を開けた。

ジェレミーは光に目を痛めることもあるが、真っ昼間に暗い部屋に横たわっているのもよくない。

「今のは褒め言葉だと思いたいね」ベッドからジェレミーがゆっくりと言った。

前回訪ねたときよりも、声が弱々しくなっている。ベアトリスは深く息を吸い、にっこりした笑みを顔に貼りつけてから後ろを向いた。その区画はベッドが占拠し、病室らしいごみがあたりに落ちている。ベッドから手の届く距離にテーブルがふたつ置かれ、その上には小瓶、軟膏の箱、ペンとインク、包帯、グラスが所狭しとのっていた。片側に古い木製の椅子が置かれ、その背に絹のひもが巻きついていて、端は座席に放ってある。場合によっては、ジェレミーを椅子に縛りつけるほうが、従僕が彼を暖炉の前に運びやすいのだ。

「何しろ」ジェレミーは言った。「これだけきみの訪問に難色を示すということは、ぼくがきみに乱暴する力があると確信しているということだからね」

「単に頭が悪いだけかも」ベアトリスは言いながら、クッションつきの椅子をベッドのそばに引き寄せた。

鼻を刺すようなにおい。ベッドの近くにいると、尿など体内からの不快な排出物が混じり合ったにおいがしたが、ベアトリスは感じの良い表情を崩さないようにした。五年前、アメリカ大陸での戦争から帰ってきたばかりのころ、ジェレミーは病室のにおいが我慢ならないようだった。今はそのにおいに慣れて無視できるようになったのか、単ににおいを感じなくなったのかはわからないが、いずれにせよ、ジェレミーがにおいのことを気にして傷つくことがあってはならない。

「新聞を買って、従僕がもらってきてくれたパンフレットも持ってきたわ」ベアトリスは柔らかな素材のかばんから紙束を取り出しながら、話し始めた。

「いやいや、そんなものは通用しないよ」ジェレミーは言った。弱った状態でも、その声にはからかいがこもっていた。

ベアトリスが顔を上げると、澄んだ青色の目とぶつかった。男性でも女性でも、ジェレミーほど美しい目をした人は見たことがない。本物の水色、春の空の色だった。その深い青には、ほかのどんな色も混じっていない。ジェレミーは――かつては、と言ったほうがいいかもしれないが――とてもハンサムな男性だった。髪は琥珀色で、誠実そうな明るい顔つきをしているが、今は病気のせいで口元と目元に苦痛のしわが刻まれている。

ジェレミーの母親はベアトリスの伯母メアリーの生涯の友人だったため、ベアトリスとジェレミーは一緒に育ったも同然だった。ジェレミーはベアトリスのことを誰よりも、ロッティよりもよく知っている。ジェレミーの目を見つめていると、その青い目はベアトリスが彼の前でかぶっている陽気な仮面の奥を見通し、腹の中にある彼に対する悲しみの泉を直接見ていると感じることがあった。

ベアトリスは目をそらし、ベッドの上掛けに視線を落とした。ジェレミーの脚があったはずの場所に。「何のこと……?」

「ベアトリス・コーニング、ぼくの前でとぼけても無駄だ」ジェレミーは八歳のころと同じ顔でにんまりして言った。「ぼくは体は不自由になったかもしれないけど、今も噂話を教えてくれる人はいるし、その誰もがきみの子爵の帰還の話をしているからね」

ベアトリスは鼻にしわを寄せた。「わ、わ、わたしの子爵じゃないわ」

ジェレミーは枕の上で首を傾げた。普段なら午後のこの時間は起き上がっているのだが、今日は仰向けに寝ている。ベアトリスは体の芯を恐怖が駆け抜けるのを感じた。容態が悪化しているの？

「きみのじゃなかったら、ほかに誰の子爵か思いつかないよ」ジェレミーはからかうように言った。「この子爵というのは、きみの家の居間に肖像画がある美男子と同じ男だろう？きみがあの絵にぽうっとなっているところは長年見てきたからね」

ベアトリスはばつの悪さに指をよじった。「そんなにわかりやすかった？」

「気づいていたのはぼくだけだよ」ジェレミーは愛情深い口調で言った。「ぼくだけだ」

「ああ、ジェレミー、わたしってとんでもないまぬけね！」

「ああ、そうだね、でもかわいらしいまぬけには違いないよ」

ベアトリスは失意のため息をついた。「実は、あの人はわたしが想像していたのとはまったく違っていたの。つまり、まだ生きていたらこんな感じだろうなという想像だけど、もちろん生きているとは思っていなかったわ。誰もが亡くなったと思っていたもの」

「どういうことだ？ 不細工なのか？」ジェレミーは顔をゆがめ、グロテスクなしかめっつらを作った。

「違うわ。まあ、今はあごひげが伸びていて、髪も長すぎるけど」

「あごひげというのはぞっとするものだ」

「船長のあごひげなら構わないわ」ベアトリスは反論した。

「船長のあごひげは余計にぞっとする」ジェレミーは言い張った。「例外を作ろうとしても意味はない。主張には信念を持たないと」

「そうね」ベアトリスは片手を振った。「でも、ホープ卿の場合、あごひげはたいした問題じゃないの、本当よ。あの人、刺青を入れているの」

「けしからん」ジェレミーはささやき声で嬉しそうに言った。頬が赤みを帯び、血色が良くなっていく。

「興奮させてしまったわね」ベアトリスが顔をしかめた。

「全然」ジェレミーは答えた。「でも、もしそうでも、ぜひ続けてくれと言いたいよ。ぼくは一日中、昼も夜もここにいる。興奮材料が欲しいんだ。だから教えてくれ。ホープ卿の何が問題なんだ？　もじゃもじゃのあごひげを生やして、錨《いかり》と蛇の刺青を入れているのはわかったけど、きみが困惑しているのがそのことだとは思えない」

「三角形の鳥よ」ベアトリスはぼんやりと言った。

「何だって？」

「刺青は、奇妙な小鳥なの。三羽いて、右目を囲んでいるわ。そんなところに刺青を入れるなんて、いったいどういうつもりなの？」

「さっぱりわからないね」

「問題は、態度にとげがあることよ！」ベアトリスは吐き出すように言った。「あの人、時には敵意をむき出しにすることもあるわ。何か、心がひからびてしまうような経験をしたみたいなの」

ジェレミーはしばらく黙っていたが、やがて言った。「お気の毒に。戦争に行っていたんだよな？　植民地か？」

ベアトリスはうなずいた。

ジェレミーはため息をつき、ゆっくりと言った。「まったく経験のない人に説明するのは難しいんだが、戦争やそこで起こる出来事、戦争で強いられる行動や見せられる光景は……何というか、人を変えてしまうんだ。感受性のある人間なら、誰もが辛辣さを増すものだよ」

「もちろん、そのとおりだわ」ベアトリスは言い、手をよじり合わせた。「でも、何となくそれだけじゃないような気がするの。ああ、この六年間、あの人が何をしていたのか知ることができたらいいのに！」

ジェレミーは薄くほほ笑んだ。「何があったのかはわからないが、きみが子爵の歴史を知ったところで、今の彼は何も変わらないと思うよ」

ベアトリスはジェレミーを、何もかもお見通しの愛おしい目を見つめた。

「わたしってまぬけよね？　肖像画でしか見たことがない男性を、ロマンティックな王子様のように思っていたなんて」

「まぬけといえばそうかもしれない」ジェレミーは認めた。「でも、もしロマンティックな夢を見られなければ、人生は恐ろしく退屈なものになってしまう、そう思わないか？」

ベアトリスは鼻にしわを寄せてジェレミーを見た。「ジェレミー、あなたってつねにその場にぴったりの言葉を知っているのね」

「ああ、知っているよ」ジェレミーは満足げに言った。「それで、どうなんだ？　子爵はきみの伯父様の爵位を奪うつもりか？」

「間違いないと思うわ」ベアトリスは顔をしかめて組んだ手を見下ろし、胸が締めつけられるのを感じた。「昨日、ヴェール子爵が訪ねてきて、ふたりで言い争いをしていたけど、あの人が本物のホープ子爵であることに疑いはないと思う」

「もしそうなら？」

ベアトリスはジェレミーに目をやった。わたしがその可能性を思ってどれほどうろたえているか気づいているのかしら？「家を失うわ」

「いつでもうちに来てくれればいいよ」ジェレミーはからかうように言った。

ベアトリスはにっこりしたが、唇が震えた。「レジー伯父様は最近また卒中を起こしたの」

「伯父様はきみが思っているよりずっと強いよ」ジェレミーは優しく言った。

ベアトリスは笑顔を作ることも放棄し、唇を噛んだ。「でも、もし倒れてしまったら、もし伯父様の身に何かあったら……ああ、ジェレミー、わたしどうしていいかわからないの」

ベアトリスは手を胸に押しつけ、収縮した血管をさすった。

「最終的にはうまくいくよ」ジェレミーはなぐさめるように言った。「心配はいらない」

「そうね」ベアトリスはため息をつき、ジェレミーのために元気よくふるまった。「レジー伯父様は今朝、事務弁護士のところに行っていたわ。わたしが出るとき、ちょうど戻ってきたところだったの」

「ふうむ。それは面倒なことになりそうだ。伯父様がすんなり爵位を渡さないとなると、ふたりとも議会に申し立てをしなきゃいけなくなるだろうね」ジェレミーは楽しげな表情になった。「ウェストミンスター宮殿で殴り合いが繰り広げられるかな？」

「そうなったらいいなという口調はやめて」ベアトリスは怒ったように言った。

「おいおい、当然じゃないか。こういうことがあるから、英国貴族は面白いんだ」その言葉とは裏腹に、最後は息が切れていた。上掛けにのせた手はきつく握られ、指のつけねが真っ白になっている。

ベアトリスは椅子から立ち上がりかけた。「苦しいの？」

「いや、大丈夫だ。騒がなくていいよ、ベアトリス」ジェレミーは一息ついた。本人は否定しても、本当は苦しんでいるのが見て取れる。顔は相変わらず赤みを帯びた頰以外、灰色がかっていた。

「ほら、体を起こすから、水を飲んでちょうだい」

「大丈夫だと言っているだろう」

「いいから騒がないで、ジェレミー」ベアトリスは穏やかながら断固とした口調で言い、ジェレミーの肩をつかんで、起き上がるのを手伝った。ジェレミーから波のように体温が伝わってくる。「わたしにはこれくらいする権利があると思うんだけど」

「そうだな」ジェレミーはあえいだ。

ベアトリスは小さなカップに水を注ぎ、ジェレミーに差し出した。

ジェレミーは少し飲んでから、ベアトリスにカップを返した。「ホープ卿がブランチャード伯爵になったらどういうことになるか、考えたことはあるか？」

ベアトリスは顔をしかめ、ごちゃごちゃしたテーブルの片方にカップを置いた。「さっきも言ったでしょう、レジー伯父様とわたしはタウンハウスから追い出され――」

「ああ、でもその先のことだよ」ジェレミーは家を失うかもしれないというベアトリスの懸念を一蹴した。「ホープ卿はレジー伯父様に代わって、貴族院の議席を獲得するんだ」

ベアトリスはゆっくりと椅子にもたれた。「ハッセルソープ卿は一票失うわね」

「それよりも大事なのは、ぼくたちが一票得るかもしれないということだ」ジェレミーは重々しく言った。「ホープ卿の政治志向を知っているか？」

「まったく」

「父親はトーリー党員だった」ジェレミーは言った。

「あら、じゃあホープ卿もきっと同じだわ」ベアトリスはがっかりして言った。

「息子が父親の政治思想を受け継ぐとは限らない。もしホープ卿がミスター・ホイートンの議案に賛成票を投じたら、ぼくたちはついに勝てるかもしれない」ジェレミーの頰の赤みは興奮のせいで顔全体に広がり、まるで炎の中で焼かれているかのようにぎらぎらしていた。「ぼくの部下……ぼくの下で働き、勇敢に戦った兵士たちが、しかるべき恩給を手にすることができるかもしれないんだ」

「ホープ卿の政治志向を探ってみるわ。わたしたちの側につくよう説得もできるかもしれない」ベアトリスはジェレミーと同じ熱心さを示そうとにっこりしたが、内心では怪しいものだと思っていた。ホープ卿は自分のことにしか興味がないように思える。今まで見てきた限りでは、彼がどんな形であれ兵卒のことを気にかけるとは思えなかった。

五日間も病床についているせいで、レノーはひどくいらだっていた。ミス・コーニングが定期的に部屋を訪ねてくる――入っていいかと最初にたずねることもせず、すっと入ってくるのが普通だと思っているようだ――のも困りものだが、それと同じくらい、自分が彼女に慣れつつあるという事実にも困惑していた。ミス・コーニングをからかい、口論することが当たり前になっているのだ。だが、今日はいったいどこにいる？　姿がまったく見当たらない。

レノーはベッドから這い下りると、古い青の上着を着てナイフを取り、部屋のドアをばんと開けた。若い従僕が部屋の外に立たされている。レノーが自分の家で暴れ回るのを阻止するためだ。

レノーは従僕をにらみつけた。「ミス・コーニングに話があると伝えてくれ」

ドアを閉めようとしたところ、従僕は言った。「それはできません」

レノーは手を止めた。「何だと？」

「できません」従僕は言った。「お嬢様はお出かけになっています」

「では、いつ戻る予定だ？」

従僕はそわそわと後ずさりしたあと、気を取り直したように背筋を伸ばした。「あまり遅くはならないと思いますが、はっきりとは申し上げられません。ミスター・オーツのお宅を訪問なさっているのですが、あちらには長い時間いらっしゃることもあるので」

「ミスター・オーツというのは」レノーは静かにたずねた。「いったい誰だ？」

「ミスター・ジェレミー・オーツです」従僕は言い、打ち解けた様子になった。「サフォークのオーツ家です。お金持ちのお宅だと聞いています。ミスター・オーツとミス・コーニングは長いおつき合いで、お嬢様は週に三、四回お宅を訪ねられるのです」

「では、年配の紳士なのか？」レノーはたずねた。

従僕は頭を掻いた。「違うと思います。若くてハンサムな紳士だという話です」

レノーはこのとき初めて、イギリスに戻ってから毎日ミス・コーニングに会っているというのに、彼女のことをほとんど知らないことに気づいた。そのオーツという、まともそうな英国紳士は恋人なのか？　それとも婚約者？　そんなことを思っていると、レノーの中の原始的な部分が刺激され、次の質問が口から飛び出した。

「ミス・コーニングはその男と婚約しているのか？」

「まだです」従僕は楽しげにウィンクして答えた。「でも、あんなに足繁く通われているなら、その日も近いに決まっていますよね？　もちろん、あの方には問題も――」

だが、レノーはもう聞いていなかった。従僕を押しのけ、階段に向かう。

「ちょっと！」従僕が背後から呼んだ。「どこに行かれるのです？」

「ミス・コーニングを玄関まで迎えに行く」レノーはどなった。思ったより脚に力が入らず、いらだちが募る。片手で手すりをつかみ、ゆっくりと階段を下りた。まるで老人のような動きだ。

「あなたをお部屋から出してはいけないと言われています」突然隣に現れた従僕が言った。レノーを支えようと肘を取ったが、レノーは弱りすぎていて、そのなれなれしさに文句を言う気にもなれなかった。

「わたしを部屋に閉じ込めておけというのは誰の命令だ？」レノーは問いただした。

「ミス・コーニングです。あなたがけがをするのではないかと心配されています」従僕は横目でレノーを見た。「戻っていただくことはできないでしょうか？」

「できない」レノーは簡潔に答えた。悔しいことに、息が切れている。ほんの一カ月前は、一日歩き通しでも疲れなかったのに、今は階段を下りるだけで息が切れるとは！

「だと思いました」従僕はそっけなく言った。そこから玄関ホールに着くまでは何も言わなかった。「お待ちになる間、水を飲まれますか？」

「頼む」従僕が厨房の方向に姿を消すまで、レノーは壁にもたれていた。それから玄関に向かい、ドアを開けた。

階段に出ると、風に息が止まりそうになった。空は曇っていて寒く、冬がロンドンに羽を広げていた。今ごろミシガン湖の北には雪が積もり、熊は肥えて動きがのろくなり、冬眠の準備を始めているだろう。〝ガホ〟は熊の肉を熊の脂で揚げて食べるのが好きだった。レノーが仕留めたばかりの豚を持っていくと、浅黒い肌のしわを深くし、目を糸のようにして、嬉しそうにほほ笑んだ。一瞬、レノーの目の前で以前の暮らしと現在の暮らしが溶け合い、揺らめいて、今自分がどこにいるのか、自分が何者なのかわからなくなった。

そのとき、ブランチャード伯爵家の馬車がタウンハウスの前に停まった。

従僕が飛び降りてステップを設置した。レノーは背筋を伸ばし、馬車に向かって歩きだした。扉が開き、ミス・コーニングがステップを下りてきた。

彼女はレノーを見たとたん、眉間にしわを寄せた。「ベッドを出て何をしているの?」

「きみを迎えに来たんだ」レノーは険しい声で言った。「どこに行っていた?」

ミス・コーニングはその質問を無視した。「信じられないわ、外の寒い中に立つなんて馬鹿なことを。すぐに戻らないと。アーサー」馬車担当の従僕を手招きする。「ホープ卿を中にお連れして――」

「わたしはどこにも連れていかれはしない」レノーは不気味なほど落ち着いた声で言った。

馬車担当の従僕はベアトリスを一瞥《いちべつ》したきり、ステップを片づける作業に並々ならぬ熱意を示した。「子供でもないし、頭が弱いわけでもないのだから、世話を焼かれる筋合いはない。

もう一度きくが、どこに行っていた？」

「じゃあ、わたしがあなたが中に入るのに手を貸すのは許してちょうだいね」ミス・コーニングは、高まりゆくレノーの怒りを一蹴した。

レノーが腕をつかむと、ミス・コーニングの最後の一語は悲鳴になった。「質問に答えろ」

何か緑のものが目の中で燃え上がり、意外なほど固い意志が火花を上げた。「どうしてあなたの質問に答えなきゃいけないの？」

「なぜなら」視界いっぱいに彼女の目が、きらめく灰色と草原の緑が混じり合った色が広がった。その色の組み合わせは、ひどく魅力的だった。

長年の間に、拘束と拷問、死と隣り合わせの状況を立て続けに経験してきたレノーだったが、この小柄な女性ひとりにどんな答えを返せばいいのか、どう考えてもさっぱりわからなかった。

だから、ちょうどその瞬間に銃声が轟《とどろ》いたのは運が良かったのかもしれない。

4

一ペニーとはいえ、見知らぬ男が自分の髪を買いたがる理由はわからないが、それで自分が損をするとも思えない。そこで、ロングソードはゴブリン王を喜ばせてやろうと、長剣を抜き、髪を一房切り落として渡した。ゴブリン王はにっこりして、一ペニーを差し出した。ところが、ロングソードがその硬貨をつかんだ瞬間、足元の地面が大きくひび割れた。ロングソードは長剣ごと大地にのみ込まれ、地中深くに落ちていき、やがてゴブリン王国に到着した。

ロングソードが顔を上げると、ゴブリン王がベルベットのマントを脱ぎ捨てたところだった。オレンジに輝く目と、まっすぐ伸びた緑の長髪、黄色い牙があらわになった。

「おまえは誰だ?」ロングソードは叫んだ。

「わたしはゴブリン王だ」男は答えた。「髪と引き替えにわたしの硬貨を受け取ったとき、おまえは己の身をわたしの権力に委ねたのだ。剣が手に入らないのであれば、おまえと剣をまとめて手に入れてやる……」

『ロングソード』より

包囲されてしまった。両側から敵が身を隠して銃撃し、狙い撃ちされた兵士たちが悲鳴をあげている。防衛線を張ることも、兵士を呼び集めることもできない。このままだと全員死んでしまう……。

二度目の銃声が鳴り響いた。レノーは馬車の陰で地面に伏せ、ミス・コーニングの柔らかく温かな体に覆いかぶさるようにしていた。レノーの目を見上げる灰色の目は、今は怒りに緑がかってはおらず、ただ怯えている。

そして、悲鳴が……そこらじゅうで悲鳴があがっていた。

「降りろ《ディソンデ》！」御者台に座り、まぬけな顔であたりを見回している兵士を、レノーはどなりつけた。「防衛線を張れ！」

「何を――」ミス・コーニングが言いかけた。

だが、レノーは取り合わなかった。男がひとり撃たれ、タウンハウスの階段の上のほうで身悶えしていて、血が白い石を汚している。若い兵士で、レノーとともに行軍してきた男だ。くそっ。うちの兵士じゃないか。

しかも、いまだに無防備な状態にある。

「ミス・コーニングのそばにいてくれ」近くにいた兵士に命令する。

御者台の兵士はようやく降りてきて、一同のそばに伏せた。曹長はどこだ？　ほかの士官たちは？　このままでは、全員この広場で十字砲火を浴びて死んでしまう。こめかみがずきずきと痛んだ。心臓が轟音を立てている。兵士たちを守らなければならない。

「わかったか？」近くの兵士に向かって叫ぶ。

兵士は呆然とレノーを見て、目をぱちぱちさせた。

レノーは男の肩をつかんで揺さぶった。「ミス・コーニングのそばにいてくれ。おまえに任せる」

兵士の顔をくもらせていた何かが晴れた。兵士らしく、レノーの目をじっと見つめてうなずく。「はい、わかりました」

「よし」レノーは階段の上の兵士に目をやり、距離を測った。最後の銃撃から一分は経っている。先住民は今も森に潜んでいるのか？　あるいは、幽霊のように静かに、どこかに立ち去ってしまったのか？

「何をするつもり？」ミス・コーニングがたずねた。

レノーは澄んだ灰色の目を見つめた。「兵士のところに行く。ここにいてくれ。これを持って」ナイフのつかをミス・コーニングの手のひらに押しつける。「いいと言うまでここを動くな」

そして、強くキスをした。生命——自分と彼女のふたり分の——が、血液を駆け巡るのを感じる。ああ、この人をここから連れ出さなければ。

ミス・コーニングが抗議の声をあげる前に、上体を屈めたまま階段に駆け寄った。うめいている兵士のそばでつかのま足を止め、すばやくわきの下をつかむ。玄関まで引っぱっていく間、若者は叫び声をあげていた。甲高く動物じみた、原始の苦悶の声だった。大勢が苦悶している。大勢が死んだ。皆、とても若かった。

若者をドアの中に引き入れているとき、三発目の弾丸がドア枠に当たり、レノーの頬のそばで木材が破裂した。

レノーは息を切らしていたが、若者を弾道から外すことはできた。これで二度と連中に撃たれることはない。どんよりと生気のない茶色の目が、血まみれの顔からこちらを見上げてくる。レノーは頭を振り、目もくらむほどの痛みの中で頭を働かせようとした。何か……何かがおかしい。

「いったい何の騒ぎだ?」レジナルド・セント・オーバン、伯爵の地位を盗んだ男が、顔を赤くして叫んだ。ドアに向かって歩いてくる。

レノーは腕を突き出し、その道筋をさえぎった。「森に狙撃兵が潜んでいる。外に出るな」

セント・オーバンは頭をのけぞらせ、わけがわからないという目でレノーを見た。「いったい何の話をしている?」

「説明している暇はない」レノーはどなった。「銃撃者がいるんだ」

「でも……でも、姪が外にいる!」

「今のところは安全だ。馬車の陰に隠れているから」

レノーは玄関ホールの騒ぎに集まってきた兵士たちを値踏みするように見た。ただ……ただ、彼らは兵士には見えなかった。何かがおかしい。だが、今は頭が割れるように痛むし、そんなことを考える時間もない。先住民が今も外で待ち伏せしていると思うと、背中がむずむずした。足元で若者がうめいた。

「おい」レノーは最年長の兵士を指さした。「屋敷に銃はあるか？　決闘用の拳銃、鳥撃ち銃、猟銃、何でもいい」

男は目をしばたたき、気をつけの姿勢をとった。「決闘用の拳銃が、伯爵様の書斎にございます」

「よし。持ってこい」

男はくるりと向きを変え、屋敷の裏手に向かう廊下を走っていった。

「きみたちふたり」レノーは作業向きの格好をした女性ふたりを示した。「清潔な布、リネン、何でもいいから包帯に使えそうなものを持ってきてくれ」

「わかりました」ふたりはそれだけ言うと立ち去った。

レノーは若者のほうを向いたが、腕に手をかけられて止まった。

「おい、よく聞け」セント・オーバンは言った。「わたしの使用人に、わけのわからない狂人の命令を聞かせるわけにはいかない。ここはわたしの屋敷だ。勝手なことは――」

レノーは振り向きざまにセント・オーバンの喉元をつかみ、壁に押しつけた。とたんに見開かれた薄い茶色の目を、レノーはのぞき込んだ。

「わたしの屋敷、わたしの使用人だ」セント・オーバンの顔に息を吐きかける。「協力するなり、目の前から消えるなり、好きにするがいい。ただし、わたしの権限に疑問を差し挟むようなことはやめろ。それから、二度とわたしに手を触れるな」その声には有無を言わさぬ響きがあった。

セント・オーバンはごくりと唾をのみ、うなずいた。

「よし」レノーはセント・オーバンを放し、曹長に目をやった。「ドアの外を見てくれ、すばやくだ。ミス・コーニングとほかの者が馬車のそばでじっとしているかどうか確かめるんだ」

「わかりました」

レノーは負傷兵のそばに膝をついた。若者の顔は汗でべたつき、目は痛みに細められている。傷を負ったのは左の腰だった。レノーは上着を脱ぎ、ポケットから小さな薄いナイフを取り出した。上着を丸め、若者の頭の下に入れる。

「わたしは死ぬのですか？」若者はささやくように言った。

「いや、大丈夫だ」レノーは膝丈の半ズボン《ブリーチ》のウエストから膝まで切り込みを入れ、血まみれの布地を裂いた。「名前は？」

「ヘンリーと申します」若者は唾をのみ込んだ。「ヘンリー・カーターです」

「ヘンリー、わたしは自分の兵士を死なせたくはないんだ」レノーは言った。射出口はなかった。弾丸は腰から掘り出さなければならない。腰は大量出血することがあるため、厄介な手術になりそうだ。「わかったか？」

「はい」若者の眉がいぶかしげに上がった。

「だから、おまえは死なない」レノーはきっぱりと言った。

若者は穏やかな表情になってうなずいた。「はい、わかりました」

「拳銃です」年長の兵士が両手に平たい箱を持ち、息を切らしながら戻ってきた。

レノーは立ち上がった。「よくやった」

女性たちもリネンを手に戻ってきて、ひとりがすばやくひざまずき、ヘンリーに包帯を巻き始めた。「料理人にお医者様を呼びに行かせました。それがいいと思いまして」

料理人？　何かがおかしいという思いに、再び頭がぐるぐる回り始めたが、レノーは平静な表情を崩さなかった。戦闘中に、士官が恐怖を表に出すことがあってはならない。

「実に賢明な判断だ」女性に向かってうなずくと、地味な目鼻立ちの顔が嬉しそうにぱっと輝いた。レノーは曹長のほうを向いた。「外はどうなっている？」

曹長はドアの隙間から体を起こした。「ミス・コーニングは御者とふたりの従僕とともに、馬車のそばでじっとしていらっしゃいます。通りの向こうに小さな人だかりができていますが、それ以外に変わったところはありません」

「よし。おまえの名は？」

曹長は胸を張った。「ハーリーでございます」

レノーはうなずいた。決闘用拳銃の箱をサイドテーブルに置いて開ける。中に入っていた拳銃は祖父の代のもののようだったが、きちんと油が差してあり、手入れがされていた。拳銃を取り出し、弾が込められているのを確認して、ドアに向かう。

「戸口から離れていろ」曹長に命令した。「先住民がまだ外にいるかもしれない」

「何てことだ、狂ってる」セント・オーバンがぶつぶつ言った。

レノーは彼を無視し、身を屈めてドアから出た。

通りは奇妙なほど静まり返っていた。あるいは、銃撃で混乱したあとなので、そう感じられるのかもしれない。レノーは立ち止まらず、すばやく階段を駆け下りて、馬車の下に入り込むようにしているミス・コーニングのそばに降り立った。

「大丈夫か？」レノーはたずねた。

「ええ。大丈夫」ミス・コーニングは顔をしかめ、レノーの頬に指を触れた。「血が出ているわ」

「たいしたことじゃない」レノーが手を取り、ミス・コーニングの指先についた血をなめ取ると、灰色の目が丸くなった。「まだナイフを持っているか？」

「ええ」ミス・コーニングはスカートの中に隠していたナイフを見せた。

「よし」レノーは兵士を見た……が、そこにいたのは、御者とふたりの従僕だった。レノーは強くまばたきをした。集中しろ。「弾がどこから飛んできたか見たか？」

御者は首を横に振ったが、従僕の片割れの、背が高く前歯が一本欠けた男が言った。「あなた様がヘンリーを屋敷まで引っぱっていったあと、黒い馬車がすごい速さで走り去りました。弾はあの馬車の中から放たれたのではないかと思います」

レノーはうなずいた。「そのようだな。だが、念のためにミス・コーニングを中にお連れしよう。御者のきみ、先に行ってくれ。わたしはミス・コーニングを連れて後ろを行くから、そのあとをきみたち従僕が来てくれ」先ほど発言した従僕に、拳銃を一丁手渡した。「撃たなくていいから、見ている者に武装していることがわかるようにするんだ」

男たちはうなずき、レノーは小柄なミス・コーニングを連れて立ち上がった。片腕を回し、彼女の体のできるだけ広い範囲を覆うようにする。「行こう」

御者は階段を駆け上がり、レノーはミス・コーニングとともに、自分たちの無防備ぶりを強く意識しながらあとに続いた。ミス・コーニングの体が隣に温かく、小さく繊細に感じられる。何分もかかるように思われたが、実際には数秒で屋敷の中に戻ることができた。銃声はもう聞こえず、レノーは後ろ手にドアを閉めた。

「まあ、ひどい」ミス・コーニングは傷ついた兵士、ヘンリーを見た。

だが、彼は兵士ではないと、レノーは即座に悟った。ヘンリーはレノーの寝室のドアを見張っていた従僕だった。その瞬間、頭がぐるぐる回り、燃えるような胆汁が喉にせり上がってきた。曹長だと思ったのは執事で、女性はメイド、兵士はひとりもおらず、従僕たちが用心深い目つきでレノーを見ているだけだった。そのうえ、先住民だと？　ロンドンに？　レノーはかぶりを振った。脳が痛すぎて爆発しそうだった。

何と、確かにわたしは狂っているのかもしれない。

ベアトリスは小さな祈禱《きとう》書の上に身を屈め、綴じ糸をほどいていた。手を動かしていたほうが、考え事がはかどるのはわかっていた。そこで、ヘンリーの看護体制が整い、ホープ卿が寝室に引きあげ、使用人たちを落ち着かせて仕事に戻し、屋敷内の秩序がすっかり回復すると、自分の部屋に引っ込み、この午後の出来事について考えることにしたのだ。

とはいえ、ドアがノックされるのが聞こえたとき、何か確固たる結論が出ていたわけではなかった。二度目のノック音が聞こえると、ベアトリスはため息をついて顔を上げた。

「ベアトリス?」

レジー伯父の声だった。伯父はほとんどベアトリスの部屋には来ないので妙だったが、それをいうなら今日は一日中妙なことが続いていた。ベアトリスは作業をしていた本を小さなテーブルに置き、伯父を中に入れるべく立ち上がった。

「おまえが無事だったかどうか確かめたくてね」部屋に入ったとたん、レジー伯父は言った。漠然と室内を見回す。

ベアトリスは後悔の念にとらわれた。銃撃の騒ぎの中では、伯父と話す時間がなかったのだ。「わたしは大丈夫よ。かすり傷ひとつないわ。伯父様は? 気分はどう?」

「わたしのような年寄りは何があってもびくともしないよ」レジー伯父は胸を張った。「もちろん、あのペテン師にはちょっと壁に打ちつけられたがね」反応をうかがうように、ふさふさした眉の下からベアトリスをじっと見る。

ベアトリスは顔をしかめた。「そうなの? でも、どうして?」

「わたしに言わせれば、思い上がっているからだ」伯父は熱を帯びた口調で言った。「森に先住民がいるとか何とかわめいていた。使用人に命令し始め、わたしにそこをどけと言った。あの男は狂っているんだ」

「わたしのことは助けてくれたわ」ベアトリスは上靴《スリッパ》に視線を落とした。ホープ卿が正気かどうかは、レジー伯父に中断されるまでベアトリスの頭を悩ませていた問題でもあった。「突然の出来事だったから、混乱しただけじゃないかしら。先住民の話をしたときは、きっと慌てていたのよ」

「あるいは、正気を失っているのかもしれない」ベアトリスの表情を見て、レジー伯父の声はやわらいだ。「あいつがおまえの命を救ったのはわかっているし、命がけでおまえを守ってくれたことに感謝していないわけじゃない。でも、あいつをこの屋敷に置いておいて大丈夫なのか？　ある朝目覚めて、わたしを……おまえを先住民だと思ったら？」

「あの件以外は正気に見えるわ」

「本当に？」

「ええ。とにかく、だいたいは」ベアトリスは作業机の前の椅子に座り、唇を嚙んだ。「伯父様、あの人はどういう精神状態であろうと、わたしや伯父様のことは傷つけないと思うわ、本当よ」

「ふん。わたしはそんなのんきに構えることはできないね」レジー伯父は歩いてきて、ベアトリスの手元をのぞき込んだ。「新しい課題に取りかかったんだな。何だい？」

「メアリー伯母様の古い祈禱書よ」

伯父はばらばらになった本にそっと指を触れた。「メアリーが田舎でこれを持って教会に行っていたのをよく覚えているよ。ひいひいおばあさんのものだったんだ」

「伯母様もそう言っていたわ」ベアトリスはそっと言った。「表紙はすっかりすり切れて、背にもひびが入って、ページの綴じ糸もほどけかかっていたの。だから、綴じ直して、青い子牛革で製本し直そうと思って。新品みたいにきれいになるわ」

レジー伯父はうなずいた。「メアリーも気に入るだろうな。あいつの形見をそんなに大事にしてくれてありがたいよ」

ベアトリスは自分の手を見ながら、メアリー伯母の優しい青い目と、柔らかな頬、朗らかな笑い方を思い出した。伯母がいなくなって、この家はすっかり変わってしまった。メアリー伯母が亡くなって以来、レジー伯父はユーモアの感覚が薄れ、物事を簡単に決めつけるようになって、ほかの人の意思を理解したり、共感したりすることが少なくなった。

「わたしも楽しいの」ベアトリスは言った。「ただ、伯母様がここにいて、完成品を見てくれたらなあって思うけど」

「わたしもだよ、ベアトリス、わたしもだ」レジー伯父はもう一度ページをぽんとたたくと、机から離れた。「おまえの身の安全のために、あの男は追い出したほうがいいと思うんだが」

話題がホープ卿のことに戻ったので、ベアトリスはため息をついた。「あの人はこれ以上、わたしに危険なことはしないわ」

「ベアトリス」レジー伯父は優しく言った。「おまえが物事をきちんとしたがるのはわかるが、世の中にはどうしようもないこともあって、あれほど野蛮な男というのもそのひとつじゃないだろうか」

ベアトリスは口元をこわばらせた。「あの人がブランチャード邸から放り出されて、そのあと爵位を取り戻したときに、わたしたちがどう見られるか考えたほうがいいわ。あの人はわたしたちのことをよくは思わないでしょうね」

レジー伯父は凍りついた。「あいつが爵位を得ることはない。そんなことはさせない」

「でも、伯父様……」

「いや、ベアトリス、この件で譲るつもりはない」レジー伯父はベアトリスにはめったに見せない、厳しい態度で言った。「あの狂人にわたしたちの家を奪われるわけにはいかない。わたしはメアリーにおまえをきちんと養うと約束したし、その約束を守るつもりだ。あの男をここに置くことは許すが、それはあいつに目を光らせ、あいつが爵位にふさわしくないことの証拠を集めるためだ」

そう言うと、レジー伯父は部屋のドアをきっちり閉めた。

ベアトリスはメアリー伯母の祈禱書に視線を落とした。何か手を打たなければ、そのうちこの家で流血沙汰が起きてしまう。レジー伯父は確かに強情だが、ただの頑固な年寄りにすぎないのだとホープ卿に示すことはできるはずだ。

「レジー伯父様があなたを殺すために誰かを送り込んだなんてことはありえないわ」ミス・

コーニングは三度目か四度目にそう言った。「言ってるでしょう、あなたは伯父様のことを知らないの。あの人は本当に、誰よりも優しい人なんだから」

「きみにとってはそうかもしれない」レノーは長いナイフを研ぎながら答えた。「でも、伯父さんが自分のものだと思っている爵位……と金を奪おうとしている相手は、きみじゃないんだ」

レノーは眉の下からミス・コーニングをまじまじと見た。わたしのことを狂っていると思っているのだろうか？　わたしと一緒にいることを怖れている？　つい数時間前のわたしの行動をどう思っている？

だが、どんなに注意深く観察しても、ミス・コーニングの顔から読み取れるのはいらだちだけだった。

「わたしの話を聞いてないのね」ミス・コーニングは寝室の窓辺からレノーが座っているベッドの端まで歩いてきて、目の前に立った。まるで肉屋の使い走りを叱る料理人のように、腰に手を当てる。「もし、レジー伯父様があなたを殺したいと思ったとしても……さっきから言っているように、それは絶対にないけど、もし仮にそう思ったとしても、自分の屋敷の前で暗殺を企てるほどまぬけじゃないわ」

「かい、わたしの屋敷だ」レノーはうなった。ミス・コーニングはもう三〇分も熱弁を振るっていて、やめる気配はない。

「あなたって」ミス・コーニングは歯ぎしりしながら言った。「どうしようもない人ね」

「いや、正しいのはわたしだ」レノーは言った。「きみが、自分で思っているほど伯父さんが優しくも何ともないことを認めたがらないだけだ」

「わたし――」ベアトリスはまたも口を開いた。その声音は、世界が終わるまでこの主張を続けるのではないかと思わせた。

だが、レノーはもうたくさんだった。ナイフと砥石を脇に放り、ベッドから立ち上がって、ミス・コーニングの顔をほぼ真正面から見る。「それに、きみが本気でわたしをどうしようもない男だと思っているなら、キスはしなかったはずだ」

ミス・コーニングはすばやく後ろに飛びのき、レノーは全身に怒りが走ったのを感じた。わたしを怖がるなどおかしい。そんな反応をされる筋合いはない。

ミス・コーニングは官能的な唇を開き、憤慨したような表情を浮かべた。一瞬、言葉に詰まったあと、まくしたてる。「あ、な、た、がキスしたんでしょう!」

レノーはミス・コーニングに一歩近づいた。ミス・コーニングは一歩下がった。レノーは黙って彼女を追って部屋を横切り、その目が恐怖に陰を帯びるのを待った。あのとき、馬車のそばでわたしが何と叫んだのか聞かなかったのか?

わたしが狂っていることを知らないのか?

レノーはベアトリスの上に身を屈めた。彼女の耳の近くの髪筋が唇をかすめ、イギリスの花々の甘い香りが鼻孔をくすぐる。「きみはキスを返してきた。わたしが気づかなかったと思うな」

そう、気づいたのだ。ミス・コーニングの柔らかな唇はほんの一瞬、レノーが振り向いて負傷した従僕に向かって走りだす前に、レノーの唇の下で開いた。あのキスはいつまでも記憶に焼きついたままだろう。レノーは顔を傾け、ミス・コーニングの目を見つめた。

その目は恐怖に陰を帯びるどころか、ぎらついて緑の閃光を放った。「あなたが死んでしまうと思ったからよ！」

愚かなことを。

「それできみの鋭い感受性がなだめられるなら、そう思っていればいい」レノーはつぶやいた。「だが、きみは、わたしに、キスをした。それが事実だ」

「そんなことを言うなんて、どこまで傲慢な人なの」ミス・コーニングはささやくように言った。

「まあね」レノーは息を吸った。ミス・コーニングの肌からは清潔で女性らしい香りが漂い、そこに先住民の女性は使うことのない、花の香りの石鹼の匂いがほのかに混じった。その匂いはレノーには懐かしく、かつて知っていた上流の女性たち――母親、妹、遠い昔に舞踏会に同伴した、存在も忘れていた若い娘たち――の記憶を呼び覚ました。ミス・コーニングはイギリスそのものの匂いがする。そう思うと、どういうわけか耐えられないほど高ぶると同時に、ひどい恐怖に駆られた。この人は、わたしから身を守るすべを持っていない。

わたしはもう、この人の世界には属していないのだ。「でも、キスは良かったのか？」

「もしそうだったら？」ベアトリスはささやいた。

レノーは唇でそっと、優しく、ミス・コーニングのあごに触れた。「同情するよ。悲鳴をあげてわたしから逃げたほうがいい。わたしが怪物だってわからないか？」

ベアトリスは勇敢な、澄んだ灰色の目でレノーを見上げた。「あなたは怪物じゃないわ」

レノーは目を閉じた。彼女の顔を見たくない、その純粋さにつけ込みたくない。「きみはわたしのことを知らない。わたしが何をしてきたのかも知らないんだ」

「じゃあ、教えて」ミス・コーニングはせがむように言った。「植民地で何があったの？六年間、あなたはどこにいたの？」

「だめだ」茶色の目が、血まみれの顔からこちらを見上げている――間に合わなかった。レノーはミス・コーニングから離れた。目の奥で大笑いしている悪魔を見抜かれる気がした。

「どうして？」ミス・コーニングは呼びかけた。「どうして話してくれないの？あなたの身に何が起こったのか聞くまでは、あなたを理解することはできないわ」

「馬鹿を言うな」レノーはぴしゃりと言った。「きみに理解してもらう必要はない」

ミス・コーニングは宙に両手を放り出した。「どうしようもない人ね！」

「これでふりだしに戻ったわけだ」レノーはため息をついた。

ベアトリスはレノーに向かって顔をしかめた。灰色の目を不快そうにぎらつかせながら、小さな足を片方とんとんと打ちつける。「わかったわ」しばらくして言った。「あなたの過去のことはとりあえずおいておくとしても、今日誰かに殺されそうになった事実は無視できないわ」

「わかってる」レノーは振り向いてナイフと砥石、ナイフを研ぐのに使っていた革のはぎれを手に取った。「きみには関係ないことだと思うけどね」

「どうして関係ないなんて言えるの?」ミス・コーニングは問いただした。「わたしもその場にいたのよ。三発目の銃撃を見たわ。最初の二発はでたらめだったとしても、三発目は明らかにあなたを狙っていた」

「それでも、きみに関係ないことには変わりない」

レノーは砥石と革はたんすの中にしまったが、ナイフはウエストに吊した。このナイフは六年もの間持っていて、鹿や熊を解体するのに使い、数年前に一度、人を殺したこともある。ナイフは友達でもなければ、愛着を抱いているわけでもないが、役には立ってくれるし、これがそばにあったほうが安全だと思えて心強かった。

部屋の奥でベッドの前に立ったままのミス・コーニングを、興味深そうに眺める。「どうしてそんなにしつこいんだ?」

「だって、気になるから」ミス・コーニングは言った。「あなたがどんなにわたしを遠ざけようとしても、気になるの。それに、レジー伯父様が銃撃には関係ないことをあなたに説明できるのは、わたししかいないから。考えてみてちょうだい。レジー伯父様じゃなければ、ほかの誰かがあなたを殺そうとしているということなのよ」

「それは誰だと思うんだ?」

「わからない」ミス・コーニングは自分の体を抱くようにし、身震いした。「あなたは?」

レノーは顔をしかめてたんすの上部を見下ろした。たらいと水差しが置いてあるだけだ。この屋敷でレノーが以前使っていた部屋の家具とは、似ても似つかない。それでも、長年暮らしていたウィグワムに比べれば、贅沢にしつらえられた部屋だ。一瞬、場違いな気分になり、頭がくらくらした。今のわたしに居場所などあるのか？　悪魔がしゃしゃり出てきて、主導権を握ろうとしていた。

だが、レノーはかぶりを振り、悪魔を押し戻した。「ヴェールの話だと、もう一年も裏切り者を探しているらしい。裏切り者探しに取りつかれているんだ。それで、裏切り者にはフランス人の母親がいると言っていた。わたしの母はフランス人だ」

「ヴェール卿があなたを裏切り者だと思ったとして、それであなたを殺させるかしら？」

レノーは自分が知っている男を、よく笑い、誰とでも友達になる男を思い出した。あのヴェールは決してそんなことはしないが、それは過去のヴェールにすぎない。今のヴェールは、わたしがスピナーズ・フォールズで連隊を裏切ったと思ったら、わたしを殺すだろうか？六年という月日は人間を大きく変えるものだが、あのヴェールが友人を殺す人間になるだろうか？

「いや」レノーは心の中の質問に答えた。「いや、あいつは、ジャスパーはそんなことはしない」

「じゃあ、誰？」ミス・コーニングは静かにたずねた。「大虐殺の生存者の中に、あなたを裏切り者だと思っている人がほかにいるとしたら、あなたを殺すかしら？」

「わからない」レノーは顔をしかめて考え、やがていらだたしげに首を横に振った。「ヴェールとサミュエル・ハートリーという男以外に、誰が大虐殺を生き延びたのかも知らないんだ」くそっ！　ヴェールに協力を求められればよいのだが、昨日の午後の出来事を思うと、それはできそうにない。「誰を信じていいのかわからない」

レノーはミス・コーニングを見た。ようやく状況がのみ込めてきた。「信じられる人間がいるのかどうかもわからないんだ」

「弾はあの男の顔すれすれに飛んできたという話だが」リスター公爵はワインのゴブレットを色白の大きな手の中で回しながら、物憂げに言った。

「そのくらい近かったのは確かです」ブランチャードは顔をしかめた。「頬に血がついていた。といっても、それは破片が当たったせいだと思いますが」

「もっと近ければよかったのに」ハッセルソープはグラスの中でワインを回しながら言った。赤紫色の液体はとても色が濃く、ほとんど黒に見えた。血の入ったグラスのようだ。ハッセルソープは急にぞっとして、グラスを椅子の脇のテーブルに置いた。「もし弾丸があの男の頭蓋骨を打ち砕いていれば、ブランチャード卿、あなたは爵位の心配をしなくてよくなったのに」

予想どおり、ブランチャードはワインにむせた。

ハッセルソープは口元に軽く笑みを浮かべながら、ブランチャードを見守った。一同は食堂のテーブルについていて、女性陣はすでに居間に下がってお茶を飲んでいる。そのうち自分たちも合流し、アドリアーナの信じられないほど愚かなおしゃべりに耐えなければならない。結婚して二〇年と少しになる妻は、社交界デビューしたときは絶世の美女と呼ばれ、年月が経ってもその美貌はほとんど陰りを見せていない。あいにく、頭のほうも少しも良くなっていなかった。ハッセルソープの計算し尽くされた駆け引きの人生の中でただ一度、感情に任せて決めたのがアドリアーナとの結婚で、以来その代償を払い続けている。

「あの男は実に勇敢でした」ブランチャードは恨めしそうに言った。「命がけでわたしの姪を表通りから連れ戻したんです。でも、自分は先住民と戦っていると思っていた」

リスターは身じろぎした。「先住民？　何だ、植民地の野蛮人のことか？」

「あいつはそうわめいていました」ブランチャードは言った。何やら計算するように、ハッセルソープからリスターへと視線を移す。「普通ではないと思うんです」

「ほう」ハッセルソープはつぶやいた。「もし正気を失っているのなら、爵位は手に入れられない。それがあなたの計画か？」

ブランチャードはこくりとうなずいた。

「悪くない」ハッセルソープは言った。「そうすれば、あなたもあの男を殺さずにすむ」

「ホープ卿の暗殺未遂の陰に、わたしがいると言いたいのか？」ブランチャードは唾を飛ばした。

「まさか」ハッセルソープはこともなげに言った。伏せたまぶたの奥から、リスターが自分たちを見ているのはわかっている。「事実を指摘したまでだ。ロンドンで脳みそのある人間なら誰もが考えていることだ。もちろん、ホープ卿本人も」

「馬鹿なことを」ブランチャードはささやくように言った。顔が真っ青になっている。リスターは笑った。「くよくよすることはない。とにかく、射撃手は狙いを外したんだ。だから、狂ったホープ卿を誰が殺そうとしたのかなど、たいした問題ではない」

ハッセルソープはグラスを口元に運び、低い声で言った。「犯人が再び仕掛けてこない限りは」

「男の人の考えることは理解できないわ」次の日、家具製造者〈ゴドフリー&サンズ〉の広い倉庫内の展示場をロッティと歩き回りながら、ベアトリスは言い放った。展示場の奥にいる紳士の一団を、非難するようににらみつける。紳士たちは赤毛の美人の注意を引くため、クッションつきの重そうな椅子をどれだけ高く頭上に持ち上げられるかを競っていた。「どうしてホープ卿は昨日、自分からキスをしておいて、そのあとわたしがあの人にキスしたと責めるのかしら」

「男というのは不可解なものよ」ロッティは重々しく答えた。

「本当に」ベアトリスはためらったあと、静かに言った。「あの人……銃撃事件の間、混乱していたようなの」

ロッティはベアトリスを見た。「混乱?」

ベアトリスは顔をしかめた。「先住民だとか、防衛線を張るだとか言っていて」

「まあ」ロッティは不安そうな顔になった。「自分がどこにいるかはわかっていたの？」

「どうかしら」ベアトリスは顔をしかめ、馬車のそばにうずくまっていた数分間のことを思い出した。ホープ卿が開けた場所に飛び出して従僕のヘンリーのもとに行くつもりだと気づいたときは、心臓が止まりそうになった。「わかっては……いなかったと思うわ」

「でも、それは狂気に陥っているということよ」ロッティはぞっとした声でささやいた。

「わかってる」ベアトリスはつぶやいた。「レジー伯父様がそのことをホープ卿の不利になるよう利用して、自分の爵位を守ろうとするんじゃないかとも思ってるの」

ロッティはベアトリスを見た。「でも、もしホープ卿が本当にそうなのだとしたら……。爵位を相続しないほうがいいんじゃない？」

「そんな単純な話じゃないのよ」ベアトリスは一瞬目をつぶった。「ホープ卿は敵意はあるにしても、普段はごくごくまともに見えるわ。一度混乱したくらいで、爵位を奪われていいものかしら？」

ロッティは疑わしげな顔で首を傾げた。

ベアトリスは急いで続けた。「考えなきゃいけないことはほかにもあるの。もしホープ卿が爵位を継いだら、議会で投票権を得て、ミスター・ホイートンの議案に賛成票を投じてくれるかもしれないのよ」

「わたしもあなたと同じで、ミスター・ホイートンの議案を支持しているわ」ロッティは言った。「でも、あなたが犠牲を払ってまでも、議案が通ってほしいとは思わないの」

「わたしのことだけなら、大丈夫だと思うわ」ベアトリスは言った。「これだけロンドンで暮らしたあと、田舎で今より貧しい暮らしをするのは大変だろうけど、そこまでつらくはないと思う。心配なのはレジー伯父様のことよ。伯爵の地位を失ったら、死んでしまうかもしれないと本気で思うの」胸の痛みを抑えるため、手を押しつけた。

「誰もが得する方法なんてないんじゃない？」ロッティは暗い声で言った。

「でしょうね」ベアトリスは答えた。しばらくふたりとも無言で歩いたあと、ベアトリスは言った。「ロッティ、とにかくひどい状況だったの。ホープ卿は決闘用の拳銃を持って、レジー伯父様は叫んでいて、使用人たちは大騒ぎ。ヘンリーは血まみれで、今にも誰かを殺しそうな顔で歩き回っていたわ。その二時間後、ホープ卿はわたしがあの人にキスをしたようなことを言ったの。明らかに自分からキスしてきたくせに。あのときまで、わたしはあの人に好かれているとさえ思っていなかったのよ」

ロッティはそっと咳払いをした。「ねえ、厳密に言えば、キスしてきたからといって、あの人があなたを好きだとは限らないのよ」

ベアトリスは驚愕してロッティを見た。

「ごめんなさい、でもそういうものなの」ロッティは肩をすくめたあと、完全にとぼけた口調で言った。「もちろん、一般論として、女性のほうは好きな男性としかキスしないものだけど」

ベアトリスは唇を引き結んだが、顔が熱くなっているのがわかった。

ロッティは咳払いをした。「あなた、ホープ卿が好き？　なのね？」

「あんな人、好きになれるはずがないでしょう？」ベアトリスは言った。「無愛想だし、皮肉屋だし、正気じゃないかもしれないっていうのに」

「それでも、あなたはキスをした」ロッティはベアトリスに思い出させるように言った。

「わたしはキスをされたの」ベアトリスは反射的に言った。「ただ、人を見るまなざしが強くて、この世にはあの人とわたししかいないような気にさせられるだけよ。情熱に満ちあふれているの」

ロッティは眉を上げた。

「説明の仕方が悪いわね」ベアトリスはしばらく考えた。「音楽といえば、おもちゃの笛の音しか聞いたことがないとするわ。まあまあね、と思うでしょう。音楽とはそれなりに良いものだけど、特別だと思えるほどではない、と。でも、そのあとミスター・ヘンデルのシンフォニーを聴きに行ったらどう？　わかるでしょう？　その音楽は圧倒的で、美しくて奇妙で複雑で、すっかり虜《とりこ》になってしまうはずよ」

「わかった気がするわ」ロッティはつぶやいた。眉間にしわが寄っている。

展示場の向こう側で、紳士のひとりが椅子の重さを見誤り、落としてしまった。椅子は床にたたきつけられ、ほかの紳士たちは身をよじって笑い、問題の若い淑女はお目付役に引っぱられ、叱られながら展示場を出ていった。経営者が大慌てで、自分の商品が壊された現場に向かっていく。

ベアトリスは頭を振った。「男性のことは一生理解できないわね」

「ねえ、聞いて」ロッティは言った。「今朝、夫が何をしたかわかる？」

「さあ」ベアトリスは首を横に振った。「でも、わたし本当に――」

「教えてあげる」ロッティはベアトリスの返事には構わず言った。「朝食に下りてきて、卵を三つ、ガモンハムのステーキを半分、トーストを四枚食べて、紅茶をポット一杯分飲んだの」

ベアトリスは目をしばたたいた。「ずいぶん食べたわね」

ロッティはいらいらと手を振った。「いつもどおりの朝食よ」

「あら」ベアトリスは顔をしかめた。「じゃあ、何が――」

「その間中、わたしに一言も話しかけなかったのよ！　手紙を読んで、スキャンダル新聞の記事にぶつぶつ言うのに忙しくて。しかも、ここからが重要なの。わたしに、じゃあ、の一言もなく部屋を出ていったのよ。そのうえ、一分後に戻ってきたとき、何て言ったと思う？」

「見当もつかないわ」

「サイドボードに歩いていって、トーストをあと一枚取って、また何も言わずわたしのそばを通り過ぎていったの！」

「まあ」ベアトリスはたじろいだ。「何か大事な仕事の用で頭がいっぱいだったんじゃないかしら」

ロッティは片方の眉を吊り上げた。「あるいは、ただの馬鹿か」

ベアトリスは何と返せばいいのかわからなかったので、しばらく黙っていた。ふたりは混雑した部屋をゆっくりと横切り、金色の天使像が一面に描かれたサイドテーブルの前で、暗黙の了解の下に足を止めた。

「こんなにも」ロッティは考えながら言った。「醜いものを見たのは生まれて初めてだわ」

「確かにそうね。これを作った人はサイドテーブルというものを病的に嫌っていたのかと思うほどだわ」ベアトリスは首を傾げ、テーブルをまじまじと見た。「昨日、ジェレミーのところに行ったの」

「調子はどうだった？」

「あまり良くはないわ」ベアトリスはロッティがすばやく視線を送ってきたのを感じた。「ミスター・ホイートンの議案を通すのはとても大事なことなの。この議案で恩恵を受ける兵士は大勢いる……たぶん何千人という規模で。その中には、ジェレミーの下で働いていた人もいる。ジェレミーは議案のことを心から気にかけているわ。もし退役軍人がもっと恩給をもらえたら、ジェレミーには計り知れないくらい良い効果があると思うの」

「ええ、でしょうね。そのとおりだと思う」ロッティは優しく言った。

「ジェレミーにはただ……」ベアトリスはそのあとを続けるため、つかのま言葉を切り、込み上げてくるものをのみ込んだ。しっかりした口調で言う。「ただ、理由が必要なの……生きる理由が。わたし、ジェレミーのことが心配なのよ、本当に」

「わかるわ」

「オーツ夫妻は時々、ジェレミーをあの部屋にひとりで長く置きすぎることがあるわ」ベアトリスはかぶりを振った。重傷を負って帰還した息子に対するオーツ夫妻の反応には、長い間悩まされてきた。「あの人たち、ジェレミーのことを見捨てたんだと思う」

「かわいそうに」

「戦争から戻ったジェレミーを見て」ベアトリスはささやくように言った。「まるで、もう死んでいるみたいな態度をとったの。息子が健康体じゃなければ、自分たちには何の意味もないと言わんばかりだった。今はジェレミーの弟のアルフレッドに夢中で、ジェレミーじゃなくアルフレッドを跡継ぎのように扱っているのよ」

ベアトリスはロッティを見たが、今度は目に涙を浮かべずにはいられなかった。「それから、あの最低なフランシス・カニンガム！　ジェレミーが戻ってきたとき、フランシスがあの人を捨てたことを思うと、今でも腹が立つわ。何て恥知らずなの」

「フランシスの無情さを誰も責めなかったのは残念よね」ロッティは考え込みながら言った。

「でも、あのときジェレミーは脚を失って、もう生きられないと思われていたわ」

「ジェレミーが病室から出られるようになるまで待つことはできたでしょう」ベアトリスはむっつりとつぶやいた。「しかも、もう結婚してる。知ってた？　お相手は准男爵よ」

「太った、年寄りの准男爵ね」ロッティは満足げに言った。「とりあえず、わたしはそう聞いたわ。あの人も最終的に、受けるべき報いを受けたというわけよ」

「ふん」ベアトリスはしばらく天使像を眺めた。テーブルのこちら側の角に描かれた天使はちょうど、胃腸の悪い太った年寄りの男に見えた。フランシス・カニンガムは確かに、相応の報いを受けたのかもしれない。「でも、この議案が今、一年後や二年後じゃなくて今通ることが大事だってことは、わかってるでしょう?」

「ええ、わかってるわ」ロッティはベアトリスと腕を組み、ふたりは再び歩き始めた。「あなたは本当にいい人よ。わたしよりずっと」

「この議案が通ってほしいと思っているのは、あなたも同じでしょう」

「でも、わたしの興味は理論上のことだわ」ロッティの大きな口に、ほのかに笑みが浮かんだ。「時にひどい状況下で何年も国のために働いた人は、相応の補償を受けるべきだと思っているだけ。だけど、親愛なるベアトリス、あなたの信条には情熱がある。ジェレミーに対するのと同じくらい、傷ついた人たちのことを思いやっているのよ」

「そうかもしれないけど」ベアトリスは言った。「でも結局、誰よりも気にかけているのはジェレミーのことだわ」

「そのとおり。だから、わたしは心配でたまらない」

「心配って何が?」

ロッティは足を止め、ベアトリスの両手を取った。「気を落としてほしくないの……」

ベアトリスは顔をそむけたが、それでもロッティの言葉は最後まで聞こえた。

「もし、議案が通るのが間に合わなくても」

5

さて、ロングソードはこの展開が少しも気に入らなかったが、ゴブリン王と結んだ契約は、そう簡単に反故《ほご》にできるものではない。そのため、ロングソードはゴブリン王の下で働かざるをえなくなったのだが、それは何とも卑しい仕事だった。本当に！　ロングソードは太陽を見ることも、笑い声を聞くことも、頬に涼しい風を感じることもなくなった。皆さんもお聞き及びのとおり、ゴブリン王国というのは恐ろしい場所なのだ。だが、ロングソードにとって何よりもつらかったのは、自分が仕えている主人と自分がやっていることが、神と天に対する侮辱だと知っていることだった。

そこで、ロングソードは毎年のように主人のもとに行き、片膝をついて、このおぞましい労役を解いてくれるよう乞うた。

だが、ゴブリン王は毎年のように、ロングソードを解放することを拒んだ……。

『ロングソード』より

「わたしがブランチャードの金にいっさい手をつけられないなど、馬鹿げている」次の日、レノーはどなった。檻に閉じ込められた野生の狼の気分で、狭い居間を暖炉から窓に向かって歩く。「資金がないのに、どうやって弁護士を雇えばいい？」

「レジー伯父様が、自分の権利を奪おうとする人に資金を提供したがらないのは、当然のことだわ」ミス・コーニングは言った。小さな火のそばに静かに座り、紅茶を飲んでいる。

「はは！　それでわたしを止められると思っているなら、セント・オーバンはさぞかし落胆するだろう」レノーは言い返した。「わたしの主張を審理してもらえるよう、議会に特別委員会の開催を申し立ててきた」

ミス・コーニングは慎重にティーカップを置いた。「こんなに早く？　全然知らなかったわ」

レノーは鼻を鳴らした。「明日になってからでは遅すぎるからな。わたしが身分を証明できれば、もはや爵位を取り上げられる筋合いはなくなる」

ミス・コーニングは顔をしかめ、ティーカップをもてあそんだ。

レノーは眉間にしわを寄せた。「わたしの言い分を信じていないのか？」

「いえ、ただ……もし……」ミス・コーニングはゆっくりかぶりを振った。

「もし、何だ？」

「もし、伯父様があなたは狂気に陥っていると言ったら？」彼女は勢い込んで言い、レノーを見上げた。

レノーは目をみはった。狂気は、爵位の相続を阻む数少ない理由のひとつだ。「セント・

オーバンがそのつもりだというのは確かな情報か？」

「ちらっと聞いただけよ」ミス・コーニングはうつむき、灰色の目をレノーから隠した。

レノーは顔をしかめ、セント・オーバンは実際に何と言ったのだろうと考えた。背中の窪みに冷や汗が噴き出るのを感じる。〝おまえはもうまともなイギリス人には戻れない〟と、心の中のゴブリンがささやく。〝もうこの社会の人間ではないのだ〟と。レノーは両手をこぶしにし、その声と闘った。

「大丈夫？」ミス・コーニングがたずねた。

「ああ」レノーはぴしゃりと言った。「大丈夫だ」

ミス・コーニングの目には苦悩の色があった。「わたしからレジー伯父様に頼めば、新しい服や何かを買うお金は貸してくれると思うわ」

「もともとわたしの金だ」レノーはうなった。

ミス・コーニングがレノーの機嫌を取ろうとしているのは、互いにわかっていた。いまいましいセント・オーバンめ。レノーはカーテンを開き、外をのぞいた。三階下、タウンハウスの前に馬車がひっそり停められているのが見える。セント・オーバンの政治仲間の誰かが訪ねてきているのだろう。

「とにかく、誰のお金だろうと、伯父様が財布のひもを握っている事実に変わりはないの」ミス・コーニングは意見を述べた。「もう少し伯父様に礼儀正しく接しても、あなたの立場が不利になることはないわ。しかも、今は伯父様の屋敷で暮らしているんだから」

「わたしの屋敷だ。自分の屋敷に住むのは当然の権利だし、あの男に媚《こ》びへつらうなんてまっぴらだ」レノーはカーテンから手を離した。

ミス・コーニングはあきれたように目を動かした。「〝媚びへつらう〟なんて言ってないでしょう、ただ、もう少し――」

「礼儀正しく、だろう」レノーはミス・コーニングのほうに歩いていった。今朝の彼女はいつにも増して美しい。緑のドレスが頬の薄い薔薇色の補色となり、目をダイヤモンドのようにきらめかせている。「わたしが〝礼儀正しさ〟を意識する相手は、きみだけだ」

ミス・コーニングは茶器を口元に運ぶ途中で手を止め、レノーに用心深いまなざしを向けた。これでいい。彼女はわたしの存在を当たり前に受け入れすぎている。あろうことか、わたしとミス・コーニングは部屋にふたりきりでいるし、わたしはこの六年間を、男と女の関係がもっと原始的な社会で過ごしてきたのだ。つまり……。

ところが、そんなレノーの思考は、戸口に従僕が現れたことで中断された。「お客様がいらっしゃいました」

従僕が脇によけると、背後にいる人物が見えた。そこに立っていたのは、年配の淑女だった。背筋をぴんと伸ばし、真っ白な髪を頭のてっぺんできつくひっつめ、刺すような青色の目はすでに不服げに細められている。彼女に会うのは六年ぶりで、レノーは一瞬、取り乱してしまいそうになった。涙が、男らしさを著しく欠いた涙が、目ににじむのを感じる。

そのとき、女性が口を開いた。「まあ！ 髪が伸びすぎて顔にかかっているじゃない！

何て気味が悪いの。それに、植民地では紳士はそんな服を着ているの？　信じられないわ。ええ、信じられませんよ！」

レノーは女性のもとに行って手を取り、相手がいやがるのも構わず頬にそっとキスをした。

「会えて嬉しいよ、クリステル叔母《タント・クリステル》様」

「もう！　そんなに髪を伸ばしていたら、何も見えないでしょうに」タント・クリステルは青い血管の浮き出た手を伸ばし、レノーの顔に落ちてくる髪を払った。言葉とは裏腹に、その手つきは優しかった。やがて、手は下に下りた。「それで、この人はいったい誰？　上流階級のお屋敷で、女性とふたりきりで部屋に閉じこもるなんて、あなたはそんなにも野蛮になってしまったの？」

レノーは振り向き、内心にやりとした。ミス・コーニングは椅子から跳び上がって、タント・クリステルを用心深い目つきで見ている。「こちらは親戚のミス・ベアトリス・コーニングだ。ミス・コーニング、こちらは叔母のミス・クリステル・モリヌー」

ミス・コーニングは膝を曲げ、タント・クリステルは柄付眼鏡を目に当てて言った。「コーニングという名前の親戚が、姉の家族にいた記憶はないのだけど」

「わたしはブランチャード卿の姪です」ミス・コーニングは言った。

タント・クリステルの目が陰を帯びた。「馬鹿なことを《セ・レディキュール》！　わたしの甥には甥はいても姪はいないし、その甥もまだ一〇歳にもなっていないわ」

レノーは咳払いをした。イギリスの土を踏んでから、初めて大笑いしたい気分になっていた。「タント、この人が言っているのは、現ブランチャード卿のことだよ」

タント・クリステルは鼻を鳴らした。「あの偽伯爵ね。なるほど」

ミス・コーニングの顔に警戒の色が浮かんだ。「あの……お茶でもお持ちしましょうか？」

レノーはコーヒーかブランデーのほうがよかったが、ミス・コーニングは紅茶にこだわりがあるようなので、黙ってうなずいた。彼女はすべるような足取りで部屋から出ていき、レノーはその後ろ姿を見守った。

「かわいい娘じゃないの」タント・クリステルは感想を述べた。「美人ではないけど、上品な雰囲気だわ」

「そうだね」レノーは叔母を見た。「今、エメリーンの話が出たけど。妹はどうしてる？」

「知らないの？」タント・クリステルの眉間に、不満そうにしわが寄った。「誰かにきかなかった？」

「きいたよ」レノーは叔母を椅子に案内しながら答えた。「でも、タントほどあの子を知っている人はいなくて」

「ふん」タント・クリステルは言い、つんとした顔で椅子に座った。「では、教えてあげる。あの子が夫に死なれたのは知っているわよね。あなたが……いなくなってすぐに」

レノーはうなずいた。「ミス・コーニングに聞いた」再び窓辺に向かい、外を見る。レノーがいない間、ロンドンはさほど変わっていなかったが、それ以外の何もかもが変わった。何もかもが。

「よかった《ボン》」タント・クリステルは言った。「それで去年、田舎者と結婚したの。植民地の、ニューイングランド出身の人よ。名前は、サミュエル・ハートリー」

「それも聞いたよ」レノーは答えた。

レノーが軍隊で知っていた男……植民地の人間と妹が結婚したと思うと、妙な感じがした。またも自分を取り巻く世界が動いて、過去と現在が衝突し、自分の魂をめぐって争っているような気持ちの悪い感覚に襲われる。

タント・クリステルは続けた。「あの子は夫と暮らすために、海を越えて、遠い遠いボストンの街に渡ったの。エメリーンにとって賢明な行動だったかどうかはわからないけど、あなたも妹のことは知ってるでしょう。自分でこうと決めたらてこでも動かない子よ」

「甥のダニエルは？」

「かわいいダニエルは元気に、たくましく生きているわよ。もちろん、エメリーンはあの子もアメリカに連れていったわ」

レノーは考えをめぐらせた。イギリスを目指して海に出たときよりも、今のほうが妹から遠ざかっているとは皮肉なものだ。もし、エメリーンがニューイングランドにいることを知っていたら、帰国を遅らせただろうか？　いや、それはない。元の生活を、土地と爵位を取り戻したいという欲求が、六年という長い年月の間、レノーの原動力となっていた。昼も夜も、終わりの見えない囚われの身の期間を生きながらえ、正気を保つことができたのは、その思いがあったからこそだ。ほかの何も、妹への愛情ですら、レノーからその目標を奪うことはできなかっただろう。

「レノー、あなたどこにいたの？」タント・クリステルはそっとたずねた。

レノーは目を閉じ、首を横に振った。叔母に、このような育ちの良い貴婦人に、自分の身に起こったことを伝えられるはずがない。

しばらくして、タント・クリステルがため息をつくのが聞こえた。「いいわ《ビヤン》。話したくないことは無理に話さなくても」

その言葉に、レノーは振り返った。叔母はすべてを包み込むまなざしでレノーを見ていた。タント・クリステルは亡くなった母の妹だ。ふたりともパリで育ち、母が結婚したときに、姉妹でイギリスに移り住んだ。叔母は七〇代だが、きらめく青い目は鋭く、レノーが知る中でもずば抜けて頭の良い人だった。

「タント、わたしは爵位を取り戻すつもりだ」レノーは言った。

叔母は一度うなずいた。「当然です《ナチユラルマン》」

「わたしの訴えを審理してもらえるよう、議会に特別委員会の開催を申し立てた。申し立てが通れば、ウェストミンスター宮殿で開かれる委員会に出席して、自分の言い分を述べることになる。同じ場で、現伯爵も自分の立場を主張するだろう」

叔母は鼻を鳴らした。「あの偽者は、自分が盗んだ爵位を簡単に手放す気はないってこと？」

「そういうことだ」レノーはにこりともせず言った。「可能な限り長くしがみつくつもりらしい。しかも、自分が爵位を保持する根拠として、わたしが正気を失っていると主張するかもしれないんだ」

「正気を失っている？」叔母は薄い眉を上げた。

レノーはそっぽを向いた。「ここに着いたとき、熱に浮かされていて。わたしがおかしなうわごとを言っているところを、部屋中の人が見ていたんじゃないかと思う」

「それだけ？」

レノーは落ち着かない気分で顔をしかめた。「あとは……昨日、ちょっと。銃撃に遭ったときに――」

「何てこと《モン・ジュ》！」

レノーは叔母の心配を退けるように手を振った。「たいしたことじゃない。ただ、我を忘れたようになってしまって。自分がまた戦場にいると思い込んだんだ」

沈黙が流れた。

やがて、タント・クリステルは息を吸った。「そう。それは運が悪かったわね。偽者と戦うには、優秀な事務弁護士と代理人を雇わないと」

レノーは顔を上げた。希望が見えてきたせいで、急に甘えたくなる。「じゃあ、タントは力になってくれるんだね」

「もちろんです《メ・ウィ》」タント・クリステルは顔をしかめた。「わたしが力にならないと思った？」

レノーは叔母が立ち上がるのを手伝った。腕の細さが手に感じられる。「いや。ただ、味方がいなくなって久しいから」

タント・クリステルはスカートを振って形を整えた。「作戦を立てないと。わたしは法律の専門家を探すわ。かわいいダニエルが植民地に一時滞在している間、あの子の地所の管理をしているから、人脈はあるの。あなたはひげを剃ってちょうだい」

「ひげを剃る？」レノーは面白がるように眉を吊り上げた。

タント・クリステルは鋭くうなずいた。「当たり前でしょう、ひげは剃りなさい。それから、新しい服ときちんとしたかつら、きれいな靴も必要ね。だって、退屈な英国紳士の外見を取り戻さなきゃいけないでしょう？　そうやって落ち着いた姿になることで、敵の裏をかくのよ」

レノーは歯を食いしばった。こんな頼み事をするのはいやでたまらなかったが、力を振り絞って言う。

「タント、お金がないんだ」

タント・クリステルは、当然のような顔でうなずいた。「必要な分はわたしが貸すから、伯爵の地位を取り戻したら返してちょうだい。いい？」

「わかった。必ずそうするよ」レノーは叔母の手を取っておじぎした。「タント、あなたが味方についてくれてどれだけほっとしたか。言葉ではとても言い表せないくらいだ」

「ふん！」タント・クリステルはそっけない声を出した。「顔に森を生やしても、その下では愛嬌を失っていなかったのね。でも、聞きなさい、レノー。ひげを剃って髪を切るのは、あなたが上流の英国紳士に変身するためのほんの一部にすぎないのよ」

レノーは顔をしかめた。「ほかに何が必要だと？　言ってくれれば買ってくるよ」

「そうね、でもこれはお金で買えるものじゃないの。あなたが愛嬌を十二分に発揮することが必要になってくるわ」タント・クリステルはドアの前で振り向き、真剣なまなざしでまっすぐレノーの目を見つめた。「あなたに必要なのは妻よ。良家の出身で、イギリス人の妻。かわいらしい、美人すぎない妻をそばに置いている男性が、正気を失っているはずがないでしょう？　そういう女性を手に入れれば、爵位は半分取り戻したようなものよ」

次の日は、朝から晴れていて良い天気だった。ベアトリスは身支度をすませたあと、料理人と打ち合わせをすることにした。玄関ホールに向かって階段を下りていると、男性の声が聞こえた。

踊り場で足を止め、手すり越しに眼下のホールをのぞき込む。そこには執事と従僕がふたり、そして紳士がひとり立っていた。見知らぬ紳士のはずだが、後ろ姿にはどこか見覚えがある。ベアトリスはゆっくり階段を下りながら、紳士を眺めた。白いかつらは髪粉をはたいたばかりで、黒の上着のカットは実に品が良く、袖口には銀と緑の糸で刺繍が入っている。執事が何か言っている最中だったが、男性はベアトリスの視線に気づいたらしい。後ろを振り向いた。

ベアトリスは階段の上で凍りついた。

それはホープ卿だった。だが、変身したホープ卿だ。濃いひげは消えている。あごは剃りたてで、角張ったあごの先と、頰の険しいラインがあらわになっていた。髪は根元近くまで切ったらしく、かつらは美しくカールされて粉がはたかれ、頭にぴったり合っている。黒のベルベットの上着の下には、銀と緑のブロケードのベストを着ていて、手首にレースがかかっていた。上品なロンドン紳士そのものだったが、ふたつのものが残っていたおかげで、この一週間看病した男性を痛ましく思わずにすんだ。ひとつは左耳からぶら下がる黒い鉄製の十字架で、それは非の打ちどころのない白いかつらの隣で素朴に、野蛮に見えた。ふたつめは三羽の鳥の刺青で、それは右目をぐるりと取り巻き、漆黒の目の色と同じくいつまでも消えないように思えた。

ホープ卿は文明社会の衣装をまとっているが、それが野蛮な男を覆い隠す薄いベニヤ板にすぎないことは、よっぽど愚かでない限り誰でも見抜くだろう。

ホープ卿は片脚を伸ばし、皮肉めいた動きで腕を振り下ろして、ベアトリスにおじぎをした。「ミス・コーニング」

「ホープ卿」ベアトリスはいくらか落ち着きを取り戻し、階段を最後まで下りた。「ずいぶんお変わりになられて」

ホープ卿は肩をすくめた。「悪魔と戦うには、こちらも悪魔のふりをしないと」

ベアトリスはホープ卿を見た。「意味がよくわからないのだけど」

「気にするな」ホープ卿は目をそらした。これがほかの男性であれば、この人は不安なのかと思ったかもしれない。「今朝は叔母を訪ねるつもりだ。一緒に来てくれないか？」

それは礼儀正しい誘いだったし、この突然の変身で彼が何を企んでいるのかは気になったが、ベアトリスは唇を噛んだ。危なくないかしら？

ためらっている時間が少し長すぎたようだ。ホープ卿の朗らかな表情は、しかめっつらに変わった。「ミス・コーニング、わたしが怖いのか？」

「まさか」ベアトリスは嘘を見抜けるなら見抜いてごらんなさいとばかりに、あごを上げた。

「じゃあ、少々街を馬車で走るくらい構わないな」

どうしてわたしを連れていきたがるの？ ベアトリスはホープ卿を見つめ、彼の意図を読み解こうとした。

「さあ、ミス・コーニング」ホープ卿は低い声でそっと言った。「行くのか行かないのか、一言答えてくれればいい」

「行くわ、ありがとう」ベアトリスは言った。「ただし、条件がひとつあるの」

「何だ？」ホープ卿は目を細めて不穏な目つきをした。

ベアトリスは息を吸った。「この六年間、あなたがどこにいたのか少しでも教えてくれたら、一緒に行くわ」

ホープ卿の表情は陰り、ベアトリスは一瞬、彼はきびすを返してホールから出ていくのではないかと思った。だが、ホープ卿は一度、鋭くうなずいた。「決まりだ。羽織るものを持っておいで」

彼の気が変わらないうちにと、ベアトリスは階段を駆け上がった。

ところが、玄関に戻ってくると、ホープ卿の姿はなかった。一瞬、落胆に襲われる。わたしをからかっただけなの？

そのとき、従僕のジョージが言った。「お嬢様、ホープ卿はヘンリーの様子を見にいらっしゃいました。すぐに戻られるとのことです」

「あら」ベアトリスは息を吸い、気分を落ち着かせようとした。「そう、それなら、わたしもヘンリーのところに行くわ」

使用人たちは当然、タウンハウスのてっぺんの屋根裏部屋で寝起きしている。だが、ヘンリーは大柄なたくましい若者で、今は看護が必要なため、厨房の隅に寝床が作られていた。ひとりになりたいときに寝床の前に立てられるよう、古い衝立《ついたて》も用意されている。だが、ベアトリスが厨房に入ったとき、衝立は脇によけられていた。ホープ卿が寝床の前にしゃがみ、横になった従僕に低い声で話しかけている。

ベアトリスは厨房のドアを入ったところで足を止めた。ホープ卿はこちらに背を向けていて顔は見えないが、ヘンリーの顔は、まるで神の訪問を受けたかのように明るく輝いていた。何らかの親密な時間が流れているようだったので――主役たちは厨房の喧噪に囲まれてはいたが――じゃまをしたくはなかった。そこで、立ったままその様子を眺めた。

話をするホープ卿を、ヘンリーが熱心に見ている。その光景に、ホープ卿が従僕たちを兵士と間違えて呼びかけるさまが思い出された。あのとき、何か奇妙な譫妄《せんもう》の真っ只中にいたときでさえ、ホープ卿が彼らを心配しているのは見て取れた。彼は〝自分の〟兵士たちを心から気にかけていた。ベアトリスは震える指をそっと唇に当てた。どこまでも自分勝手な人だと思わされ、単に気がおかしいのではないかと不安になった今になって、気高い一面を見せられるなんて。ああ、神様、こんな人を相手に、どうやって伯父様の味方をしたらいいの？

ホープ卿はさらに何か話しかけながら、ヘンリーの上にかがみ込み、肩に手を置いた。最後に一度うなずいて立ち上がる。

振り返り、ベアトリスに気がついた。

ベアトリスは手を下ろし、にこやかに笑いかけた。

「すまない、すぐに戻るつもりだった」ホープ卿はそう言いながら近づいてきた。興味深そうにベアトリスを見ている。

「全然構わないわ」ベアトリスはホープ卿を見上げたが、かつらの白さと刺青の残酷さに、今も頭がくらくらした。「ヘンリーはあなたが来てくれて喜んでいたみたいね」

ホープ卿は顔をしかめ、ヘンリーの寝床を振り返った。「軍隊時代に、こういうことは時に大きな意味を持つと知ったんだ」

「こういうことって？」

「負傷兵を見舞うことだ」ホープ卿は腕を差し出し、ベアトリスは黒い袖に指先をかけた。

厨房をあとにする道すがら、生地の下の硬い筋肉が強く意識された。「弱っている人間のそばに座り、おしゃべりをする。そうすれば、その人は元気が出るものだと思うんだ。自分はこの世界で必要とされていると思える。ほかの人々が自分の回復を待ってくれていると」

「ほかの士官の方もそんなふうに負傷兵のお見舞いをしていたの？」玄関ホールまで来たとき、ベアトリスはたずねた。

「中にはいた。多くはない」ホープ卿はベアトリスに手を貸して、待たせてあった馬車に乗せ、そのあと自分も乗り込んで向かい側に座った。「いつも残念に思っていたよ。自分の隊の負傷兵を見舞うことの効果を知る士官が、もっと増えればいいのにって」

ホープ卿は天井をたたき、御者に準備ができたことを知らせた。

「みんな、あなたほど思いやりがないのかもしれないわ」ベアトリスは静かに言った。

ホープ卿はいらだったようだった。「思いやりは何の関係もない。自分の兵士の面倒を見るのは、士官の義務だ。兵士を監督する立場にあるのだから」

ベアトリスは不思議そうにホープ卿を見た。義務は思いやりとは違う動機だが、それでも結果は同じだ。ホープ卿に話しかけられているとき、ヘンリーの顔には畏怖の念が浮かんでいた。ほとんど知らない従僕を〝自分の〟兵士と見なしたというだけで、あそこまで気にかけるのであれば、実際にイギリス軍で兵役に服していた人たちのことも、同じように気にかけるのではないだろうか？

ベアトリスは唇をなめた。「イギリス軍にいた兵士の多くが、除隊されたあと生活に困っていると聞いたわ」

ホープ卿は興味深そうにベアトリスを見た。「どこでそんな話を聞いた？　淑女の日常会話に出てくる話題ではないと思うんだが」

「あら、あちこちで聞くわ」ベアトリスは何気ないふうを装い、肩をすくめた。「退役軍人に相応の年金を保証する議案を、議会に提出する動きもあるとか」

ホープ卿は鼻を鳴らした。「そんな議案はすぐに却下されるさ。国の予算はほかのところに使ってほしいと考える人間は山ほどいるからな」

「でも、もし賛成する議員が多ければ――」

「それはない」ホープ卿はかぶりを振った。「誰も兵卒のことなど気にかけていない。そもそも、兵卒がろくに金をもらえないのはなぜだと思うんだ？」

どうすれば自分の主張を受け入れてもらえるのかわからず、ベアトリスは唇を噛んだ。

「もしあなたが伯爵になったら、貴族院の議員になる――」

「今は貴族院の議員になることまで考える時間はない」ホープ卿は顔をしかめた。「わたしは自分の意識も時間もエネルギーもすべて、爵位を取り戻すことに注ぎたいんだ。それが実現したあとなら、複雑な政治問題についても考えたいところだが、今はやめておく」

ベアトリスの心は沈んだ。ホープ卿が政治にかかわると決めたころには、ミスター・ホイートンの議案は手遅れになっているかもしれない。ジェレミーのことも。

ベアトリスは唇を噛み、がたがたと進む馬車の窓から外を見た。いったいどうすれば、ミスター・ホイートンが議案を通過させるにはホープ卿の力が必要であることを、納得してもらえるかしら？　なぜホープ卿がこれほどの決意をしているのか、なぜここまで爵位の回復に夢中になっているのか、知ることができればいいのだけど。ベアトリスは背筋を伸ばし、決然とホープ卿のほうを向いた。この六年間、彼がどんな状況に置かれていたのかを知ることが、ますます重要になってきた。

いったい何があって、彼が今のホープ卿になったのかを。

レノーは伏せたまぶたの下からミス・コーニングを見ていた。すました顔でレノーの向かい側の席に座り、ぽってりした下唇を噛んでいる。その回転の速い頭の中で、何が起こっている？　なぜよりによって議会の話など持ち出したのだ？　彼女の伯父は熱心な政治家だ。単に、レノーが爵位を得たら政治にかかわるのかどうかを知りたかっただけかもしれない。自分の伯父のようになるのかどうかを。

レノーは顔をしかめた。それはない。きちんとしたかつらと衣服は身につけても、ぬるま湯のようなイギリス人の生活に溶け込むことはない。植民地の生活でわたしは変わった。ゆがんでしまったのだ。今はもう、六年前にロンドンを発ったときのような、まともな英国貴族ではない。もしかすると、ミス・コーニングが気にしているのはそのことかもしれない。洗練された服装の奥に潜む、本物のわたしを見抜いているのだろう。時々彼女から、好奇心と不安がない交ぜになった視線を感じることがある。鹿が空気のにおいを嗅ぎ、危険は察知しているものの、背後の木陰に狼が隠れていることには気づいていないかのようだ。

レノーは横を向き、馬車の窓の外をぼんやりと眺めた。良家出身のイギリス人の妻を見つけるよう、叔母に助言された。ミス・コーニングがまさにそうではないか？　敵対する一家の生娘であれば、非の打ちどころがないだろう？　この女性が自分のものになると思うと、レノーの中の野蛮な部分が小躍りしそうになったが、それは脇に置いておいた。作戦を練り始める。一年前なら、不意打ちでさらっていけばよかった。だが、今はイギリス流に口説く必要があり、そのためには相手の好意を勝ち取らなければならない。

向かい側で、ミス・コーニングが小さな音をたてて咳払いをした。

レノーは顔を上げ、彼女を見た。

ミス・コーニングはばかばかしいほどつばの広い帽子の下から、きっぱりと美しくほほ笑んだ。「あなた、約束してくれたわよね？」

レノーはうなずいたが、胸がどきりと音をたてた。当然だ、彼女があの取引を忘れているはずがない。

ミス・コーニングの次の一言に、レノーの頭の中は凍りついた。「わたしに関係ないことはわかっているけど、今までどこにいたか教えてくれる？」

レノーは黙ってミス・コーニングを見ながら、きつい、そっけない言葉をたたきつけてしまわないようこらえた。

ミス・コーニングは頬を赤く染めていたが、視線はレノーの目から離さず、あごはつんと上がってさえいた。「お願い」

勇敢という長所を、わたしの子供の母親は備えているわけか。

「きみに関係ないということはない」レノーは言った。「わたしは植民地アメリカにいた」

「ええ、わかってるわ」ミス・コーニングは優しく言った。「でも、どこに？　それに、どうして？　記憶を失っていたの？　どういう人になっていたの？　負傷した人が自分の身元や立場を忘れてしまうという、不思議な話なら聞いたことがあるわ」

「いや。わたしは自分のことはずっと覚えていた」レノーはミス・コーニングを、世間から大事に守られている女性を見た。このような話をすれば、ショックを受けるのではないか？　ぞっとするのでは？　だが、これは彼女が言い出したことなのだ。「先住民の捕虜になっていたんだ」

「そうだったの」ミス・コーニングの灰色の目が見開かれた。「でも、まさかそこに六年間いたわけじゃないわよね？」

「いたんだ」レノーはためらった。生きているうちに二度と触れたくない話題だったが、ミス・コーニングの顔には熱っぽい表情が浮かんでいる。オセロはこのようにしてデスデモーナを口説いたのではなかったか？　血なまぐさい戦争の体験談を聞かせることで、ミス・コーニングを勝ち取ることができるなら、自分の苦痛などどうということはない。血まみれの顔から茶色の目が見上げてくる。

もし、これで魂がまっぷたつに裂けてしまったとしても。

「選択肢はなかった。奴隷にされていたんだ」

〝奴隷〟という言葉に、ベアトリスは息をのんだ。馬車はがたがたと角を曲がり、ベアトリスの体は端にすべったが、誇り高いホープ卿が奴隷にされていた事実で頭がいっぱいで、そんなことは気にならなかった。

「それも、そのときに入れられたの?」想像するだけで嫌悪感に襲われる。

ホープ卿は手を上げて刺青をなぞった。「ああ」

「話して」ベアトリスはそれだけ言った。

ホープ卿は手を下ろした。「スピナーズ・フォールズの大虐殺のことは聞いているよな」

それは質問ではなかったが、それでもベアトリスは答えた。「待ち伏せ攻撃に遭ったのよね。連隊のほとんどが殺された」

ホープ卿はうなずいた。顔は窓のほうを向いたが、外に流れる景色はまったく見ていないのがわかる。「われわれはケベックからエドワード砦を目指して、森を行軍していた。踏み分け道は細く、兵士は一列で歩くしかなかった。連隊は疲れきっていた。もうへとへとだった」

ホープ卿のあごで筋肉がぴくりと動くのが見えた。本当はこの話をしたくないのに、それでも話してくれているのだ。

ホープ卿は息を吸った。「わたしが馬に乗って、最後尾を先頭に追いつかせるために列を止めてほしいと大佐に言いに行く途中、先住民の攻撃に遭った」

ホープ卿は唇を固く結び、一瞬これ以上は話さないように見えたが、やがて黒い目に捨て鉢な色を浮かべてベアトリスを見た。

「防衛線を張ることはできなかった。兵士は集まってくるより先に、ひとりずつ狙い撃ちされてしまった。先住民は小道の両側から木立に隠れて撃ってきた。兵士たちは叫びながら倒れ、そのうち大佐も馬から引きずり下ろされた」

ぼんやりと両手に目をやる。「大佐は殺された。兵士はそこらじゅうで悲鳴をあげ、死んでいった」両手がこぶしになった。「わたしの馬は銃撃を受けて倒れた。わたしは何とか飛び降りたが、包囲されてしまった。それから何が起こったのかは覚えていない……頭を殴られたんだと思う。だが、次に気がついたときは、先住民の野営地に向かって歩かされていた。フランス軍が同盟を結んでいる先住民に、戦利品としてわれわれを差し出したんだ」

「何てこと」ベアトリスは息をついたが、胃がむかむかしていた。そんなふうに兵士を失うなど、ホープ卿はどれほどつらい思いをしたことか。ひどい無力感に陥ったに違いない。

ホープ卿は再び窓の外に目をやった。ベアトリスの言葉は耳に入っていないようだった。

「野営地に着くと、わたしを捕らえていた先住民は、仲間からわたしを引き離した。サスタレツィという男だ。わたしは裸にされ、服を取り上げられて、蚤だらけの薄い毛布一枚で体を覆わされた。それから六週間、サスタレツィに森の中を歩かされた。サスタレツィの村に着くころには、霜で固まった草の上をはだしで歩いていた」

そのおぞましい時間のことを思い出しているのか、ホープ卿は言葉を切った。ベアトリスは黙って続きを待った。

「その間ずっと」ホープ卿はささやくように言った。「その間ずっと、サスタレツィを殺す方法を考えていた。だが、両手は体の前できつく縛られ、わたしは寒さと栄養失調で弱っていた。もし、あそこでフランス人の猟師の親子に会っていなければ、終わりが見えない森の中で死んでいただろう。その猟師はワイアンドット族の言葉が少し話せて、わたしを哀れに思ってくれたらしく、古いシャツとレギングをくれた。あのレギングとシャツがわたしを救ったんだ」

ホープ卿は再び黙り込み、ベアトリスは今度こそ彼が話を続ける気がないのがわかった。

「でも、どうして?」しばらくして、ベアトリスは勢い込んで言った。「どうしてサスタレツィはあなたにそんなことをしたの?」

ようやくホープ卿はベアトリスを見たが、その目は何も映していなかった。まるで死人のように、のっぺりとしていた。「村に着いたら、わたしを火あぶりにするつもりだったからだ」

6

さて、ゴブリン王の謁見室には巨大な砂時計が置かれ、砂は永遠に、時そのものが止まるまで落ち続けていた。この砂時計があることで、ゴブリンたちは地中深くの太陽が見えない場所でも時を知ることができる。ある年、ロングソードが自由を願い出ようと謁見室に行ったとき、ゴブリン王はいつになく上機嫌だった。その日、有力な王子を戦争で打ち負かしたのだ。

ゴブリン王は砂時計を見てロングソードに言った。「わが奴隷よ、おまえは六年間よく仕えてくれた。そこで、おまえと取引をしてやることにしよう」

ロングソードはうなだれた。ゴブリン王との取引は、ゴブリン王だけに都合の良いものであると知っていたからだ。

「一年間、地上に出てもいい」ゴブリン王は言った。「いいか、一年だけだ。その一年が終わるまでに、自分からゴブリン王国に来ておまえの代わりを務めるキリスト教徒がひとり見つかれば、おまえは自由の身となり、わたしは二度とおまえに構わないことにする」

「もし見つからなければ？」ロングソードはたずねた。

ゴブリン王はにんまりした。「その場合は、永遠にわたしに仕えるのだ……」

『ロングソード』より

ロッティ・グラハムはワインを飲み、グラスの縁越しに夫を見た。今夜のネイトは考え事に夢中で、太い眉の間にはかすかにしわが寄り、青い目は焦点が定まらずぼんやりとしている。

ロッティはワイングラスをきちんと置いて言った。「今日、ミス・モリヌー主催の舞踏会の招待状をいただいたわ」

沈黙が流れ、あまりに長く続いたので、ロッティはしばらく答えは返ってこないものと思った。

やがて、ネイトは目をしばたたいた。「誰だって?」

「ミス・クリステル・モリヌーよ」ロッティは皿の上の鴨のローストを切った。「レノー・セント・オーバンの母方の叔母様。改めて甥御さんを社交界に紹介するつもりなんでしょうね。とにかく、その招待はおかしいくらい急なの……舞踏会は木曜なのよ」

「そのように不十分な通知で舞踏会を開くなんて馬鹿げている」ネイトは言った。「出席する人はいるんだろうか?」

「あら、舞踏室は何の問題もなく埋まるわ」ロッティは鴨をひと切れフォークに刺したが、すぐに皿に戻した。今夜は食欲が湧いてこないようだ。「正気を失った謎の伯爵なら、誰もが見たがるでしょうから」

ネイトは顔をしかめた。「まだ伯爵ではないだろう」

「でも、時間の問題でしょう?」ロッティはワイングラスの脚をくるりと回した。

「そんなふうに考えるのは愚か者だけだ」

ロッティは目に涙が込み上げてくるのを感じた。膝に視線を落とす。「つらいわ、あなたに愚か者だと思われるなんて」

「わかってるだろう、そんな意味で言ったんじゃない」ネイトの声は鋭く、いらだちがこもっていた。

結婚前は、ロッティがかすかに顔をしかめただけで、ネイトが平謝りしてくれた時期もあった。一度など、従僕がふたりがかりで屋敷に運び入れなければならないほど大きな生け花を送ってきたこともある。理由は、雨のせいで馬車でのドライブに連れていけなかったというだけのことだった。

そのネイトに今、愚か者だと言われている。

「議会の特別委員会を召集する必要があるだろうな」ロッティが鬱々と思いをめぐらせている間、ネイトは言っていた。「あの男が本当にセント・オーバンなのか、もしそうなら、ブランチャード伯爵にふさわしいのはどちらかを決めるために。少なくとも、博識な議員の多くはそう考えている。このような事例は誰の記憶にもないから、その法的意味に深い興味を抱いている人は多いんだ」

「そうなの?」ロッティはつぶやいた。ようやく夫が参加してくれた会話に、もう興味はなかった。わたしたちの結婚生活は、前からこうだったかしら?「どっちにしても、舞踏会には出たほうがいいと思うの。今年最大のゴシップが詰まっていそうだもの」

顔を上げると、ネイトの顔にいらだちの色がよぎったのが見て取れた。

「最新のスキャンダルを仕入れるのが、きみにとって重要なことだというのはわかっているよ」ネイトは言った。「でも、世の中にはもっとほかに大事なことがあるんだ」

つかのま、おぞましい沈黙が流れた。

「さっきは愚か者、今度はゴシップにしか興味がないと言うのね」ロッティははっきりと言葉を発したが、それは全力で涙をこらえているせいだった。「どうしてあなたがわたしと結婚したのかわからなくなってきたわ」

「おい、ロッティ、そういう意味で言ったんじゃないことはわかってるだろう」ネイトは声ににじむいらだちの色を隠そうともせず、そう答えた。

「じゃあ、どういう意味で言ったの?」

ネイトはかぶりを振った。道理をわきまえた男が、頭のおかしい妻に悩まされていると言わんばかりだ。「きみはぴりぴりしすぎている」

「わたしは」ロッティは言った。ついに涙があふれ出てきた。「ぴりぴりなんてしていない」

ネイトはため息をつき、テーブルから椅子を引いて立ち上がった。「こんな会話は無意味だ。気分が落ち着くまでひとりにしてあげるよ。おやすみ、ロッティ」

そう言うと、夫は出ていった。ロッティはそのまま食堂に座り、ひどい屈辱を感じながら、あえぎ、震えていた。

もう我慢の限界だった。

「ジェレミー、あの人はすごく傷ついているの」ベアトリスはそう言いながら、ジェレミーの部屋の厚いカーテンに覆われた窓からベッドに向かった。「想像もつかないほどよ。植民地で経験したことのほんの一部を話してくれたんだけど、叫びださずにいるのがせいいっぱいだった。そんな恐怖の中をどうやって生き延びたの？　それでも、あの人は信じられないくらい強くて、信じられないくらい決意が固いの。以前は感じられたはずの柔らかな部分を、魂の中から追い出したみたい。焼かれて硬くなったような感じなの」

「とても興味深い人だね」ジェレミーは言った。

ベアトリスはジェレミーを見た。「これまで生きてきて、あんな男性には会ったことがないわ」

「変身したホープ卿は、どんな様子なんだい？」

「背が高くて、肩幅がすごく広くて、たいてい超然とした目つきをしているわ。まわりの人を怯えさせるような、野蛮な顔つきと言ってもいいわね」

「でも、髪を切ってかつらをかぶって、洗練された格好をしていると言ったじゃないか。ごく普通の男のように思えるんだけどな」ジェレミーはベッドから言った。ジュレミーは、どんなに些細なことであろうと、人の考えや悩みにはいつも興味を示す。それは彼の美点のひとつだった。

「ほかの紳士と同じような服装はしているけど、あの人が着ると、何だか違って見えるの」

ベアトリスはジェレミーの薬置き場から背の高い緑の瓶を取り、濃い色の液体をのぞき込んでから、ほかの瓶の間に戻した。「それに、前に話したイヤリングを今もつけているわ。刺青が消せないのはわかるけど、どうしてイヤリングも外さないんだと思う？」

「さっぱりわからない」ジェレミーはいかにも楽しそうに答えた。「でも、その人に会ってみたくてたまらないよ」

ベアトリスは振り向いてジェレミーを見た。ジェレミーは今日、ベッドに起き上がっている。ベアトリスは枕をたたいてふくらませ、ジェレミーが高い位置に座り直すのを手伝った。頬は今も上気し、目も潤んでいるが、前回会ったときよりも元気になっているような気がした。

少なくとも、それがベアトリスの願望だった。

「いつか連れてこられるかもしれないわ」ベアトリスは言った。

ジェレミーは目をそらした。「やめてくれ、ベアトリス」

ベアトリスは目をしばたたいた。「どうして？」

ジェレミーはベアトリスと視線を合わせ、その顔からは一瞬、笑いの色が完全に消えた。

美しい青色の目は厳しく、冷ややかと言ってもいいくらいで、戦場で兵士を率いていたときはこんな顔をしていたのだろうという思いが、ベアトリスの頭をよぎった。

やがて、ジェレミーの表情は少しやわらいだ。「理由はわかっているはずだ」

確かに理由はわかっていたので、ベアトリスは顔をしかめた。「あなたは自分のけがのことを気にしすぎよ。戦争で腕や脚や、片目まで失って帰ってくる人は多いし、舞踏会やほかの催しでも時々見かけるわ。みんな、そういう人のことは勇敢さを称える以外、特別扱いはしないわよ」

「フランシスはそうは言わなかった」ジェレミーの目は年老い、悲しげだった。

ベアトリスは唇を噛んだ。「フランシスはどうしようもないお馬鹿さんだもの。正直に言うと、あの人が婚約を解消してくれたおかげで、あなたは何年間も朝のお茶を飲みながらつまらない会話をしなくてすんだと思っているわ」

ありがたいことに、ジェレミーは笑い声をあげたが、そのうち咳き込み始め、ベアトリスは急いでカップに水を注がなければならなかった。

「とにかく」再び息ができるようになると、ジェレミーはあえぎながら言った。「ぼくは二度と人前に出るつもりはない。きみもわかってるだろう」

「でも、どうして?」ベアトリスはベッド脇のクッションの利いた小さなスツールに膝をつき、枕の上のジェレミーの顔に顔を近づけた。「ジェレミー、他人の視線が怖いのはわかるけど、この部屋から出ないと。あなたの暮らしぶりは、もう棺桶に入って地中深くに埋められているように見える。でも、実際はそうじゃない。あなたは生きているし、息をすることも、笑うこともできる。わたしはあなたに幸せになってもらいたいの」

ジェレミーはベアトリスの手を取ったが、その感触はまるで炎で焼かれているかのようだった。「ぼくが暖炉のそばに座れるよう、あの椅子に運ぶだけでも、従僕はふたりがかりだ。最後にぼくを階段の下まで連れていこうとしたときは、ひとりの従僕がつまずいて、今にも落とされるところだった」ジェレミーは鮮やかな青色の目を、痛みにたじろいだように閉じた。「弱虫だと思うだろうけど、二度とあんな目に遭うのはいやなんだ」

ベアトリスも目を閉じた。ジェレミーを、誰よりもつき合いが長く、誰よりも愛しい友人を失う気がしていた。この五年間、大陸での戦争から戻って以来、ジェレミーがゆっくりと遠ざかっているのはわかっていた。会うたびに少しずつ遠くなり、少しずつ手の届かないところに行っている。そのうち、触れることもできなくなってしまうのだろう。

「結婚しましょう」ベアトリスはジェレミーの手を両手で握った。ジェレミーのことが心配でたまらず、自分の欲望は脇に押しやった。「ジェレミー、いいでしょう？　結婚して小さな家を買って、一緒に暮らすの、わたしとあなたで。使用人は大勢はいらないわ。料理人がひとりと、メイドと従僕が何人か。気取った執事に悩まされることもない。それってすてきだと思わない？」

「ああ、そうだね、ベアトリス」ジェレミーの目はとても優しくなっていた。「でも、それがうまくいくとは思えない。きみはいずれ子供が欲しくなるだろう。それに、ぼくは黒髪で、そうだな、緑色の目の女性と結婚すると心に決めているんだ」

「まだ知りもしない緑色の目の女性のために、わたしをふるの?」ベアトリスは涙をこらえ、少し笑った。「あなたの中でわたしの順位がそんなに低いなんて、全然知らなかった」

「愛しのベアトリス、きみの順位は天使よりも上だよ」ジェレミーは笑い返した。「でも、人にはそれぞれ夢がある。ぼくの夢は、いつかきみが自分の家族に囲まれることだ」

ベアトリスはその言葉にうなずいた。それ以外に、どう返せばいい? ベアトリスの心の目にも、自分が大勢の子供たちに囲まれて座っている光景が映っていた。だが、子供たちの父親を想像すると、浮かんだのはジェレミーではなく、ホープ卿の顔だった。


「サスタレッツィの野営地に着いてからどうなったか教えてくれる?」次の日の昼前になって、ベアトリスはたずねた。

ホープ卿がボンド・ストリートで買い物をするのについてきたのは、もう一度過去の話を聞き出す機会をうかがうためだった。ホープ卿の叔母は明日、改めて甥を社交界に紹介するための大規模な舞踏会を開く予定で、彼のダンス用のスリッパなど、土壇場で買わなければならないものがたくさんあった。だが、それよりも重要なのは――少なくとも、ベアトリスにとって――ホープ卿の話の続きを聞くことだった。

「もうそのことは忘れているのかと思っていたよ」ホープ卿は答えた。

先住民の野営地まで歩かされた話を聞いてから、一週間ほどが経っていた。その間、ホープ卿は叔母と打ち合わせをしたり、そのほか何やら謎の行動をとったりしていたため、ベアトリスと顔を合わせる機会はほとんどなかった。朝食に起きていったときには、彼はもうブランチャード邸を出ていたし、夕食が終わっても、もっと遅くなっても戻ってこないこともあった。したがって、ホープ卿とレジー伯父が鉢合わせすることはほとんどなく、それは都合がよかったが、ベアトリスもこの一週間、皮肉屋の話し相手がいないことを寂しく思っていた。

「いいえ」ベアトリスは静かに言った。「あなたが話してくれたことは絶対に忘れないと思う」

「では、どうして続きを聞きたがる?」ホープ卿は怒りのまじった声でたずねた。「わたしが頭の中にあるあのような光景に耐えなければならないと知っただけで、じゅうぶんじゃないか? どうしてきみがそれを共有する必要がある?」

「それがわたしの望みだから」ベアトリスは簡潔に答えた。それ以上うまくは説明できなかった。ただ、ホープ卿が何を経験してきたのか知りたかった。その欲求は、単なる好奇心を超えていた。

ホープ卿は不思議そうにベアトリスを見た。「きみがわからない」

「それでいいの」ベアトリスは満足げに言った。

ホープ卿は笑い声にも聞こえる音をたてた。ベアトリスは振り向いていぶかしげに見たが、彼は息を吸っていかめしい表情になった。

「先住民の野営地に着くと、サスタレツィはわたしが死にゆく人間であることを示すために、顔を炭で黒くした。そして、首に縄を結び、意気揚々と村に入っていった。歩きながらときの声をあげ、自分が捕虜を連れ帰ってきたことをほかの人たちに知らせた」

「怖いわ」ベアトリスは身震いした。

「ああ。捕虜を怖がらせるためにやったことだからね」ホープ卿がそう言ったとき、歩いていたふたりの目の前に水溜まりが現れた。かなり大きな水溜まりで、ベアトリスが不安げに見ていると、ウエストに手がかけられ、ひょいと抱え上げられた。

「ちょっと」ベアトリスは甲高い声をあげた。ホープ卿は水溜まりを越えたところでしばらく、ベアトリスを軽々と宙に持ち上げたまま立っていた。「ねえ！」

ホープ卿は首を傾げ、わずかに上にあるベアトリスの顔を見上げた。「何だ？」

ベアトリスは呼吸が浅くなるのを感じた。ウエストにかけられた大きな手と、黒い目のきらめきが強く意識される。

「下ろしてちょうだい」鋭くささやいた。「人が見てるわ」

それは事実だった。淑女の一団が手袋の陰で神経質に笑い、荷馬車の御者が通り過ぎるときに横目で見ていく。

「そうなのか？」ホープ卿はぼんやりとたずねた。

「ホープ卿――」

だが、ホープ卿は何事もなかったかのように、ベアトリスを地面に下ろした。まったく！行動が唐突すぎる。正気でないとでも思われたいのだろうか？

ベアトリスはホープ卿を見上げて咳払いした。「捕虜になったら、どうなるの？」

「時と場合による」ホープ卿は言い、店のウィンドウを熱心にのぞく淑女の群れを避けながら、ベアトリスを導いた。「捕虜が子供や若者だったら、先住民の部族の養子になる」

「もし、大人だったら？」ベアトリスはささやいたが、答えを聞くのが怖かった。

「たいていの場合、拷問を受けて殺される」

ベアトリスは鋭く息を吸い込んだ。ホープ卿の言い方は、あっさりしすぎていた。

「あなたは……」ベアトリスは込み上げてくるものをのみ下した。どうきけばいい？　だが、知らなければならない。どんなに恐ろしい経験も、ホープ卿という人間の一部なのだ。「あなたは――」

「拷問は受けなかった」ホープ卿は口元をこわばらせ、まっすぐ前を見た。「とりあえず、そのときは」

突然、目に涙が溜まってきた。だめ、とベアトリスの一部が心の中でむせび泣く。この人はだめ。この人がそんな目に遭うなんて間違ってる。捕虜にされるとはそういうことなのだとわかっていたが、本人の口から聞くのは耐えられなかった。この男性が痛めつけられ、屈辱を与えられたと思うと、魂の一部が引き裂かれるようだった。急に年を取った気がする。事実を知ったことで疲れ果ててしまった。

「それで、どうなったの？」ベアトリスは静かにたずねた。

「ガホが助けてくれた」ホープ卿は言った。

「ガホというのは？　どうしてその男性はあなたを助けてくれたの？」

「女性だ」

ベアトリスは足を止め、ふたりを避けるはめになった通行人が文句を言うのも構わず、ホープ卿を見上げた。「女性の先住民があなたを助けてくれたの？」

ホープ卿はベアトリスの顔に向かって笑いかけ、刺青の鳥が飛び立ったかのように身を縮めた。「そうだ。権力のある女性の先住民が助けてくれた。村の誰よりも、毛皮も、壺も、奴隷も持っている人だった。王女と呼んでもいいかもしれない」

「ふうん」ベアトリスは前を向いて歩きだしたが、次の質問を口にせずにはいられなかった。

「……きれいな人？」

「とても」ホープ卿がささやく声が耳にかかる。ベアトリスをからかうために身を屈めたのだ。「六〇代の女性にしては」

「あら」ベアトリスはどういうわけか安堵し、あごをつんと上げた。「それで、どうしてガホはあなたを助けてくれたの？」

「サスタレツィは評判が悪かったようでね。その一年前、ガホのお気に入りの奴隷を口論の末に殺していた。ガホは賢い女性だ。サスタレツィには財産がほとんどなかったから、死んだ奴隷の償いとして差し出せるものを、彼が手に入れるまで待っていた。それがわたしだ」

「それで、ガホはあなたをどうしたの？」

「ミス・コーニング、どうしたと思う？」ホープ卿の幅の広い官能的な口がゆがみ、口角が下がって皮肉めいた表情になった。「伯爵の息子で、イギリス軍の大尉であるわたしが、年老いた先住民の女性の奴隷になったんだ。そんな話を聞きたいのか？　先住民の野営地で、底辺の地位にまで落ちぶれた話を？」

ホープ卿は路上で足を止めたが、彼を避ける通行人は誰も文句を言わなかった。ホープ卿は貴族の服装はしていたが、その顔には野蛮な表情が浮かんでいた。

ベアトリスは臆病にも逃げ出したくなったが、足をふんばり、ホープ卿に向かってあごを上げて、すさんだ黒い目をじっと見つめて言った。「いいえ、違うわ。わたしはあなたが侮辱された話を聞きたいわけじゃない」

ホープ卿は大柄な体を威嚇するように乗り出し、ベアトリスを見下ろした。「では、どうしてしつこく聞きたがるんだ？」

「知らなきゃいけないから」ベアトリスは低い声で、早口に答えた。「あなたの身に起こったこと、あなたがその場所で経験したことは何もかも、知らなきゃいけないから。どうしてあなたが今のあなたになったか、知らなきゃいけないからよ」

「なぜだ？」ホープ卿は困惑したように目を見開いた。「なぜ？」

ベアトリスはこうささやくのがせいいっぱいだった。「ただ、そう思うの」

心の中でさえ、その理由を認めることはできなかった。

レノーは戦争で兵士を率い、先住民のむごい仕打ちにも堂々と立ち向かい、敵の奴隷としての生活に六年間耐え、生還した。そのすべてを、少しもひるむことなく乗り越えた。だから、舞踏会のことを思って少女のように怯えるなど、ありえないことだった。

ところが、ありえないことのはずなのに、ミス・コーニングが階段を下りてくるのを待つ間、レノーは廊下をうろうろ歩き回っていた。

足を止めて、深呼吸する。わたしは伯爵の息子だ。植民地で囚われの身になる前は、数えきれないほどの舞踏会に出席していた。忍び寄ってくるこの感覚――自分はもうロンドン社交界の一員ではない、非難され拒絶されるのだという思い――は馬鹿げている。新しい上着の中で肩をすくめ、頭をひねって首の筋肉をほぐした。新しいかつらが申し分のないものであることはわかっている。何しろ、叔母に借りた金で有能な近侍を雇ったのだ。それでも、かぶっていると違和感があった。先住民と暮らしていたときは、頭を覆うものは毛布だけだったし、それも特に寒い冬の間だけだった。髪は長く編んで垂らしていた。身につけるものはシャツと腰布、レギング、モカシンだけで、どれも柔らかな素材でできていて、着古されて体になじんでいた。今は刈りたての頭をかつらがちくちく刺し、首に巻いた布のせいで息が止まりそうで、新しいダンス用スリッパが足を締めつけている。なぜ、いわゆる洗練された男というのは、このようなものを身につけるのだ……。

「今ごろはもう舞踏会に行っているのだと思っていたよ」背後から男性の声が聞こえた。

レノーは勢いよく振り向いた。身を屈め、右手にはすでにナイフを持っている。セント・オーバンは後ずさりした。

「気をつけろ」偽伯爵は叫んだ。「誰かにけがをさせるぞ」

「そんなへまはしない」レノーは言い、体を起こした。心臓が不規則に打っている。特別あつらえのさやにナイフを戻し、階段を見上げた。ミス・コーニングは遅刻している。「一応言っておくが、姪御さんを待っている」

「待っているとはどういう意味だ？」セント・オーバンはいかめしい顔つきになった。

「それは」レノーははっきりと発音した。「叔母の舞踏会に、ミス・コーニングを同伴するという意味だ」

「ふざけたことを！」セント・オーバンは唾を飛ばした。「誰かがベアトリスを同伴するのなら、わたしがする」

レノーは眉を片方上げた。「あなたが舞踏会にいらっしゃるとは知らなかった」もちろんセント・オーバンも招待していたが、先週中に返事がなかったので、レノーは彼が招待状を放り捨てたのだとばかり思っていた。

そうではなかったようだ。

「当然わたしも出席する。おまえのようにめかしこんだ軽薄な男に、黙って追い払われると思ったか？」

レノーはセント・オーバンに一歩近づき、目の前に立ちはだかった。「わたしが爵位を取り戻した暁には、自分の手であなたをこの屋敷からつまみ出すのが楽しみでならないよ」

セント・オーバンの顔は今にも卒倒を起こしそうに見えた。「爵位を取り戻す！　取り戻すだと？　そんなことは絶対にありえない！」

「議会の特別委員会で、わたしが自分の訴えを明らかにする日時は決まった」レノーはゆっくりとほほ笑み、セント・オーバンの顔から血の気が完全に引いていくさまを眺めた。

セント・オーバンは唇をゆがめた。「委員会はおまえを一目見ただけで、爵位を与えてはいけないと悟るだろう。おまえは狂っているし、ロンドン中の誰もがそれを知っている。見ればすぐにわかる。その刺青と――」

そのとき、レノーの中で何かが弾けた。セント・オーバンに迫り、首をつかんで壁にたたきつける。偽伯爵の顔は紫色になり、恐怖のすえたにおいが漂ってきたが、そのときスグリのような目が突然動き、レノーの背後を見た。

同時に、小さなこぶしが背中をたたいた。

「放して！　放してよ！」ミス・コーニングが叫んだ。

レノーはセント・オーバンに歯をむいてから後ろに下がり、手を放した。

すぐに、ミス・コーニングが伯父のもとに飛んできた。「大丈夫？」

「大丈――」セント・オーバンは言いかけた。

ところが、ミス・コーニングは復讐の女神のように、レノーのほうをくるりと向いた。

「よくもこんなことを！　伯父様にこんな仕打ちができるなんて、何に取りつかれているの？」

レノーは降参するように両手を上げた。言葉でこの状況を切り抜けようとするほど愚かではない。だが、そのとき、ミス・コーニングの姿がまともに目に入った。燃えるようなブロンズ色のドレスを着ていて、なめらかな肌がぱっと光を放っているかのようだ。身頃の切れ込みは深い四角形で、押さえつけられた胸が魅惑的なふたつの山を作っている。

「ちょっと」

くぐもった辛辣な声に、レノーはすばやく視線を上げた。

ミス・コーニングの胸は誘うようだったが、表情はそれとはかけ離れたものだった。「あなたにレジー伯父様に手を出す権利はないわ。伯父様は病気——」

「ベアトリス！」セント・オーバンはどぎまぎした顔で抗議した。

「これは事実だし、この人には言っておかなきゃいけないわ」ミス・コーニングは手を腰に当て、レノーをにらみつけた。「レジー伯父様は一カ月ほど前に、卒中の発作を起こしているの。今、あなたに殺されていてもおかしくなかった。二度と伯父様に手を出さないと約束して」

レノーはセント・オーバンに目をやったが、彼は姪の干渉をありがたがっているようには見えなかった。

「ホープ卿」ミス・コーニングは前に進み出て、手袋をはめた手をレノーの胸に当て、顔を見上げた。「約束してちょうだい」

レノーはその手を取り、目を合わせたまま、ゆっくりと口元に運んでいった。

「仰せのままに」彼女の指のつけねに向かってささやく。

ミス・コーニングは真っ赤になり、すばやく手を引っ込めた。レノーはにっこりした。

だが、セント・オーバンは衝突を避ける気はなさそうだった。「本当にこの……この生意気なやつと一緒に舞踏会に行くつもりじゃないんだろう、ベアトリス？」

ミス・コーニングはためらったが、やがて胸を張って伯父のほうを向いた。

「実は、そのつもりなの」

「でも、ベアトリス、おまえがこの舞踏会に行きたいのだと知っていたら、わたしがエスコートしたのに」

「ええ、わかってるわ、レジー伯父様」ミス・コーニングは伯父の腕に手をかけた。「わたしが行きたがる催しには、いつも親切に連れていってくださるものね。でも、この舞踏会はホープ卿に誘われたから、ホープ卿と一緒に行きたいの」

セント・オーバンはミス・コーニングの手をぞんざいに振りほどいた。「では、それがおまえの選択なのか？　こいつなのか？　今のうちに言っておくが、おまえはどちらかを選ばなければならない。こいつか、わたしか。両方取ることはできないんだ」

ミス・コーニングの手は脇に落ちたが、視線はまっすぐ、揺るぎなく伯父に注がれていた。レノーは初めて、彼女の優しげな物腰の裏に、ある種の強さが隠されていることに気がついた。「いずれは選ばなきゃいけないのかもしれない。でも、それはまったくわたしの本意ではないわ。伯父様にはそれがわからない？」

「おまえの本意などきいていない。覚えておけ」セント・オーバンは姪の顔の前で指を振った。「それから、この一九年間、誰の家に住まわせてもらったのか忘れるな。わたしが世話をしてやったことに対して、おまえがこんなにも薄情だと知っていたら――」

「やめろ」レノーはセント・オーバンに近づいた。

「いいの」ミス・コーニングは今度はレノーの腕に手をかけたが、レノーは彼女の伯父とは違い、その手を振り払って彼女を傷つけようとは思わなかった。

セント・オーバンは姪の手に目をやり、唇をゆがめた。それから突然向きを変え、どすどすと階段を上っていった。

「きみにあんなことを言うなんて間違ってる」レノーは低い声でうなった。

「言われても仕方がないわ」ミス・コーニングはレノーを見た。その視線が揺らぐことはなかったが、灰色の目には涙がきらめいていた。なのに、わたしは伯父様の言うとおり。伯父様は一九年間、家……と愛情を与えてくれた。それなのに、わたしは伯父様の感情を傷つけたんだから」

レノーはミス・コーニングの手を取り、腕の上方にかけて、待たせてある馬車に連れていけるようにした。「それでも、セント・オーバンがきみにあんな態度をとるのは納得できない。羽織るものを持っていくか？」

「それなら、メイドに馬車に運ばせてあるわ。それに、話題を変えようとしなくていいから。わたしを伯父様から守るのは、あなたの役目じゃないのよ」

レノーが馬車のステップの脇で足を止めたので、ミス・コーニングも立ち止まることになった。「伯父さんだろうが誰だろうが、わたしが誰かからきみを守ると決めたら、きみの許しがあろうとなかろうとその意志を通す」

「まあ、何て野蛮なの」ミス・コーニングは言った。「馬車に乗るのを手伝ってくれる？　それともずっとここにいて、わたしが凍えるまでわたしを守る権利を主張するの？」

レノーはミス・コーニングに向かって顔をしかめたが、どんな返事をしても馬鹿げたふうに聞こえそうだったので、彼女が馬車に乗り込むのを黙って手伝った。扉が背後で閉まると、すぐに馬は前に進み始めた。

向かい側に目をやると、ミス・コーニングは薄い羽織を肩に巻きつけていた。「そのドレス、よく似合っているね」

ミス・コーニングは一瞬明るくほほ笑んだ。「まあ、ありがとう」

レノーはそれ以外に何か言うことを探したが、何ひとつ思い浮かばなかった。何しろ、軽いおしゃべりの技は習得できていないのだ。この六年間の会話は、食糧の話題が大半を占めていた。どこに獲物がいるか、ガホが束ねる小さな集団が冬を越せるだけの食糧はあるか。

沈黙を破ったのはミス・コーニングだった。「先住民の野営地でのことを話してくれる？」

その話を続けるのは気が進まず、レノーはしばらく黙っていた。もう終わったことなのだ。忘れたほうがよいのではないか？　飢えと苦痛。故郷と家族から遠く離れ、二度とイギリスに戻ることはないのではと怯えて眠れない夜……そんなものを再び息づかせる必要があるのか？

「お願い」ミス・コーニングはささやいた。イギリスの花々の香り、彼女の香りがレノーの鼻孔をくすぐった。

どうしてこんな要求をする？　それはミス・コーニング本人にもわからないようだった。それでも、彼女の要求には応えなければいけない気がした。

たとえそれが、まだ生々しい傷をこじ開けることになろうとも。

「あとで」馬車の角灯の光がミス・コーニングの顔と肩を照らしていたが、残りの部分は闇に包まれ、謎めいた雰囲気を帯びていた。その姿に、レノーは下腹にうずくものを感じた。この悲惨な話をすることで彼女との距離が縮まるなら、その価値はじゅうぶんにある。

レノーは両脚を伸ばし、ドレスのたっぷりしたスカートにわずかに触れた。「先住民の村での暮らし、鹿や狸の狩り、大人の熊と戦ったときのことも全部話してあげるよ」

「まあ！」美しい灰色の目が、興奮したように見開かれた。

レノーはにっこりした。「でも、今夜はだめだ。もうすぐ叔母の屋敷に着いてしまう」

「あら」ミス・コーニングの下唇が軽く突き出され、かわいらしいふくれっつらになった。

レノーはそのぽってりとした、馬車の灯りにつやめく唇に目をやった。この唇に嚙みつきたい。

「わたしをじらしてるのね」ミス・コーニングは低い、喉につかえそうな声で言った。

レノーは彼女の目を見つめた。ぱっちりした無垢な目だが、そこには無垢とは無縁の女っぽいきらめきがある。「そう思うか？　ミス・コーニング、きみはじらされるのが好きなのか？」

ミス・コーニングはまつげを伏せた。「たぶん……そうね、じらされるのは好きよ。あまり長引くといやだけど」

レノーの笑みは広がり、狼のようになった。「それは挑発か？」

ミス・コーニングはレノーを見上げた。「たぶん」

揺れる馬車の中、レノーは身を乗り出し、指のつけねで彼女の頬をかすめた。とても柔らかい。とても温かい。ミス・コーニングはぴくりとも動かなかった。

レノーは息を吸い、座席の背にもたれた。「わたしはとても長い間、文明社会から遠ざかっていた。男女の戯れの細かいところは忘れてしまったようだ。きみを怖がらせたくはないんだが」

ミス・コーニングは唇をなめ、レノーの視線はその口元に落ちた。唇がなまめかしく、誘うように動いて言う。「わたし……そんな簡単には怖がらないわ。それに、戯れの手管はあまり好きじゃないの」

ささやき声で発せられたその言葉に、レノーの鼓動は速まり、筋肉は今にも獲物に飛びかからんばかりに収縮した。〝わたしのものだ〟レノーの中の、文明社会から遠く隔離された部分が叫ぶ。〝わたしのものだ〟自分が今から何をしでかすかわからないと思ったとき、馬車はがくんと揺れて停まった。息を吸って体を起こし、筋肉が張りつめた肩をほぐす。外を見ると、叔母の屋敷の前にいるのがわかった。

ミス・コーニングを振り返り、手を差し出す。「降りよう」

彼女は一瞬だけその手を見たあと、握った。

レノーは笑みを押し殺した。いずれ、近いうちに、自分のものは自分の手元に置くつもりだが、今はロンドンの舞踏会の恐怖に立ち向かわなければならない。

まったく、それは恐ろしい取引だった！　だが、ロングソードはゴブリン王の鮮やかなオレンジ色の目を見つめ、もう一度太陽を拝みたいならそれ以外に道はないと悟った。そこで、こくりとうなずいた。ロングソードが同意した瞬間、大風が吹いて体がさらわれ、渦を巻きながら高く高く舞い上がったかと思うと、突然、硬く埃っぽい大地にたたきつけられた。目を開けると、六年ぶりに太陽が見えた。そよ風が頬をなでる。体を起こし、剣をつかんだとき、背後からうなり声が聞こえた。

振り向くと、そこには世界一美しい女性……が、巨大な竜の手に握られていた……。

『ロングソード』より

7

マドモアゼル・モリヌーは、ホープ卿のための舞踏会の準備に一週間と少ししかかけられなかったが、それだけの時間ですばらしい成果を上げていた。ホープ卿に案内されて広い舞踏室に入ったベアトリスは、思わず目をみはった。天井からは大きなシャンデリアが三つぶら下がり、ミニチュアの星のように輝いている。片側の壁に並ぶ背の高い鏡には花綱と金の絹が掛けられ、片隅にしつらえられたピラミッド状の花が楽団を隠していた。

「何て豪華なの！」ベアトリスは叫んだ。「こんなに短い時間で、こんなにすてきな部屋の飾りつけができるなんて、叔母様は魔術師に違いないわ」

「だとしても驚かないね」ホープ卿はぼそりと言った。「わたしは昔から、タント・クリステルは人間離れした力を持っていると思っていたよ」

ベアトリスは面白がるような顔でホープ卿を見上げた。立派な舞踏室に入り、顔という顔がこちらを向いて以来、ホープ卿の体はベアトリスの隣でこわばっている。人々は彼をじろじろ見ながら、扇で口元を隠して内緒話をしていた。それでも、ホープ卿も多少は落ち着いてきたようだった。ただ、ウエストにぶら下げたナイフには今も手をかけている。

「叔母様はずっとこのタウンハウスでひとり暮らしをなさっているの？」

「何だって？」ホープ卿は部屋の奥を見ていたため、上の空で返事をしたが、すぐにベアトリスのほうを見た。「いや。実は、この屋敷はわたしの妹のものなんだ。いや、妹の息子のものと言ったほうがいいのか」

「息子さん？」

「ああ。エディングス卿だ。父親から爵位を継いだ。妹のエメリーンが再婚し、新しい夫と植民地に移ったあと、タント・クリステルがここに住んで地所の管理を手伝うことになったんだ」

ベアトリスはホープ卿の袖に手を置いた。「妹さんにも会いたいでしょうね」

「毎日あの子のことを思うよ」ホープ卿の顔に突然、悲しみがよぎった。それは見間違えようもなく、一瞬で消えてしまったせいで、いっそうはっとさせられた。ホープ卿が繊細な感情を見せるのは珍しいことだった。ベアトリスはその感情に吸い寄せられるように、周囲の人だかりも気にせず彼に身を寄せた。

「ホープ」背後から長く伸ばすような男性の声が聞こえた。

ベアトリスが顔を上げると、ヴェール子爵の青緑色の目が興味深そうにこちらを見ていた。あごに青みがかった傷跡がある。隣には妻だろう、穏やかながらどこか面白がるような表情をした、背の高い細身の女性が立っていた。

ベアトリスの指の下でホープ卿の腕の筋肉が収縮したが、その顔には何の表情もうかがえなかった。「ヴェール」

ヴェール卿はうなずいた。「あの頰ひげを剃り落としてしまったのは残念だ。あれのおかげで聖者のような雰囲気があったのに」

ホープ卿の唇がぴくりと動いた。

「がっかりさせて悪かったな」

「気にするな」ヴェール卿は無造作に言った。「きみもわたしたちと同じ民族衣装を着なきゃいけないわけだからね」

傍らの淑女がため息をついた。「ヴェール、わたしに紹介するつもりはあるの？　それとも、一晩中ホープ卿と侮辱合戦を続けるつもり？」

「高貴なる妻よ、これは失礼した」ヴェール卿が振り向いて淑女に手を差し出すと、彼女はその手に指を置いた。「こちらはレノー・セント・オーバン、ホープ卿、じきに本物のブランチャード伯爵になる人だ。ホープ、こちらはわたしの妻、メリサンド・レンショー、ヴェール子爵夫人だ」

淑女は堂々とした態度で膝を曲げ、ホープ卿はその手の上におじぎをした。「光栄です、奥様。ただ、前にもお会いしていると思うのですが。わが妹エメリーンの親友で、近所にお住まいだったのでは？」

レディ・ヴェールの色白の頬が、ほんのりピンク色に染まった。「そのとおりです。サフォークのブランチャード邸で、幾度も楽しい午後を過ごしました。妹さんも、あなたがご無事だったことを知ればさぞかしお喜びでしょう。あなたが亡くなったとの知らせに、ひどいショックを受けていましたから」

ホープ卿は身をこわばらせたが、黙ってレディ・ヴェールに向かってうなずいただけだった。

「それから」ヴェール卿は続けた。「こちらはホープのご親戚、ミス・コーニングだ。この春に母のガーデンパーティでお会いした」

「ご機嫌いかがですか、奥様？」ベアトリスはそう言って膝を曲げた。

背筋を伸ばすと、夫妻は何か無言の会話を交わしているように見えた。

レディ・ヴェールはにっこりし、ベアトリスのほうを向いた。「ミス・コーニング、一緒にお散歩をして、ミス・モリヌーのすてきな装飾を観賞しません？　ヴェールがそろそろわたしたちも舞踏会を開かなければいけないと言うので、あなたの意見をうかがえたらありがたいわ」

「もちろんです」ベアトリスは言った。紳士ふたりは表向きは礼儀を守っているが、ふたりとも張りつめているのがわかる。ヴェール卿がホープ卿とふたりきりで話したがっているのは明らかだった。

レディ・ヴェールはベアトリスの腕を取り、ふたりはゆっくりと舞踏室を見て回り始めた。

「ミス・コーニング、いつもロンドンにいらっしゃるの？」レディ・ヴェールはたずねた。

「わたしは伯父様と、ブランチャード邸に住んでいるの」ベアトリスは肩越しにすばやく振り返った。ヴェール卿はホープ卿と熱心に話し込んでいたが、少なくとも殴り合いにはなっていないようだ。ベアトリスは前に向き直った。「ホープ卿が今滞在している場所でもあるわ」

「まあ。それは……面白そうね」レディ・ヴェールは言った。

「ええ、確かに。ホープ卿はどうしようもない頑固者というわけではなさそうよ」ベアトリスはレディ・ヴェールに目をやった。「あの人の若いころをご存じなの？」

「わたしが田舎のブランチャード邸を訪れていたころは、ホープ卿は寄宿学校に入っていてほとんど家にはいなかったけど、確かにまだ若くて、大人にはなっていなかったわ。エメリーンとわたしが社交界デビューもしていないころに、将校任命辞令を買ったの」

「どんな若者だったの？」

レディ・ヴェールはしばらく黙り込み、ふたりは大きく弧を描くように歩いた。横手のホールに出ると、彼女はたずねた。「こちらでも構わない？　わたし、人ごみが好きじゃなくて」

「もちろんけっこうよ」ベアトリスは答えた。

明るい舞踏室と比べると、ホールの照明は抑えられていた。背の高い肖像画が壁に並んでいる。客の姿もちらほら見えるが、会話が聞かれるような距離には誰もいなかった。

「ホープ卿の話だったわね」レディ・ヴェールは始めた。「若いころはそんなに顔を合わせることはなかったけど、わたしは畏れ多いような気持ちで見ていたわ」

「そうなの？」

レディ・ヴェールはうなずいた。「当時もすごくハンサムだったの。でも、それだけじゃない。高位の若き相続人という感じだったわ。金色の光に包まれているんじゃないかと思うくらい」

ベアトリスはうつむいて歩きながら、今聞いたことについて考えた。〝金色の光〟に包まれていた男性が奴隷にされるとは、どれほどの転落人生だろう。そこまで落ちぶれるのは、どんなに屈辱的だったことか。ふたりの前に、前世紀風の甲冑姿の男性の肖像画が現れ、レディ・ヴェールは足を止めた。

首を傾げ、まじまじと肖像画を見る。「この人の髪、すごいわね？」

ベアトリスはその絵を見て笑みをもらした。たっぷりした黒い巻き毛を顔の両側に垂らした紳士が描かれている。「しかも、この髪を自慢に思っていそうね？」

「まったくだわ」

ふたりはしばらく黙っていた。

やがて、ベアトリスは言った。「ブランチャード邸の居間に、ホープ卿の肖像画が掛かっているの。わたしが一九歳であの屋敷に来たときからずっとあったわ。ホープ卿が、あなたが言っていた年齢のころに描かれたんじゃないかと思うの。とてもハンサムで、とても屈託なく見える。絵のモデルを務めながら、ひそかにいたずらなことを考えていたのかしらって思っていたわ。実を言うと、以前は何時間もその絵を見て過ごしていたの。強く心を惹かれてしまって」レディ・ヴェールが自分のほうを見ているのを感じる。顔が赤らんでいるのもわかっていた。「馬鹿みたいだとお思いでしょうね」

「まさか」レディ・ヴェールは優しく言った。「ロマンティックだと思うだけだわ」

「でも、ご存じのとおり、戻ってきたホープ卿は……」ベアトリスの喉は締めつけられ、言葉を切って唾をのみ込まなければならなかった。「あの人、先住民の捕虜になっていたの。ご存じだった？」

「いいえ、知らなかったわ」レディ・ヴェールはつぶやいた。

ベアトリスはうなずき、深く息を吸った。「今のホープ卿には、あの若者の……肖像画で笑っている青年の面影はまったくない。植民地であまりに恐ろしい経験をしたせいで、すっかり変わってしまったの。今は重苦しい雰囲気があるわ。爵位を取り戻すことに躍起になっている。昔の自分も、人生の楽しみ方も忘れてしまったみたいなの」

レディ・ヴェールはため息をついた。「わたしの夫もあの戦争に行っていたわ。外から見ればとても陽気だけど、内面は傷だらけなの、本当よ」

ベアトリスは考えをめぐらせた。「でも、ヴェール卿はいくらか落ち着いているように見えるわ。幸せなんでしょう？」

「だと思うけど」レディ・ヴェールはひそやかにほほ笑んだ。「でも、夫は植民地から戻って六年近くになるけど、ホープ卿はまだ帰ったばかりだってことはわかってあげないと。時間が必要なんじゃないかしら」

「そうね」ベアトリスは言ったが、半信半疑だった。帰国したホープ卿が自分を慣らしている最中なのは確かだが、本当に時間が経てば傷は癒えるのだろうか？　肩の力が抜けることはあるのだろうか？　それとも、植民地での経験のせいで心がすさみきって、永遠に変わってしまったのだろうか？　そのとき、別のことが思い出された。「ヴェール卿は本気で、ホープ卿が自分たちの連隊を裏切ったとお考えなの？」

「何ですって？」

レディ・ヴェールは声をあげ、ベアトリスは振り返って彼女を見た。ホールは暗かったが、レディ・ヴェールの目が困惑しているのはわかった。「先週ヴェール卿が訪ねてこられたとき、スピナーズ・フォールズで連隊を売った裏切り者だと言って責められたと、ホープ卿は言っていたわ」

「そんなはずがないわ！」

「本当の話よ」

レディ・ヴェールはため息をついた。「男性は自分をうまく表現できないことがあるようで、夫も話し好きではあるけど、必ずしも意思伝達に長けているわけではないの。ホープ卿が裏切り者だなんて、あの人は思ってもいないわ」

「本当に？」ベアトリスは安堵に襲われた。

「ええ」レディ・ヴェールはきっぱりと言った。「でも問題は、ホープ卿が夫に疑われていると思ったのなら、そう簡単にその考えを拭い去ることはできないということよ」

「ああ、どうしましょう」ベアトリスはつぶやいた。「男の人って時々ひどく頑固ですものね？　もし、ふたりがその問題を解決できなかったらどうなるの？」

レディ・ヴェールはいかめしい顔つきになった。「長年の友情が終わるんじゃないかしら」

「ホープ卿は今、何よりも友達を必要としているのに」ベアトリスはささやくように言った。

「気をつけろ」レノーはうなった。「わたしは社交界から遠ざかってずいぶん経つ。自分を侮辱した相手に決闘を申し込むことにためらいはない」

「いつわたしがきみを侮辱した？」ヴェールは鋭くささやいた。「きみが殴ってきたんじゃないか！」

ふたりは今も舞踏室の中央に立っているため、声が大きくなりすぎると騒ぎになる危険があった。レノーはすでに好奇の目にさらされている。もし、叔母の舞踏会の最中に自制を失えば、取り返しがつかないほど不利な立場に追い込まれてしまう。

冷や汗が背中を伝ったが、レノーはほほ笑みを模した表情で歯をむいたままだった。「わたしが殴ったのは、きみが図々しくもわたしを連隊の裏切り者だと責めたからだ」

「そんなことは言っていない」

「間違いなく言った」

「言って――」ヴェールは言葉を切り、鼻孔から無理やり息を吸った。「これでは砂糖菓子をめぐって喧嘩をする子供のようだ」

「ふん」レノーは鼻を鳴らし、そっぽを向いた。理由はわからないが、床に足をすりつけたい衝動に駆られた。

ふたりはつかのま黙って立ちつくし、周囲のおしゃべりの声がいっそう大きく聞こえた。

ヴェールは声を殺して笑った。「父の屋敷で料理人からいちごタルトを盗んだときのことを覚えているか？」

レノーは片方の眉を上げた。「ああ。捕まって鞭《むち》で打たれた」

「きみが鳩小屋に隠れようなんて言わなければ、あんなことにはならなかった」

「馬鹿を言うな」レノーの唇がひきつった。「あそこは隠れ場所としては申し分なかった。

きみが噴き出したせいで鳩が驚き、わたしたちがいることが小屋の外にばれてしまったんじゃないか」

「どっちにしても、見つかる前にタルトは食べていたけどな」ヴェールはため息をついた。

「レノー、きみを責めるつもりはなかった」

レノーは一度、そっけなくうなずいた。「では、どういうつもりだったんだ?」

「少し歩こう」

そう指示されてレノーは眉を上げたが、文句は言わず、幼なじみと並んで歩きだした。

「先日、命を狙われたと聞いたのだが」ヴェールは声を落として言った。

「そうだ、誰かに撃たれた」レノーは顔をしかめた。「弾道にミス・コーニングがいた」

「きみにしてはうかつだったな」

「愚かだ」レノーはむっつりと訂正した。「犯人を見つけたら殺してやる」

「ミス・コーニングはそんなにも大事な人なのか?」ヴェールが好奇の視線を向けてくるのを感じる。

「ああ」そう言葉にしたことで、その思いは固まった。ベアトリス・コーニングは確かに、レノーにとって大事な存在だった。どのくらい大事なのかはわからない。それでも、彼女にそばにいてほしかった。無事でいてほしかった。

「ほう?」ヴェールは考え込むように言った。「彼女もそのことは知っているのか?」

「きみに関係あるのか?」

ヴェールは笑いを隠すように咳き込み、レノーは彼のほうを向いてにらんだ。

ヴェールはなだめるように両手を上げた。「気を悪くしないでほしいんだが、あの女性はきちんとしすぎるくらいきちんとしている。でも、きみは……いや、まあ」

レノーは床に向かって顔をしかめた。ヴェールの言うとおりだ。ミス・コーニングは英国淑女の鑑《かがみ》のような人だ。レノーが失ったすべてを体現していると言ってもいい。そんなことを考えたせいか、レノーの口調にはとげがまじった。「きみの意見を聞きたいときは、自分でそう言うよ」

「そうだな」ヴェールはあっさり言った。「その日が楽しみだが、今話し合わなきゃいけないことはほかにある。ハッセルソープが今年の夏に撃たれたのは知っているか？」

「いや、知らない」レノーは舞踏室の端に目をやり、ハッセルソープ卿がいつもの仲間とともに立っているのを眺めた。リスター公爵、ネイサン・グラハム、それからもちろん、偽伯爵のセント・オーバンがそばにいて、揃って渋い顔をしている。「それが関係あると思うのか？」

「わからない」ヴェールは言った。「ハッセルソープは腕に傷を負った。重傷ではなかったようで、もうすっかり治ったと聞いている。ハイドパークで馬車に乗っているときに撃たれたんだ。犯人は見つかっていない。どうもおかしな話に思えないか」

「ハッセルソープは首相の座を狙っている」レノーは指摘した。「政治的暗殺が失敗しただけかもしれない」

「もちろん、もちろんだ」ヴェールは言った。「でも、わたしがハッセルソープにスピナーズ・フォールズの話を聞こうとした直後に撃たれたものだから、どうも気になってね」

レノーは足を止め、ヴェールを見つめた。「本当に?」

「ああ」ヴェールは舞踏室を見回した。「ところで、妻とミス・コーニングはどこにいるかわかるか?」

「肖像画のギャラリーに行ったよ」レノーは舞踏室の外のホールのほうにあごをしゃくった。

「ハッセルソープがこの件について何か知っていると思うのか?」

「たぶん」ヴェールは再び歩き始め、レノーも足を踏み出した。「まあ、そう思った人間がいただけかもしれないが。あるいは、すべて無関係で、わたしが幻を追っているだけかもしれない」

レノーはうなった。ヴェールは馬鹿なふりをしたがるが、彼を子供のころから知っているレノーがだまされることはない。ヴェールはレノーが知る中でもずば抜けて頭のいい男だ。

「最初は、わたしを狙ったのはレジナルド・セント・オーバンかと思っていた」

「今は?」

「ミス・コーニングに、自分の屋敷の玄関でわたしを殺そうとするのはまぬけだと指摘された」

「ああ」

「わたしを狙ったのが、ハッセルソープ卿の狙撃とつながっているのなら、スピナーズ・フォールズと関係があることになる」レノーは考え込みながら言った。「でも、何の関係が？」

ヴェールは手のひらを前に向けて上げた。「わたしはきみを責めてるんじゃない。裏切り者に関して、われわれが考えてもいない情報をきみが知っているんじゃないかと思っているだけだ」

レノーは顔をしかめた。「わたしは先住民の野営地できみたちから引き離されたあと、この間久しぶりにきみに会ったんだ。そんなわたしが、きみたちの知らないことを知っていると思うか？」

「わからない」ヴェールは肩をすくめた。「でも、マンローにも来てもらって、各自の記憶をすり合わせたほうがいいと思っている」

「マンローも野営地から生きて帰ったのか？」レノーは眉を上げた。あの博物学者のことを思い出したのは久しぶりだった。

「ああ、でも傷を負った」ヴェールは顔をそむけた。「あの野営地で片目を失ったんだ」

レノーは顔をしかめた。先住民の捕虜がどんな目に遭うかはよくわかっていた。レノーの人生の六年間は失われたが、それはすべて誰か――仲間の誰かひとり――がスピナーズ・フォールズで自分たちを裏切ったせいかもしれないとは。

「では、マンローも呼んでこの謎を解明しよう」レノーはきっぱりと言った。「裏切り者を見つけ出して、絞首台送りにしてやる」

「あの男は、議会の特別委員会で自分の立場を主張する日時を決めた」ブランチャードはその知らせを、背後の鉢植えに耳があるとでも思っているかのようにひそひそ声で伝えた。

リスターは眉を上げ、いつもどおり退屈そうに、混雑した舞踏室を眺めた。「驚くことか？」

ブランチャードは顔を赤くした。「そんなに平然と言うことはないでしょう。もしセント・オーバンがわたしの爵位を得たら、あなたの政治生命もどうなるかわからない」

リスターは肩をすくめたが、表情は険しくなった。

「ほらほら、ふたりとも」ハッセルソープが穏やかに言った。「仲間割れをしても目的は果たせませんよ」

「では、何をすればいい？」ブランチャードはむっとしているようだった。「おふたりともわたしに協力を申し出てはくれない。わたしはひとりぼっち……姪にまで背を向けられたんです。ホープの野郎が姪を誘惑している」

「そうなのか？」ハッセルソープはホープ卿に目をやった。ヴェールと連れ立って、舞踏室の外周を歩いている。「賢い戦略だ。もし妻をめとれば、正気を失っているという噂を払拭できる。妻が傍らにいれば、男は落ち着いて見えるものだからな」

「確かに」リスターが物憂げに言った。「グラハム、きみもそう思うだろう？」

ネイサン・グラハムは目をしばたたいた。考え事をしていたらしく、足元に視線を落としていたのだ。「何ですか？」

「妻は男を出世させる、と言ったんだ」リスターは言った。「そう思うだろう？」

目鼻立ちの整ったグラハムの顔が、ぱっと赤くなった。今夜舞踏室では、グラハムが妻と喧嘩したという噂が飛び交っていた。だが、グラハムは何とか落ち着いて答えた。「もちろんです」

リスターは血のにおいを嗅ぎつけたかのように、目を細めた。

ハッセルソープは口をすぼめた。「これほど社交界の有力者が集まる催しは、ずいぶん久しぶりですな」

リスターはハッセルソープのほうを向き、いぶかしげな目つきをした。

ハッセルソープはにっこりした。「実を言うと、ミス・モリヌーの度胸に感心しているのです」

「どういう意味だ？」ブランチャードがたずねた。

ハッセルソープは肩をすくめた。「もしこのような場で甥が狂気の発作に襲われたら、社交界全体に目撃されるという意味だよ」

最初に理解したのは、若きグラハムだった。呆然とした表情になり、舞踏室の向こう側にいるホープ卿に目をやる。

リスターは何か言おうと口を開いたが、そのときアドリアーナがひらひらと近づいてきて、ハッセルソープの脇で足を止めた。薄黄色とラベンダー色のドレス姿が、ひどく軽薄な蝶のように見える。

「あなた！」アドリアーナは嬉しそうに言った。「ねえ、堅苦しい政治の話はやめて、わたしと踊りましょうよ。あなたが少しくらい妻の相手をしたからって、こちらの皆さんはちっとも気にしないわよ」

そう言うと、リスターとブランチャード、グラハムに向かって目をぱちぱちした。

あらわになったアドリアーナの柔らかな胸元を見ていたリスターは、おじぎをした。「もちろんです、奥様」

「ほら、ね！　公爵様はご親切にお許しくださったわ」アドリアーナはかわいらしく膝を曲げた。

ハッセルソープはため息をついた。文句を言ったところで、妻はもっと癇《かん》に障る態度で甘え、媚びてくるに違いないので、結局は自分が折れるか、騒ぎを起こすかしかない。「わかったよ。皆さん、失礼させていただきます」

紳士たちがおじぎをする中、ハッセルソープは妻にしっかり腕をつかまれ、ダンスフロアに引っぱっていかれた。

「バンクフォースという若者が、今夜おまえをダンスに誘っていたと思うんだが」

アドリアーナは楽しげに笑い、そのさまは四〇歳の女性というより女学生のようだった。「あの方はかわいそうに、へとへとになってしまったの。それに」ハッセルソープを正しい姿勢に導く。「あなたはダンスが大好きだもの！」

ハッセルソープはまたもため息をついた。ダンスは大嫌いだし、アドリアーナにもことあることにそう言っている。だがどういうわけか、いくら抗議しても、妻は夫が冗談を言っているると思いたがるのだ。あるいは、脳みそが小さすぎて、少しの間も情報を留めておくことができないのかもしれない。

音楽が始まるのを待つ間、妻の頭越しに視線をやると、ブランチャードが舞踏室の反対側を凶悪な目でにらんでいるのが見えた。視線の先にあるものを見つけるのはたやすかった。ホープ卿が、部屋の隅でミセス・グラハムと座っているミス・コーニングのもとに向かっていた。ハッセルソープはブランチャードに視線を戻した。もし視線が人を殺すことができるなら、ホープ卿は血を流しながら床に倒れているだろう。これは面白い。ホープ卿に対するブランチャードの敵意は、個人的な感情のようだ。

それほど強い憎悪があれば、人間は何をしでかすものだろう？

「さあ、聞かせて」しばらくして、ベアトリスは言った。「わたしをレディ・ヴェールから引き離すほどせっぱつまった用って、いったい何なの？」

「あなたにはわたしの口から話したかったの」ロッティは重々しく言った。ふたりは舞踏室の端にある金色の絹張りの長椅子に座っていた。片側にはギリシャの神の像が、反対側には鉢植えの植物が置かれているため、話し声がまわりに聞かれる心配は少ない。

「やたらと秘密めかしているのね」ベアトリスは言った。ロッティのお腹に視線が留まる。もしかして……？

「ネイトのところを出たの」

ベアトリスはすばやく顔を上げた。「え、どうして？」困惑と心配が入りまじった顔でロッティを見る。「あなた、ミスター・グラハムのことを愛してるんだと思ってたわ」

「愛してるわよ」ロッティは言った。「もちろん、愛してる。でも、そのせいで余計うまくいかないの」

「意味がわからないわ」

ロッティはため息をつき、ベアトリスはそのとき初めて、彼女が心底疲れ果てていることに気づいた。目の下には薄い藤色の隈ができ、両手は震えを抑えるように握り合わされている。「わたしはあの人を愛しているし、あの人もまだわたしを愛してくれていると思うけど、気にかけてはくれなくなったの。あの人にとって、わたしは……わたしは、〝もの〟にすぎないのよ」

「何が言いたいのかよくわからないわ。ねえ、ちゃんと説明してくれる？」

「もう！」ロッティは膝から両手を離し、ぎゅっと握った。「もう、言葉で説明するのはすごく難しいわ」

ベアトリスはロッティの片方のこぶしを自分の手で包んだ。「聞くから」

ロッティは息を吸って目を閉じた。「わたしはネイトの持ち物や所有物のひとつになったみたいなの。あの人は馬車を、執事を、タウンハウスを、そして妻を所有しているのよ。わたしは妻という役に就いていて、あの人は日々外から見える姿のどこか奥深くでわたしを愛しているのかもしれないけど、それはわたしじゃなくてもいいの」目を開け、絶望に似た何かを浮かべてベアトリスを見つめる。「レジーナ・ロックフォードでもいいし、パメラ・シスルウェイトでもいいし、イタリアの伯爵と結婚したあの女性でもいいのよ」

「メレディス・ブライトウェルね」ベアトリスはつぶやいた。名前を覚えるのは、昔からロッティよりも得意だ。

「そう」ロッティは言った。「その誰でもいいの。わたしはネイトの人生の、ひとつの空間を埋めているにすぎない。もしわたしが死んだら、あの人は悲しんでくれるでしょうけど、すぐにその空間を埋める別の人を見つけに行くでしょうね」

「まさか」ベアトリスは言ったが、少なからずショックを受けていた。結婚というのは本当にこんなものなの？　愛情と敬意と求愛は、永遠には続かないの？

「信じて、本当のことよ」ロッティは手首で目の涙を拭った。「もう耐えられない。世間知らずかもしれないけど、わたしは愛されたいの……わたしが就いている役じゃなくて、わたし自身を愛してほしい。だから、家を出たのよ」

ベアトリスは唾をのみ込み、ロッティの手を握ったままの自分の手に視線を落とした。

「今はどこにいるの？」

「父の屋敷よ」ロッティは言った。「父は喜んでいないし、母はスキャンダルになることを心配しているけど、とにかく家には置いてくれるって」

「でも……」ベアトリスは顔をしかめた。「これからどうするの？」

「わからない」ロッティは笑ったが、その声は詰まり、無言になった。「スキャンダルを覚悟で愛人を作るとか」

口ではそう言いながらも、特にその案に乗り気のようには見えなかった。

ベアトリスは舞踏室を見わたした。メヌエットが始まり、カップルが優雅にダンスフロアに出ていく。ホープ卿がこちらに歩いてくるのが見え、心臓が胸の中でスキップするように跳ねた。そのとき、ホープ卿の背後の光景が焦点を結び、ミスター・グラハムがどこか思わしげな表情でこちらを見ているのがわかった。

「ミスター・グラハムと話し合ったほうがいいんじゃないかしら」そうは言ってみたものの、その提案がどうしようもなく的外れであることはわかっていた。

ロッティは疲れた顔でほほ笑んだ。「話し合いはしようとしたわ。でも、無駄だった」

「残念ね」ベアトリスはなすすべもなく言った。「本当に残念だわ」

ベアトリスはロッティの隣に黙って座ったまま、ホープ卿が近づいてくるのを見ていた。ロッティの人生が荒れ狂い、彼女が深く傷ついているのはわかっているのに、ホープ卿の姿を見ると嬉しくなる自分に後ろめたさを感じる。ホープ卿はとてもたくましく、ぴんと背筋が伸びて見えた。今も痩せてはいるが、顔は少しふっくらしてきたし、頬や目はもう落ちくぼんではいない。日ごろからいかめしい表情は浮かべていても、迫力あるハンサムな顔立ちをしていて、彼の姿を見ると喜びを感じずにはいられなかった。

ホープ卿は容赦なく人ごみをかき分けて進み続け、やがてふたりの目の前にやってきた。

おじぎをする。「淑女のおふたり」

「ホープ卿」ベアトリスは息を切らして言った。「このダンスはもうすぐ終わりそうだ。ミス・コーニング、次の曲でお相手を務めさせていただけないかな？」

「それは……光栄よ、もちろん」ベアトリスは唇を噛んだ。「でも、お断りするわ」

「行きなさいよ、ベアトリス」ロッティはホープ卿が現れたときに背筋を伸ばしていたが、今は満面の笑みまで浮かべている。「本当に。ふたりが踊るところが見たいわ」

ベアトリスはロッティのほうを向いて目をのぞき込んだ。悲しみは潜んでいるものの、何事もなかったようにふるまうと決意しているように見える。「いいの？」

ロッティはきっぱりとうなずいた。「ええ、もちろん」

ベアトリスが手を差し出すと、ホープ卿はその手を取った。ロッティを見て、皮肉めいた笑みを浮かべて言う。「ありがとう」

ベアトリスはホープ卿に手を引かれ、人ごみの中を進んだ。彼の肩が傍らに広く、力強く感じられる。ダンスフロアに着いて足を止めたところで、音楽が華やかに終わった。踊っていた人々はパートナーに向かって膝を曲げ、おじぎをして、ダンスフロアから立ち去った。ベアトリスとホープ卿は位置につき、音楽が再び始まるのをじっと待った。ベアトリスは隣に立っているホープ卿を盗み見た。何かに心を奪われているように見える。

ベアトリスは咳払いをした。「ヴェール卿との話し合いはうまくいったの？」

「ああ」音楽が始まると、ダンスの隊形の都合で、しばらくふたりは離れていた。再び近づいたとき、ホープ卿はひどいしかめっつらをしていた。「どうしてそんなことをきく?」

「ヴェール卿はあなたのお友達よ」ベアトリスはそう答えたあと、声を落とした。「あなたのことが心配だったの」

ふたりは離ればなれになった。近くの紳士がつまずき、ホープ卿にぶつかった。ホープ卿はぴたりと動きを止め、男をにらみつけたが、すぐに気を取り直したようだった。

再びホープ卿に近づいたとき、ベアトリスはささやいた。「大丈夫?」

「当たり前だ」ホープ卿はぴしゃりと言ったが、その声が少し大きすぎたらしい。

人々の顔がこちらを向いた。

ホープ卿は立っているベアトリスのそばを歩き回った。それはダンスの一部にすぎなかったが、ベアトリスには大きな捕食者がまわりをうろついているように感じられた。

そのとき、恐ろしいことが起こった。

さっきぶつかってきたのと同じ紳士がつまずき、またもホープ卿にぶつかったのだ。今回は前回よりも力が強く、ホープ卿は一歩押しやられた。彼は上着の下から大きなナイフを抜き、勢いよく男を振り返った。近くで踊っていた人々は、つんのめって立ち止まった。ひとりの女性が悲鳴をあげた。

男は真っ青になり、両手を上げて後ずさりした。「そ……その、本当にすまない!」

「どういうつもりだ?」ホープ卿は問いただした。「わざとぶつかってきただろう」

ベアトリスは足を踏み出した。「ホープ卿――」

だが、ホープ卿は男の首をつかんだ。「答えろ！」

何ということ。また正気を失ってしまったの？　紳士たちは女性を自分の背後に押しやり、人ごみは後ろに引いていって、ダンスフロアの中央にぽっかりと空間ができた。

「レノー」ベアトリスは静かに言った。ナイフを掲げている腕に触れる。「レノー、その人を放して」

ベアトリスの口から発せられた自分の名前に、ホープ卿は動きを止めてこちらを向いた。その黒い目は呆然とし、怯えていた。

ベアトリスは唾をのみ込んでささやいた。「レノー、お願い」

ホープ卿は唐突に手を放し、男はよろめいた。

「帰ろう」ホープ卿は空いているほうの手でベアトリスの腕をつかみ、人ごみの中に引っぱっていった。もう一方の手には今も、むき出しのナイフを持っている。

ふたりが進むにつれ、前にいる人々が揃って道を空け、中には急いでホープ卿から離れようとして転びそうになる者もいた。通り過ぎていくどの顔にも、同じ表情が浮かんでいるのがわかる。

恐怖だ。

8

ロングソードは強力な剣を振り上げた。竜はまたもうなり、めらめら燃える炎をロングソードに噴きつけた。だが、ゴブリン王国で六年間生きてきたロングソードにとって、火など怖れるに足りなかった。ロングソードは炎の中に飛び込み、剣を勢いよく振り下ろして、竜の両目の間を斬りつけた。巨大な獣はよろめき、倒れて死んだが、そのとき世界一美しい女性を下に落とした。女性が眼下の岩に打ちつけられることを怖れ、ロングソードは駆け寄ってたくましい腕で彼女を受け止めた。

女性はロングソードの広い肩につかまり、海の色をした目で彼を見た。「親切な騎士のお方、あなたはわたしの命を救ってくださいました。お礼を申し上げます。でも、もし王である父の命も救ってくだされば、わたしはあなたと結婚しましょう……」

『ロングソード』より

次の日、ベアトリスは朝早く起き、メイドを呼んで簡素な青と白の縦縞のドレスに手早く着替えた。朝食をひとりで食べ――レジー伯父もホープ卿もまだ寝ているようだった――衝動的に馬車の用意をさせる。人を訪ねるには早すぎる時間帯だったが、ジェレミーはよく眠れずにいることが多く、朝起きているときに話し相手がいるのを好むのだ。それに、ベアトリスも昨夜の出来事について誰かと話したくて仕方がなかった。

そういうわけで三〇分後、ベアトリスは口論の末に憎きパットリーを突破し、ジェレミーと自分に紅茶を注いでいた。

「きみは何を着ていったんだい？」ジェレミーはたずね、ベアトリスは慎重にティーカップを彼の両手に持たせた。紅茶は少ししか注いでいない。ジェレミーはふたつの枕にもたれて座っているが、指が震えているため、体の上に熱い紅茶をこぼしてしまう危険があった。

「ブロンズ色のドレスよ」ベアトリスは答え、自分のカップに入れた濃いクリームをかき混ぜた。「覚えてるかしら、去年の夏に作らせる前に、あなたに型紙と生地見本を見せたドレスなんだけど」

「虹色に光る絹？」ベアトリスがうなずくと、ジェレミーはにっこりした。「グラスを灯りに近づけたとき、ブランデーがきらめく感じに似ていると思った生地だ」ジェレミーは紅茶を飲み、枕に頭をもたせかけて目を閉じた。「あれを着たきみはきれいだっただろうな」

ベアトリスは笑った。「なかなかのものだったと思うわ」

ジェレミーは片目を開けた。「相変わらず謙虚なことで。ホープ卿はどう思ったのかな？」

何もかもお見通しの目を見るのが恥ずかしくて、ベアトリスはカップに視線を落とした。

「よく似合ってると言ってくれたわ」

「あまり口数の多い男じゃなさそうだね」ジェレミーはそっけなく言った。

「そうかもしれないけど、褒められたのは嬉しかったわよ」

「そうか」

ベアトリスは膝の上のソーサーに、そっとカップを置いた。「実は舞踏会でね、ちょっとした……騒ぎがあったの」

ジェレミーは背筋を伸ばした。「どんな?」

ベアトリスはカップを見つめたまま、鼻にしわを寄せた。「ホープ卿がダンスフロアで紳士にぶつかられて、ひどい反応をしたの」

「ホープ卿は誰と踊っていたんだ?」

ベアトリスはふうっとため息をついた。「知りたいなら答えるけど、わたしよ」

「ああ、もちろん知りたいさ」ジェレミーは嬉しそうに言った。「それで、〝ひどい反応〟というのは具体的にどういうことだ?」

「ナイフを抜いたの……あの人、いつもすごく長いナイフを持ち歩いているの。それから、その、ナイフを振り回したのよ。しかも、相手の紳士の首をつかんで」その光景が頭によみがえり、ベアトリスはぎゅっと目をつぶった。

少し間があったあと、ジェレミーは言った。「ああ、ぼくもその場にいたかったなあ」

ベアトリスはぱっと目を開けた。「ジェレミー!」

「いや、本気だよ」ジェレミーはまるで悪びれる様子もなく言った。「実に楽しい騒ぎのように聞こえる。それで、ホープ卿は舞踏室からつまみ出されたのかい？」

「自分の叔母様の舞踏会だもの」ベアトリスはジェレミーに思い出させるように言った。「だから、屋敷から追い出されることはなかったと思うけど、どっちにしても、わたしたちはその騒ぎのあとすぐに出ていったの」

「ああ、ホープ卿がきみを連れていったんだな？」

「ええ」ベアトリスはためらったあと、声を落として言った。「家に着くまで、ホープ卿は一言も口を利かなかった。ジェレミー、みんながあの人をどんな目で見ていたか、あなたにも見せたかったわ。まるで、危険な獣を見ているようだった」

「実際はどうなんだ？」ジェレミーは静かにたずねた。「危険なのか？」

「いいえ」ベアトリスは首を横に振ったあとで認めた。「その、わたしには危険じゃないと思うわ」

「ベアトリス、本当か？」

ベアトリスは唇を噛み、なすすべもなくジェレミーを見た。「あの人はわたしを傷つけない。本当に、そんなことはしないわ」

「そう願うね」ジェレミーは疲れた様子で、頭を枕に戻した。「どんな形でもきみを傷つけたら、ぼくはホープ卿を憎むよ」

ジェレミーの声は疑わしげだった。ベアトリスは紅茶を注ぎながら彼の視線を感じたが、この気持ちは誰にも、ジェレミーにも言いたくなかった。自分の感情は何か特別な、心の中にある柔らかなもので、白日の下にさらすにはあまりに繊細だった。

ベアトリスは立ち上がり、空になったティーカップをジェレミーの手から取って、彼がお代わりを欲していないのがわかると、脇に置いた。再び椅子に腰かけて言う。「ロッティがミスター・グラハムのもとを出ていったそうなの」

「たぶん痴話喧嘩だよ。一週間以内には戻ってくるよ、間違いない」

「そうは思えないわ」ベアトリスはゆっくり言った。「ロッティは落ち込んでいるみたいで、いつもの明るい感じとは全然違うの」

顔を上げると、ジェレミーは目を閉じてやつれた顔をしていた。ベアトリスはカップを置いて立ち上がろうとしたが、ジェレミーは視線に気づいたのか目を開けた。まばたきをして顔をしかめる。「ネイト・グラハムがそんなにたちの悪い男だとは思わなかった。愛人を作ってロッティにひけらかしたのか？」

ベアトリスはためらったが、ジェレミーに調子を合わせて、弱さが見えた瞬間には気づかなかったふりをすることにした。「ロッティはほかに女の人がいるようなことは言ってなかったわ。実際、そういう人がいるとは思えない。ロッティが言うには、ミスター・グラハムはロッティがいることに慣れっこになっていて、誰が妻でも同じだと思っているんですって。実を言うと、わたし……」

「幻滅した？」ジェレミーは穏やかにたずねた。

ベアトリスは黙ってうなずいた。

「男は幻滅させる生き物だよ」ジェレミーは言った。「しょせん粘土細工のようなもので、つまずきながら歩いて、自分にとって一番大事な人たちの感情の上にすっ転ぶ。だからこそ、きみたち女性の思いやりが頼みなんだ。女性が同情心を失い、腹を立てて、男どもをまとめて放り出したら、ぼくたちは道に迷ってしまうんだよ」

芝居がかったジェレミーの言い方に、ベアトリスはほほ笑んだ。「愛しのジェレミー、あなたはそうじゃないわ」

「ああ、でもぼくが世間の男とは違うことは、きみもわかってるだろう」ジェレミーは軽い口調で言い返した。ベアトリスが答える前に続ける。「ホープ卿に退役軍人の議案のことは話したのか？」

「ええ、話そうとはしたわ」ベアトリスはのろのろと言った。

「それで？」

ベアトリスは首を横に振った。「今は爵位を取り戻すことで頭がいっぱいで、ほかのことは考えられないようなの」

「そうか」ジェレミーは顔をしかめ、ティーカップに視線を落とした。

ベアトリスは急いで言った。「戦争で自分が率いた兵士のことは大事に思っているようだから、そう悲観的になることはないと思うわ。わたしたちの主張にも共感してくれるんじゃないかしら。問題は、それを行動に移すよう説得することでしょうね。そのための具体的な方法はまだわからないけど」

「ホープ卿はずいぶん自分勝手に思えるな」ジェレミーはぼそりと言った。

「そうじゃないと思うわ」ベアトリスはゆっくり言った。「本当のところはね。ただ、今は自分が失ったものを取り戻すことに集中しているから、ほかのことを考える余裕がないんだと思うの」

「ふうん。ぼくたちはみんな国に戻ったとき、置いてきた人生を取り戻そうとするものだと思うんだ。ぼくたち元軍人は」ジェレミーの声は弱々しくなっていった。「問題は、一度失ったら取り戻せないものもあるってことだ。ホープ卿はまだそのことに気づいていないのかな？」

「わからないわ」

「いずれにせよ、すぐにでもホープ卿と話したほうがいい。議案は来月中に議会に提出される。ぼくたちに残された時間は短くなっている……とても短く」ジェレミーは再び目を閉じ、枕にもたれた。

ベアトリスは唇を噛んだ。「疲れてるのね。もう帰るわ」

「いや、帰らないでくれ」ジェレミーは目を開けた。枕の白を背に、澄みきった真っ青な目が映えた。「きみと話をするのが大好きなんだ」

「ああ、ジェレミー」ベアトリスは胸に込み上げるものを感じた。「わたし……」

階下のホールで、何かがどんと大きな音をたてた。

ベアトリスは病室の閉まったドアに目をやった。「何……？」

下から叫び声が聞こえ、それはどんどん近づいてきて、そこに男性のどなり声が加わった。

「いいかげんにしろ、わたしは彼女に会いに行く！　じゃまをするな！」

どうやらホープ卿の声のようだった。ベアトリスは椅子から半分体を浮かせた。「信じられない――」

ふたりの声はあっというまに近くなった。何か手を打たなければ、ホープ卿は部屋に押し入ってくるだろう。ベアトリスは廊下に飛び出し、ジェレミーの寝室のドアを背後できっちり閉めた。ホープ卿は突進する雄牛のように、いかめしい顔で階段を上ってきた。数歩遅れてパットリーがついてくるが、かつらは外れ、ホープ卿に懇願する顔は怯えていた。

「いったい何のつもり？」ベアトリスは問いただした。

「きみの愛人を見に来たんだ」ホープ卿はどなり、どすどすとベアトリスに近づいてきた。

「愛人なんていないわ！」

ホープ卿は脇にずれ、ベアトリスを迂回してドアに向かおうとしたが、ベアトリスも同じ方向に動いた。

「帰って！」ベアトリスは勢いよくささやいた。「あなた、恥をさらしているのよ」

「お客様、あなたのせいですよ」ホープ卿の背後のどこかから、パットリーが意気揚々と叫んだ。

「黙りなさい、パットリー！」ベアトリスは叫んだが、そのときホープ卿に体を持ち上げられて脇にどかされ、障壁を突破されて悲鳴をあげた。「ちょっと、やめて！」

だが、手遅れだった。ホープ卿はすでにドアを開け、部屋に押し入っていた。そこでぴたりと足を止め、ベアトリスの視界をふさいだ。

ジェレミーが息を切らして笑うのが聞こえた。「ホープ卿ですね？」

「何てことだ」ホープ卿は言った。

「もう、どいてちょうだい！」ベアトリスは広い愚かな背中を強く押しのけた。

ホープ卿は素直に脇によけた。

ベアトリスは早足でそばを通り過ぎた。「ジェレミー、大丈夫？」

「大丈夫だよ」ジェレミーの顔は熱っぽく上気していた。「こんなに興奮したのは久しぶりだ」

「体に良くないわ」ベアトリスはジェレミーの手を取り、振り返って、今もドアのそばに立つホープ卿をにらみつけた。「あなた、自分が何をしているかわかってるの？」

「言っただろう」ホープ卿は背後のドアを無造作に蹴って閉めた。「きみが愛の巣にいる現場を押さえに来た。どうやら間違いだったようだが」

「間違いだったようだ？」ベアトリスは空いているほうの手をこぶしにし、腰に当てた。「あなたは最低最悪に馬鹿なことをして、わたしのこともジェレミーのことも侮辱したわ。明らかに、わたしたちは愛人関係じゃない――」

「明らかだなんて、どうして言えるんだ」ホープ卿はどなり、上掛けの下にあるジェレミーの脚の残った部分に目をやった。「わたしの知り合いにも、両脚を失ってもまだ――」

「変なこと言わないで！」ベアトリスは今や叫び声をあげていたが、それを抑えることはできなかった。よくもこんなことを！　わたしのことをどういう類の女だと思っているの？　恥をかかせたわね！

ベアトリスの背後でジェレミーが窒息しそうな声を出し、ベアトリスははっとしてくるりと振り向いた。

ジェレミーは大笑いを抑えようとしていたが、あまりうまくいっていなかった。

「もう、あなたまで。やめて」ベアトリスはすっかり腹を立てながらも、ジェレミーのカップに水を注いでやった。

「ありがとう、ベアトリス」ジェレミーは言った。「それから、申し訳ない。今は男性を代表して謝りたい気分だよ」

「でしょうね」ベアトリスはぶつぶつ言った。「あなたたち全員、芯まで腐りきっているわ」

「ああ、わかってる」ジェレミーはしおらしく言った。「ぼくたちに我慢してくれるなんて、きみたち女性はどこまでも聖人なんだな。でも、きみに頼みたいことがあるんだ」

「何よ？」ベアトリスはぶっきらぼうにたずねた。

「悪いんだが、パットリーの機嫌をうかがいに行ってくれないか？　気が進まない仕事だとは思うが、この件で両親に余計な告げ口をされたくはないから」

「ええ、わかったわ」ベアトリスはホープ卿をにらみつけた。「でも、そうすると、あなたはここでこの人とふたりきりになってしまうわ」

「わかってる」ジェレミーは天使のような表情を作ったが、ベアトリスは一瞬たりともだまされなかった。「むしろ、ホープ卿とおしゃべりがしたいんだ」

「ふん」ベアトリスは言った。ホープ卿に近づき、あごが触れ合いそうなところまで来ると——そのためにはあごを高く上げなければならなかったが——胸を人差し指で突いた。

「うっ」ホープ卿は言った。

「ジェレミーに指一本でも触れたら」ホープ卿の顔に向かって勢いよくささやく。「もしくは、どんな形でも興奮させたら、その馬鹿げたイヤリングを耳から引きちぎってやる」

背後でジェレミーが大笑いを始めたが、ベアトリスはあえてその姿を確認することはしなかった。部屋を出てドアをばんと閉め、どすどすと歩いてパットリーを探しに行く。

男というものは！


レノーはミス・コーニングに人差し指で胸骨に穴を空けられそうになった部分をさすった。

「すまなかった」

「謝る相手はぼくじゃないよ」ベッドの上の男は、今も笑いながら言った。「いいことを教えてやろう。ベアトリスのお気に入りの花は、鈴蘭だ」

「そうなのか？」レノーは思わしげにドアに目をやった。最後に女性に花を贈ったのはいつのことか思い出せないくらいだが、この状況であれば、女性に仲直りを求める英国流の正式な作法が必要だろう。レノーはベッドの上の男を振り返った。「戦傷か？」

「大陸のエムスドルフで大砲に吹き飛ばされた」オーツは言った。顔色は不自然なほど赤く、発熱しているようだ。「六〇年に」

レノーはうなずいた。さまざまな形や大きさの薬瓶が散らばったテーブルに歩いていく。この世界には、失った脚を元に戻してくれる薬は存在しない。「わたしが植民地で第二八歩兵連隊にいたことは聞いているか？」

「聞いている」オーツは疲れたらしく、再び枕に頭をもたせかけた。「ぼくは第一五軽竜騎兵隊にいた。歩兵よりは華があるね。もちろん、馬から撃ち落とされるまでだけど」

「戦争は世間で思われているほどロマンティックなものじゃない」レノーは言った。

かつて軍隊に抱いていた、少年じみたロマンティシズムはよく覚えている。それは腐った食糧、無能な士官、退屈という現実を目にしたことで、たちまちついえた。わずかに残った幻想も、最初の小戦闘で砕け散った。

「ぼくたちの連隊は結成されたばかりだった」オーツは言った。「だから、誰も実戦を見たことがなかった。ほとんどがロンドンの仕立屋で、ストライキをしていて軍隊に入らざるをえなくなった者たちだったんだ。最初から勝ち目はなかった」

「負けたのか？」

オーツは苦々しげにほほ笑んだ。「いや、違う。勝ったんだ。ぼくの連隊だけで一二五人の兵士と一〇〇頭の馬が死んだけど、戦闘には勝った。ぼくは二度目の突撃で倒れたけど」

「お気の毒に」

オーツは肩をすくめた。「戦争の報いは、きみも知っているはずだ。もしかすると、ぼくよりもずっと」

「その話はしたくない。わたしがここに来た目的はまったく別だ」レノーはベッド脇の椅子に座った。「ミス・コーニングとはどういう関係だ？」

オーツは面白がるように眉を上げた。「ところで、ぼくはジェレミー・オーツだ」

レノーは手を差し出すほかなかった。「レノー・セント・オーバンだ」

オーツはレノーの手を取って握り、何かを探すように目をのぞき込んだ。その指は小枝のように細かった。「会えて嬉しいよ」妙なことに、その言葉には心がこもっているように聞こえた。

レノーは手を引っ込めた。「質問に答えてくれるか？」

オーツは薄く笑い、目を閉じて枕にもたれた。「幼なじみだ。家の居間でかくれんぼをしたり、地理の勉強を手伝ったり、初めての舞踏会にエスコートしたり」

オーツの言葉に、レノーは胸骨のどこかに痛みを感じた。鋭く突かれた感触が残っているだけかもしれないが、そうではなく嫉妬のような気もした。

嫉妬。そんな感情は今まで抱いたことがない。

確かに今朝、ミス・コーニングがすでに謎の恋人のところに行ったと聞いたときは憤慨した。ふたりと対峙し、必要とあらば相手の男を殴るつもりでここに飛んできたが、自分の感情と向き合う余裕はなかった。わたしのものだ、と本能が言っていたから、何も考えずその声に従ったのだ。この反応が感情的なものだったと気づくと、ありがたくないショックが襲ってきた。

「彼女を愛しているのか？」レノーはたずねた。

「ああ」オーツは簡潔に答えた。「心から。でも、きみが言っているような意味ではないと思う」

レノーは椅子の上で身じろぎした。オーツがどういう意味で言っているのか正確に知りたくてたまらず、そわそわする。「説明してくれ」

オーツはにっこりした。病を患い、苦痛のしわが顔に刻まれる前は、ハンサムな男だったのだろう。「ベアトリスはぼくにとって、血のつながった姉妹がいてもここまでではなかっただろうというくらい大事な人だ」

レノーは目を細めた。ミス・コーニングとの関係はきょうだいのようなものだと言いたいのだろうが、実際に血はつながっていない。それなら、オーツが言っているほど、ふたりの友情が純粋なものとは限らないのではないか？

「つまり、きみがそうなっていなかったとしても、彼女と結婚するつもりはなかったと」レノーはあごをしゃくり、オーツの失われた脚を示した。

たいていの人間がむっとするところだが、オーツは笑っただけだった。「ああ。ベアトリスは何度か結婚しようと言ってきたけどね」

レノーは不快な衝撃を受けた。背筋を伸ばす。「何だと？」

オーツの笑みは顔いっぱいに広がり、レノーは自分が餌に食いついてしまったことを悟った。

「何のゲームをしているつもりだ？」うなるように言う。

「生と死、愛と憎しみのゲームだ」オーツは穏やかに答えた。

「馬鹿なことを」

「いや」笑みは唐突に消えた。「ぼくはいたって真剣だ。ベアトリスはきみが大事にしてくれ」

「えっ？」レノーは顔をしかめた。病人は時に、痛みと痛み止めの薬のせいで錯乱することがある。オーツも薬で朦朧《もうろう》としているのだろうか？

「約束するんだ、彼女を大事にすると」オーツは言い、声は弱々しかったが、その命令口調には優秀な将校の名残があった。「ベアトリスは特別な女性だ。ありのままの姿で愛されるべき人だ。現実的なふりをしているが、実はロマンティックで傷つきやすい。彼女を傷つけないでほしいんだ。きみがベアトリスを愛しているかどうかはきかないし、そもそもきみ自身もわかっていない気がするが、彼女を大事にすると約束してくれ。人生の一日一日を幸せに過ごせるようにしてほしい。必要とあらば、命を投げ出してでも彼女を守ってほしい。約束してくれ」

その瞬間、レノーは悟った。感情的になっていたせいで、目の前の現実が見えなくなっていたのだと。この表情はこれまでにも、ほかの男たちの目に浮かんでいるのを見たことがあり、それが意味するところはいやというほど知っていた。

だから、簡潔に、心を込めて答えた。「わたしが大切にしているすべてのものに誓って、彼女を大事にし、身の安全を守り、幸せにするために全力を尽くすよ」

オーツはうなずいた。「ぼくの頼みはそれだけだ。ありがとう」

よくもあんなことを！

ベアトリスは新鮮な空気を吸いたくてたまらず、ジェレミーのタウンハウスの玄関のドアを開けて外に出た。パットリーはすでに脅しつけ、ホープ卿が乱暴に家に押し入ってきたことはもらさないよう言ってあったが、彼の疑いに対する自分の反応は今も抑えきれずにいた。何とおぞましい疑いを！ ジェレミーとわたしのふたりともを侮辱しているわ。いつ、何を見てわたしをふしだらな女だと思ったの？ そのうえ、ジェレミーの家に押しかけてわたしに指図することが許されるなんて、どこから思いついたのかわからない。

ベアトリスは地団駄を踏んだ。体を温めるためと、怒りを強調するために。

下の街路には三人の男性がうろついていた。ぼろぼろの茶色の上着を着た痩せ型の男性がふたりと、黒い服を着た長身の男性がひとりだ。ベアトリスが足踏みする音を聞いて、長身の男が振り返った。右目は眼窩の隅に寄り、眼球の白い膜がむき出しになっている。気の毒なその男性から、ベアトリスは急いで目をそらした。家の中に戻らなければならないが、まだ怒りが収まっていない。次にホープ卿に会うときには、冷静でいたかった。彼に対する自分の考えを正確に伝えるには、そのほうがいい。

醸造業者の荷馬車が丸石の上をがたがたと通り過ぎ、うろついている男性のひとりが御者に向かって何か叫んだ。

背後でドアが勢いよく開き、ベアトリスは屋敷の中に背中から倒れ込みそうになった。だが、力強い腕につかまれた。

「家中探し回ったよ」ホープ卿は言った。「ここで何をしていた？」

ベアトリスはホープ卿の手から逃れようとしたが、上腕が固くつかまれている。「外の空気を吸いたかったの」

ホープ卿は疑わしげにベアトリスを見下ろし、ベアトリスは彼の黒い目を縁取るまつげの濃さに気づかされた。

「こんなに寒いのに？」

「すごくさわやかだわ」ベアトリスは言い、再び腕を引っ込めようとした。「放してくれない？」

「だめだ」ホープ卿は言い、ベアトリスの腕をつかんだまま、階段を下りる方向に向きを変えた。

「何ですって？」ベアトリスは問いただした。

「きみを放さない」ホープ卿は言った。「永遠に」

「笑えないわ」

「笑わせるつもりで言ったんじゃない」ホープ卿はかっかしながら言い、ふたりは街路に降り立った。「馬車はどこだ？」

「角を曲がったところよ。このあたりには停める場所がないから。わたしを放さないっていうのは、からかってるつもり？」

「わたしは冗談は言わない」

「そんな馬鹿な話は聞いたことがないわ」ベアトリスは言ったが、その声はやけに大きく響いた。「誰だって冗談は言うものよ。あなたみたいにユーモアのセンスがない人でも」

ホープ卿は握ったままの腕を引っぱり、ベアトリスを自分の胸に引き寄せた。強く。

「約束する」ベアトリスの顔を見てぶっきらぼうに言う。「わたしは――」

ところが、そのとき妙なことが起こった。ベアトリスは背中をぐいと押され、脇腹を鋭く突かれるのを感じた。ホープ卿の手が痛いくらい腕に食い込み、彼は今にも人を殺しそうな目でベアトリスの肩の向こうを見ていた。

「何……？」ベアトリスは口を開いた。

だが、ホープ卿はベアトリスを自分の背後に押しやり、タウンハウスの階段に向かわせると、上着の下から長いナイフを抜いた。「中に入れ！」

そのとき、恐ろしいことに、うろついていた三人の男がホープ卿に迫ってくるのが見えた。リーダーらしき白目がちの男がナイフを手にし、その刃には血がついていた。

ベアトリスは悲鳴をあげた。

「中に入れ！」ホープ卿はもう一度叫び、リーダーに突進していった。

長身の男は血染めのナイフを振り上げ、ホープ卿に斬りかかってきた。だが、ホープ卿は男の手首をとらえ、攻撃を止めると同時に、男の腹を斬りつけた。男は体をくの字にし、シャツとベストをひらひらさせながら、後ろに飛び跳ねていった。禿げかかった頭をむき出しにしたふたりめの男が、背後からホープ卿に腕を回して上腕をとらえた。白目がちの男はにやりとし、再び攻撃を仕掛けてきた。ホープ卿はうなり、すんでのところで腕をよじって引き抜くと、ナイフから身を守るように体の前に出した。ナイフの刃で袖が切れ、噴き出した血が細い弧を描いて街路に飛んだ。

ベアトリスは手で口を覆い、唐突に階段に座り込んだ。目の前に黒い点々が躍っている。ひとりの男が悲鳴をあげたので、ベアトリスは顔を上げた。

禿げかかった男が地面に倒れ、血まみれの脇腹を押さえていた。ホープ卿は再びリーダーと取っ組み合っていて、三人目の男がホープ卿の背後で短剣を振り上げた。

ベアトリスは叫んで警告しようとしたが、できなかった。悪夢を見ているかのようだ。喉は動くが、声が出てこない。ぞっとして目を見開くことしかできなかった。

短剣は振り下ろされたが、ホープ卿の獰猛《どうもう》な攻撃にリーダーがよろめきながら後ずさりし、ホープ卿も引きずられていったため、無事だった。突然ホープ卿が振り向き、リーダーを引っぱって、背後の敵めがけて放った。ふたりの男は脚と腕を絡み合わせ、地面に倒れた。リーダーは頭におぞましい傷を負って血を流し、耳はだらりと垂れているようだった。

ホープ卿は体を起こし、倒れている男たちのほうに、力強い、殺意に満ちた足取りで、けがをした野ウサギを見つけた狼のごとく近づいていった。顔には好戦的な笑みが浮かび、野蛮な喜びがあらわになっている。巨大なナイフを掲げていて、今やその刃も血に染まっていた。むき出した歯が、浅黒い肌とは対照的に真っ白に見える。地面に倒れた男たちのほうが、よっぽど文明人らしく見えた。

そして、始まったときと同じくらい唐突に、それは終わった。白目がちの男とその相棒はよろよろと起き上がり、脇腹から血を流している三人目の男の両脇に手を入れて、身を屈めて通りを渡った。重い荷馬車を引く馬たちの鼻の真下を通っていく。ホープ卿は追いかけたくなったのか、走りだそうとしたが、一歩進んで足を止めた。うんざりした顔でナイフをさやに収める。

ホープ卿はこちらを振り向いた。その表情は今も野蛮だったが、ベアトリスには彼の左手しか目に入らなかった。血が滴り、地面に落ちている。

「どうして家の中に入らなかった？」ホープ卿は問いただした。

ベアトリスは呆然と顔を上げた。「え？」

「入れと言っただろう。どうして言うことを聞かないんだ？」

ベアトリスはホープ卿のけがのことしか考えられなかった。彼の手を取ろうとして、右手を上げる。だが、何かがおかしかった。ベアトリスの手はすでに血に染まっていた。

「ベアトリス！」

ベアトリスはわけがわからず、自分の手に向かって顔をしかめた。「あ、血が」
そのとき、世界がぐるぐる回り始め、その先は何もわからなくなった。

9

「わたしはセレニティ王女です」ロングソードが地面に下ろすと、女性は言った。「父はこの国の王ですが、近くの山に邪悪な魔女が棲んでいます。魔女は父に、毎年貢ぎ物をしなければ、父もこの王国も破壊すると言いました。父は昨年は貢ぎ物をしたのですが、今年は拒んだのです。魔女はあの竜を送り込んできて、父をさらい、自分のもとに連れていきました。そこで、わたしが騎士の一団とともに父の救出に向かったところ、竜が現れてわたし以外を皆殺しにしたのです」

王女は小さな白い手をロングソードの腕に置いた。「魔女は、わたしが父を救出しない限り、明日には父を殺すと言っています。助けてくださいませんか？」

ロングソードは死んだ竜と、袖にかけられた白い手、王女の海のように青い目を見たが、王女の言葉を聞くまでもなく答えは決まっていた。「お助けします……」

『ロングソード』より

「ベアトリス！」レノーはもう一度叫んだが、ベアトリスに聞こえていないことはわかっていた。

　ベアトリスは気を失い、体の左側を下にして階段に横たわっていた。右脇腹と背中に手のひら大の血の染みがついていて、それを見たレノーはわけのわからない恐怖に襲われた。戦争ではずっと多くの血を見てきたが、それでも取り乱すことはなかった。なのに、今ベアトリスに向かって伸ばす手は震えている。腕に抱え上げたベアトリスの体は、子供のように軽かった。布地が濡れているのが手に感じられる。血はスカートにもしみ込んでいて、彼女はこのまま死ぬのではないかと思うと、一瞬体が凍りついた。どんよりと生気のない茶色の目が、血まみれの顔からこちらを見上げている——間に合わなかった。

　違う。違う、この人が死ぬはずがない。そんなことは許さない。

　レノーはベアトリスを胸に抱き、彼女が馬車を待たせてあると言っていた方向を向いた。このあたりは危険だ。襲撃者が誰であれ、レノーがここにいることは知られている。ベアトリスはこの場から連れ出さなければならない。自宅に帰さなければ。家に帰れば、自分で彼女を守り、世話をしてやれるから安全だ。心臓を激しく脈打たせながら、レノーは家々の前を駆け抜けた。ベアトリスはうめき、レノーのベストをつかんだが、目は開けなかった。

　あそこだ！　角を曲がるとブランチャードの馬車が見え、レノーは走っていきながら、御者に大声で指示をした。御者の見開かれた目と、従僕の驚いた顔を横目に、ステップが用意されるのを待たず馬車に飛び乗る。

「出せ！」レノーがどなると、馬車はぐらりと揺れて動きだし、御者は馬に悪態をついた。

ベアトリスを膝にのせて顔をのぞき込む。顔は小麦粉のように真っ白で、白すぎるあまり、今まで気づかなかった小さなそばかすが頬に浮き出て見えた。ああ、こんなことがあってはならない。目から一筋の髪をそっとどけようとしたが、手が血まみれだったせいで、こめかみに真っ赤な汚れがついてしまった。くそっ。傷の状態を調べなければ。

レノーは上着の中に手を入れ、ナイフを抜いた。馬車が角を曲がったせいで揺れたため、脚と肘に力を入れてふんばる。ドレスとコルセット、シュミーズを、腰の下から身頃のてっぺんまで、前後とも注意深く切り開いた。布を引きはがして傷を見る。脇腹から背中にかけて、五センチほどの切り傷がすべすべした白い肌に生々しく、醜く口を開けていた。殺し屋はレノーを狙ったが、レノーが体の前でベアトリスを抱いたため、図らずも彼女が盾になって斬られたのだ。傷口から新たに、真っ赤な鮮血が流れてくる。生地が張りついていたので、それをはがしたときに傷口が開いたのだろう。

レノーは小声で悪態をつき、アンダースカートの一部を細長く切り取って、傷に押し当てた。反対側の腕でベアトリスの肩を抱き、自分に引き寄せて、あごの下に頭を抱える。腕の中の彼女はとても柔らかく、とても小さくて、血液が血止めの包帯にしみ込み、指を濡らすのを感じた。

「頑張れ」レノーはささやいた。

馬車の外で、家や店が現れては消えていった。順調に進んではいるが、それでもタウンハウスにはまだ着かない。御者が何か叫び、馬車全体が大きく揺れた。レノーは座席の端まですべり、御者の側にぶつかって痛い思いをしながらも、自分の体をクッションにして衝撃をやわらげようとした。

ベアトリスはうめいた。

「くそっ。ああ。もう」レノーはベアトリスの金髪を、彼女を支えているほうの手でなで、開いた唇を額に押しつけてささやいた。「頑張れ。頑張るんだ」

馬車は停まり、レノーは従僕が扉を開けきる前に、ベアトリスを腕に抱いて立っていた。

「戻れ！」気の利かない従僕にぴしゃりと言う。

レノーは馬車を降りながら、ベアトリスがウエストまでほとんどあらわになっていることを気にしていた。タウンハウスの階段に飛び乗ったとき、ちょうど執事がドアを開けた。

「医者を呼んでくれ」唖然としている執事に向かって言う。「それから、今すぐ熱い湯と布をミス・コーニングの寝室に用意しろ」

レノーは階段を上り始めたが、下りてくるセント・オーバンが前に立ちはだかった。

「ベアトリス！」セント・オーバンの赤ら顔が青ざめた。「姪に何をしたんだ？」

「刺された」レノーはぶっきらぼうに答えた。セント・オーバンの声ににじむ心配の色に、彼を押しのけて進むのはためらわれた。「やったのはわたしじゃない」

「何てことだ！」

「通してくれ」

セント・オーバンは後ろによけ、レノーは勢いよく脇を通り過ぎて、できるだけ早足で階段を上った。ベアトリスの寝室は三階だ。セント・オーバンが背後で息を切らしているのが聞こえる。寝室に着いたときには、ドアは開き、侍女がベッドに向かうところだった。

「何ということでしょう！」侍女はつぶやいた。有能そうな赤毛の女性で、小柄でがっしりした体つきをしている。

「ご主人様が刺された」レノーは侍女に言った。「ドレスを脱がせるのを手伝ってくれ」

「おい、ちょっと！」セント・オーバンが戸口から唾を飛ばした。「それはやめろ！」

「出血してるんだ」レノーは低い声で強く言った。「侍女が作業をする間、わたしが包帯を押さえておく。それとも、姪御さんの体面を気にして、失血死させてもいいのか？」

セント・オーバンは息を詰まらせたが、何も言わず、じっとベアトリスの顔を見ていた。

レノーが侍女にうなずくと、セント・オーバンはぶつぶつ言いながらそっぽを向いてドアを閉め、侍女はドレスを引っぱり始めた。紳士なら目をそらすところだが、レノーはとっくに紳士ではなくなっている。だから、侍女がベアトリスのドレスを脱がせるさまを見守った。胸は高く突き出していて丸く、先端はきれいなピンク色だ。侍女が脚からドレスを引き下ろすと、女らしい三角形をわが物顔で見つめた。とても無防備で、とてもかわいらしい、濃い金色の毛がちりばめられた箇所。これがわたしの女。なのに、守ることができなかった。侍女は上掛けを引き上げてベアトリスの胸と片腕を覆ったが、右の脇腹は出したままにし、すでに濡れそぼった布をレノーが傷口に押しつけられるようにした。

「医者はまだか？」レノーはどなった。

侍女が動かして以来、ベアトリスは声を発していない。深く眠っているのだ。

「暖炉に火をおこせ」レノーは侍女に命じた。

「はい、旦那様」侍女は暖炉に急ぎ、燃えさしの上に石炭を積んだ。

「名前は？」侍女がベッドに戻ってくると、レノーはたずねたが、それは何よりも自分の気を紛らわせるためだった。

「クイックと申します」侍女は言った。

「ミス・コーニングのもとには何年いる？」頭の中がぐるぐると、ガラス瓶に閉じ込められたねずみのように回っている。医者はどこだ？　これまでの出血量は？　出血は止まるのか？

「八年です」クイックは答えた。「ミス・コーニングが社交界デビューされたときからおそばにいます」

「じゃあ、長いんだな」レノーはぼんやりと言った。手の甲をベアトリスの頬に当てる。まだ温かい。生きているのだ。

「はい、そうです」侍女はささやき声で言った。「とてもお優しいご主人様です」

ドアが開き、数人の従僕が布と湯を持って入ってきた。中にはヘンリーもいて、意識を失っている女主人を見て険しい表情になる。

「医者は呼びに行かせたのか？」レノーはヘンリーにたずねた。

「はい、旦那様」ヘンリーは答えた。「すぐに呼びに行かせまして、ブランチャード卿が下で待っていらっしゃいます」

レノーはうなずいた。「新しい布を持ってきてくれ」

「ミス・コーニングは大丈夫でしょうか？」ヘンリーは布を渡しながらたずねた。

「ああ、そう願ってる」レノーは答えた。

アンダースカートの切れ端を清潔な布に取り替える。傷口は血がにじむ程度になっていた。これで少しは安心だ。レノーは目を閉じた。今も信仰があれば、即座にひざまずいていただろう。

階段からざわめきが聞こえ、レノーは顔を上げた。灰色のかつらをつけた、痩せた長身の男性が部屋に入ってきて、すぐあとをセント・オーバンがついてきた。医者はベアトリスの全身を眺めたあと、レノーのほうを向いた。

「どんな具合です？」

「気を失ったきり、意識が戻っていない」レノーは言った。「でも、出血は落ち着いてきた」

「よかった。刺し傷とお聞きしましたが？」医者は近づいてきた。「よろしいかな？」

レノーが包帯から手を離すと、医者が受け取り、満足げにつぶやいた。「なるほど。なるほど。たった数センチだし、深くはなさそうですな。よろしい。眠っている間に閉じてしまいましょう。水を持ってきてくれ」

最後の一言はヘンリーに向かって発せられ、彼は洗面器を持ってきた。

レノーはいつになく無力感に苛まれながら、医者のために場所を空けた。

医者は手当てを開始し、しばらくしてレノーは言った。「ここにこんなに人がいる必要はない。伯爵とクイック以外は出ていってくれ」

足が床を擦る音がドアに向かっていった。

「肩を押さえていてくれるか？」レノーはこわばった声でクイックに言った。「ミス・コーニングが動かないように」

「はい、旦那様」クイックはベッドの頭側に向かった。

医者はゆっくりと慎重に縫合し、糸を結んだ。レノーは顔をしかめ、無言で急かすように医者の手元を見た。

「これでいい」ようやく医者は言い、糸を切った。

「ああ、よかった」レノーは汗の粒が顔を伝い落ちるのを感じた。

「包帯を当てましょう」医者はきびきびと言った。「あとは神の御手に委ねるのみです」

レノーはうなずいて立ち上がり、医者が包帯を当てる様子をじっと見守った。医者はかばんから何かの薬瓶を取り出し、ベアトリスの意識が戻ったあとの薬の投与について説明すると、来たときと同じくらい唐突に帰っていった。玄関まで送るつもりなのか、セント・オーバンがあとについて出ていき、レノーはクイックのほうを向いた。

「気持ち悪くないようにしてやろう」

クイックはうなずき、洗面器の湯を取り替えてきた。侍女は包帯の周辺を拭いたりたたいたりして乾かし、その間レノーはベアトリスの顔を優しく拭いてきれいにした。ベアトリスは今も眠ったままで、レノーは顔をしかめながら髪のピンを抜き取り、枕に広がった亜麻色の髪をくしでといた。少なくとも、苦しんでいるようには見えない。

「とりあえずはこれで大丈夫だと思います」クイックは言った。「もし必要でしたら、わたし、ここにいますけど——」

「いや」レノーはすばやく口をはさんだ。「わたしがついている。ふたりにしてくれ」

クイックは一瞬迷うような顔をしたが、レノーがじっと見ると、かくんと膝を曲げ、部屋を出てドアを閉めた。

レノーはナイフをさやから抜き、ベッド脇のテーブルに置いた。かつらを外して椅子に置く。それから、ブーツを脱いでベッドに入った。注意深く、優しく、ベアトリスを抱き寄せ、傷を負った側を自分のほうに向ける。

無力感に襲われながら、ベアトリスの顔にかかった髪を払う。自分にどれだけ力があっても、意志が強くても、ここでは何の役にも立たない。ベアトリスと、彼女が持つ力にすべてがかかっているのだ。

「目を覚ましてくれ、愛しい人」レノーは彼女の髪に向かってささやいた。「お願いだ、目を覚ましてくれ」

脇腹に何か温かいものを感じた。大きくて温かくて、そばにあると実に心地よいものだ。ベアトリスはかすかに身じろぎし、そのぬくもりに鼻を寄せたが、何かが脇腹に食い込んだ。

「痛っ」

「動くな」

その低い声に、ベアトリスはぱちりと目を開け、濃い黒のまつげに縁取られた黒い目をしばらく見つめた。何ともかわいらしいまつげ……嫉妬すら感じるほどだ。どうして男性がこんな……。

そう思ったとたん、思考はぴたりと止まり、そこに至った道筋を遡《さかのぼ》り始めた。男性……？

ベアトリスはホープ卿を見上げて目をしばたたいた。「わたしのベッドで何をしているの？」

「きみの世話だ」

その言葉は穏やかだったが、ホープ卿の顔は違った。ベアトリスはなぜか起き上がるのが億劫でたまらず、物憂げにホープ卿を観察した。かつらは取っていて、刈られた頭に残った髪は、あごの無精ひげと同じくらいの長さしかない。髪はつややかで、頭にびっしり生えていた。その髪に触れ、柔らかいのかちくちくするのか確かめてみたくなる。右目のまわりには三羽の鳥が飛んでいて、三羽ともよく似てはいるが、どれも微妙に違っていた。真っ黒の目がベアトリスを見つめ返し、眉間には心配そうにしわが寄っている。

「どうしてあなたがわたしの世話をしなきゃいけないの？」ベアトリスはささやいた。

「きみはけがをしている」ホープ卿は言った。「しかも、わたしのせいで」

「どうして？」

「ジェレミー・オーツのタウンハウスの外に、三人の殺し屋がいたんだ」ようやく思い出した。白目がちの男と、小柄な男がふたり、外をうろついていた。「どうして？　どうしてあの人たちはあそこにいたの？」

「わたしを殺すためだ」ホープ卿はむっつりと言った。

ベアトリスは手を伸ばし、右目のそばの刺青の鳥の一羽をなぞった。「どうしてあなたを殺そうとしたの？　理由はわかってるの？」

ベアトリスに触れられ、ホープ卿は目を閉じた。「いや、わからない。ヴェールはわれわれが過去にかかわりのあった人間じゃないかと考えている」

「意味がわからないわ」ベアトリスは手を下ろした。

「わたしもだ」ホープ卿は目を開けた。その目は真っ黒に燃えていた。「わかっているのは、わたしのせいできみが傷ついたということだけだ」

ベアトリスはなおも困惑したまま、顔をしかめた。

「でも、どうしてあなたのせいなの？」

「きみを守れなかったから」ホープ卿は言った。

ベアトリスは面白がるように眉を上げた。「それはあなたの仕事なの？　わたしを守ることが？」

「ああ」ホープ卿は言った。「そうだ」

そして、ごくゆっくりと顔を傾けてきた。彼が近づいてくるのを、鳥たちが近くに寄ってくるのを見ながら、ベアトリスは思った。この人、キスするつもりだわ。

そして、彼はキスをした。

ホープ卿の唇は思ったよりずっと柔らかく、ベアトリスの唇の上を優しく、だがしっかりと動いた。キスは前にもされたことがあるが、そのときは一瞬で終わったため、感触を味わう暇はなかった。今回はそれがあった。ちくちくするひげが頬を引っかいたが、気にならなかった。ホープ卿の口の感触に、温かく男らしい首の匂いに、キスしながら呼吸が浅くなっていく音に、絡め取られる。舌を物憂げに唇に這わされると、恍惚となって唇を開き、彼を迎え入れた。ホープ卿が口の中に押し入り、ベアトリスが男らしいその味に低くうめくと、その声はとても小さかったというのに、彼は顔を引いた。

「痛かったんだな」顔をしかめて言う。

「ううん」ベアトリスは答えたが、もう遅かった。

ホープ卿はベッドから下り、心地よいぬくもりも、魔法のような口も、あとかたもなく消えてしまった。

ベアトリスは口をとがらせた。

「侍女を来させる」ホープ卿はブーツを履きながら言った。「何か欲しいものは？　紅茶？　スープ？」

「紅茶がいいわ」ベアトリスは答えた。窓に向かって目を細めたが、カーテンが引かれている。「今、何時？」

「もう夜だ」ホープ卿は言った。「きみは一日中眠っていたんだ」

「そうなの？」朝のことを覚えていて、それから日が暮れるまでの記憶がないとは、何とおかしな感じだろう。そう考えて、思い出したことがあった。「あなた、けがをしていたわ！」

ホープ卿はベアトリスを振り返った。「何だって？」

「腕よ。男のひとりに斬られたのを見たの」

「これか？」ホープ卿は上着の袖をまくり、破れて錆色の染みのついたシャツをあらわにした。

「そう、それよ！」ベアトリスは起き上がろうともがいた。「どうしてお医者様に見せなかったの？」

ホープ卿はベアトリスをそっと押し戻した。「たいした傷じゃないからだよ」

「あなたにとってはそうかもしれないけど――」

「しいっ」ホープ卿の視線はとても強かった。「今日は疲れただろうし、傷も痛んでくるはずだ。今は休んでくれ。着替えが終わったころにまた来る」

ホープ卿は主人風を吹かせて部屋を出ていった。

〝着替え〟？　ベアトリスは顔をしかめたが、そのときようやく、上掛けの下が一糸まとわぬ姿であることに気づいた。

何てこと。

一〇時を回ったころになって、レノーはヴェールの屋敷に着き、ドアをたたき始めた。ヴェールが社交行事に出かけているなら早すぎ、珍しく家で夜を過ごしているなら客の訪問には遅すぎる時間だ。それでも、レノーはノックを続けた。今のところ、味方だと思えるのはヴェールただひとりで、今のレノーは味方を必要としていた。

ドアが開き、執事の渋い顔が見えた。ノックしているのが紳士であるとわかっても、表情はわずかにやわらいだだけだった。

「何でございましょう？」

レノーは執事を肩で押しのけて中に入った。物乞いのように階段にたたずむなど冗談ではない。「子爵は在宅か？」

執事の眉間にしわが寄った。「ヴェール卿ご夫妻は、今夜はお客様を断っておいでです。どうか――」

「明日は来られない」レノーは執事をさえぎった。「おまえがどこかからヴェールを起こしてこないなら、わたしが自分で行く」

執事は背筋を伸ばし、鼻を鳴らした。「居間でお待ちください」

レノーは指示された部屋に入り、それから一〇分間、部屋の端から端を行ったり来たりした。それをやめ、自分でヴェールを探しに行こうと思ったときに、ドアが開いた。

レノーがあくびをし、ガウンを胴に巻きつけながら入ってきた。「きみが生き返ったのは嬉しいが、夜は妻のために空けておきたいんだ」

「重要な用件だ」

「夫婦円満も重要だ」ヴェールはデカンターとグラスがのった盆のもとに行った。瓶を持ち上げる。「ブランデーでいいか？」

「今朝、ベアトリスが刺された」

ヴェールはデカンターを手にしたまま、動きを止めた。「ベアトリス？」

レノーはいらいらと手を振った。「ミス・コーニングだ。殺し屋がわたしを狙い、その間にいたんだ」

「何ということだ」ヴェールは低い声で言った。「大丈夫なのか？」

「気を失って、大量出血した」レノーは言った。ベアトリスの柔らかな肌が傷つけられた光景は、今も生々しく脳裏に焼きついている。「でも、一時間前に目を覚ましたし、意識もはっきりしているようだ」

「ああ、よかった」ヴェールはひとつのグラスにブランデーを注ぎ、一口飲んだ。「ところで、ベアトリスとの親戚関係はどの程度なんだ？」

レノーはヴェールをちらりと見た。「かなり遠い」

「それはよかった」ヴェールはクッションの利いた椅子にどさりと座った。「ミス・コーニングが完全に回復すれば、プロポーズできるな。言っておくが、結婚生活というのは本当に幸せな状態であり、分別があって寝室での技能がそれなりの男であれば楽しめるものなんだよ」

「ためになる意見をありがとう」レノーはうなるように言った。

ヴェールはグラスを振った。「気にするな。ところで、きみは寝室での淑女の扱い方を忘れているんじゃないか？」

「おい、いいかげんにしろ！」

「ずいぶん長い間、上流社会から離れているもんな。必要なら、わたしが助言するよ」

レノーは目を細めた。「一七歳のとき、怒った娼婦からわたしに助けてもらっておいて、よくもそんなことが言えるな？」

「おっと、その出来事は忘れていた」

「わたしは忘れていない」レノーはぶつぶつ言った。「あの娼婦には、いかつい大男のポン引きがついていた」

「ああ、でも娼婦が怒っていたのは、ポン引きが来たときにわたしが料金の三倍の金額を払わなかったからであって、わたしの技能とは関係ない」ヴェールは指摘した。「一七歳のときですら、披露できる技のひとつやふたつ――」

「ジャスパー」レノーは大声を出してたしなめた。

ヴェールはグラスで笑みを隠したが、それを下ろしたときは真顔になっていた。「殺し屋というのは何者だ？」

レノーは椅子の上で体を起こした。「ごろつきが三人。さほど手慣れた様子はなかった。目がはっきりと隅に寄っている男がリーダーだった」

「本当に？」ヴェールは背に頭をもたせかけ、天井を見た。「その男を特定できるような、気になる特徴はほかになかったか？」

「背が高くて、動きがすばやく、ナイフの腕が立つ」レノーは肩をすくめた。「それ以外は特になかったと思う」

「髪の色は？」

「茶色だ」

「ふむ」ヴェールはしばらく考えていた。「マンローにもう一通手紙を出そう。ぜひとも来てもらわなくちゃいけない」

レノーは顔をしかめた。「わたしが狙われたのは、六年前に起こった出来事に関係があると思うのか？」

「ああ」

「なぜだ？」

「それはだ」レノーは椅子の上で身を乗り出した。今やけだるい貴族の雰囲気は消え、鋭い知性を備えた男にしか見えなくなっている。「スピナーズ・フォールズの裏切り者探しは行き詰まったと、われわれは考えていた。そんなときにきみが戻ってきて、そのとたんに二度も命を狙われた。こんなのは普通じゃない！」

「喜んでくれて嬉しいよ」レノーはぼそりと言った。

ヴェールはその皮肉を無視した。「これで、ますますはっきりした。裏切り者の正体が暴かれる、あるいは何らかの形でそいつの身が危険にさらされるような情報を、きみは持っている」

「では、セント・オーバンが襲撃の裏にいるという可能性は、完全に消えたと？」レノーもすでにその結論に達していたが、ヴェールの考えが聞きたかった。

ヴェールは頭を振った。「ブランチャードは気取った自慢屋だが、きみの命を狙うような愚か者ではない。きみが嫌っているのはわかるが、殺し屋を雇うほど道徳を欠いた人間には見えないしな」

レノーは顔をしかめた。「それは――」

「しかも、前夜にきみがあれほどゴシップにおあつらえむきの材料を提供したというのに、なぜわざわざきみを殺すような危険を冒す？」

レノーはくるりとヴェールのほうを向いてにらみつけた。

「同情はする」ヴェールは肩をすくめた。「でも、ダンスフロアでのあの問題行動は、きみの立場を悪くしただけだ」

「今はブランチャードの話を――」

ヴェールは手を振ってレノーの言葉をさえぎった。「ブランチャードは問題ではない。われわれはスピナーズ・フォールズの裏切り者の核心に近づいている。どういう形でかはわからないが、きみが襲撃されたことを考えれば間違いない。マンローをここに呼んで、皆で意見を交換すれば、この謎も完全に解けるだろう」

「そうだな」レノーはゆっくり言った。「でも、使者を送ったほうがいい。馬のほうが郵便より早くスコットランドに着く。それとも、きみが自分で行くか？」

「使者に手紙を持たせよう」ヴェールはさっと立ち上がり、今すぐ手紙を書こうとしているらしく、デスクの上をごそごそし始めた。「今はロンドンを離れることができないんだ」

レノーはいぶかしげにヴェールを見たが、旧友の頬が赤く染まっていくのに気づいて仰天した。

「妻が、その、第六代ヴェール子爵を身ごもっていてね」ヴェールはぼそぼそ言った。「あるいは、将来の貴婦人かもしれないが……どっちだろうと、わたしはまったく構わない。とにかく健康で、父親に似すぎていない赤ん坊が生まれてくれれば」

レノーはにっこりした。「おめでとう、ヴェール！」

「ああ、うん」ヴェールは咳払いをした。「妻はまだこの状況に神経をとがらせているから、できるだけ長く秘密にしておきたいんだ。わかってくれるな？」

「もちろん」レノーは顔をしかめた。メリサンドはじゅうぶん健康そうだったが、妊娠中は何が起こるかわからないものだ。

「それで、とりあえず」ヴェールは話題を変えることができて嬉しそうだった。「マンローを待つ間、きみを襲った人間について調べを進めたほうがいいと思うんだ。ロンドンは広い場所だが、目が隅に寄った雇われの殺し屋がそんなにいるとは思えない」

「ありがとう」レノーは言ったが、久しぶりに、本当に久しぶりに、友人が味方についてくれた気がしていた。

あとはただ、ベアトリスの身の安全さえ守れればいいのだが。


「話をしてちょうだい」ベアトリスは言った。今はベッドの中だ。〝安静〟のためにベッドに横になって四日目、どうしようもなく退屈していた。着心地のよい昼間用のドレスを着て、枕の上に体を起こしているが、ベッドに縛りつけられていることに変わりはない。

「どんな話だ？」ホープ卿は完全に上の空で言った。ベッド脇の椅子に座り、ベアトリスの話し相手を務めているはずが、事務弁護士から渡された書類を読んでいた。

「初めて女性と愛を交わしたときの話」ベアトリスはざっくばらんに言った。

一瞬、頭に入ってこなかったらしく沈黙が流れたが、やがてホープ卿は顔を上げた。黒い目はきらめき、ベアトリスの言葉を聞き取ったことがわかった。「きみはまだ回復しきっていないんだから、その話は別の時に取っておいたほうがいいと思うよ」

「がっかりだわ」ベアトリスは言い、まじめくさった顔で下を向いた。

ホープ卿は咳払いをした。「面白い話はほかにもあると思うんだが」

「例えば？」

ホープ卿は肩をすくめた。「わたしの軍隊生活のことはどうだ？　わたしとヴェールの学生時代のエピソードは？」

ベアトリスは首を傾げた。「それもいつか聞かせて。でも、今はあなたが先住民のところにいたときの話を聞きたいの」

ホープ卿は眉間にかすかにしわを寄せ、書類に視線を戻した。「もう話しただろう。わたしは捕らえられ、奴隷にされた。それ以上話すことは特にない」

ベアトリスはホープ卿をまじまじと見た。ここで話を終わらせるのが礼儀であることはわかっている。捕らえられ、先住民の野営地に連れていかれた話は悲惨だった。ホープ卿が捕虜生活の話をしたくないのも明らかだ。だが、どういうわけか、理屈では説明できないながら、彼が嘘をついているのもわかっていた。ホープ卿にはもっと、もっと語るべきことがある。六年間という年月分のこと。ベアトリスはホープ卿がなぜこんなふうになったのかが知りたかったし、肖像画で笑っていた若者から、目の前にいる気難しい男性になるまでのこと。ベアトリスに話すことをどこかで必要としている気がした。彼もベアトリスに話すことをどこかで必要としている気がした。

「お願い」ベアトリスはそっと頼んだ。

一瞬、断られるのだろうと思った。だが、ホープ卿は書類を置いた。「わかったよ」

「ありがとう」

ホープ卿はしばらく空《くう》を見つめていた。その後、目をしばたたいて言った。

「ええと、そうだな。ガホがわたしを助けたのは、家族に猟師がもうひとり必要だったからだ。一部の先住民には面白い伝統があってね。戦争や襲撃で手に入れた捕虜は、正式な家族の一員として迎え入れるんだ。だから、わたしはガホの息子のような地位につくことになった」

「つまり、ガホはあなたの養母になったの？」

「理屈の上ではね」ホープ卿の唇はゆがんだ。「実際には、どこまでも奴隷だった」

「そう」彼のプライドは著しく傷ついたのだろうと、ベアトリスは改めて思った。もとは子爵でイギリス軍の将校だった人が、奴隷と見なされるようになったのだから。

「ガホは良くしてくれた」ホープ卿は寝室の窓のほうを向いていたが、その目には何も映っていなかった。「イギリス軍の戦争捕虜の扱い方よりましと言ってもいい。もちろん、処刑されずにすんだのもありがたかった。それでも、奴隷はあくまで奴隷で、自分で自分の人生をどうすることもできなかった」

しばらくの間、ホープ卿は黙っていた。

「あなたは何をさせられたの？」ベアトリスはたずねた。

「狩りだ」ホープ卿はベアトリスを見て唇をゆがめた。「あとから知ったんだが、その村はもっと大きな村だったのが、数年前に病気が流行って部族の一〇人にひとりが死んでしまった。健康な男もかつては大勢いて、冬の間も肉を調達できていたが、そのときは五人しか残っていなかった。わたしはガホの夫と〝おじさん〟と呼ばれていた別の年配の男とサスタレツィと一緒に狩りに出かけた」

ベアトリスは身震いした。「怖かったでしょうね……自分を殺そうとした人と一緒に狩りに行かなきゃいけないなんて」

「一瞬たりとも気が抜けなかった」

「それで、逃げようとしたの?」

ホープ卿は書類に視線を落とした。「逃げることはつねに頭にあった。毎晩、両手を縛られて地面の杭につながれた状態で、結び目をほどく方法を考えていた。ひとりになれば長い間生き延びることはできないのはわかっていた。真冬は肉がほとんどなくて、村全体が餓死する危険があるくらいなんだ。あの国は広大で、環境も厳しい。雪が男の胸の高さまで積もることもある。わたしがいたのは、フランス領に何百キロも入り込んだ地点だった」

ベアトリスはぶるっと体を震わせた。「過酷な状況ね」

ホープ卿はうなずいた。「寒すぎて、狩りの最中にまつげが凍るくらいだった」

「何を狩ったの?」

「そこにいるものは何でも」ホープ卿は答えた。「鹿、狸、りす、熊――」

「熊!」ベアトリスは鼻にしわを寄せた。「まさか、食べたわけじゃないでしょう?」

ホープ卿は笑った。「慣れるまで少し時間がかかるが、それでも食べ――」

ドアが開き、その言葉はさえぎられた。クイックが紅茶の盆を手に入ってきた。

「お嬢様、こちらをどうぞ。あ、それから旦那様、お手紙です」

クイックは折りたたまれた紙片をホープ卿に渡した。

ベアトリスはクイックから紅茶の食器を受け取りながら、ホープ卿の様子を見守った。彼は手紙を読んで眉間にしわを寄せたあと、紙片を丸めて火の中に投げ込んだ。

「悪い知らせじゃないといいのだけど」ベアトリスは軽い口調で言った。

「ああ。きみが心配するようなことではない」ホープ卿は椅子から立ち上がった。「ところで、そろそろ休んだほうがいい。わたしも出かける用事ができた」

「もう四日も休んでるわ」ベアトリスはホープ卿の広い背中に呼びかけた。

彼は肩越しに振り返ってほほ笑んだだけで、ドアを後ろ手に閉めた。

「ベッドにいるのは飽きたの」ベアトリスはクイックにこぼした。

「そうですね、でも、ホープ卿はあと一日くらいは安静になさったほうがいいと」

「いつからみんなホープ卿の命令を聞くようになったの?」ベアトリスは子供っぽく文句を言った。

だが、クイックはまじめな顔で考え込んだ。「ヘンリーがけがをして、世話を引き受けてくださったときからでしょうか。そのあと、お嬢様がけがをなさったときも、どうすればいいのか心得ていらっしゃる様子でした」肩をすくめる。「あの方がまだ正式に伯爵様になられたわけではないことはわかっていますが、つい伯爵様のように接してしまうのです」

「確かに、自然とその役に就いているように見えるわ」ベアトリスはつぶやいた。

先週、ホープ卿はベアトリスの医療措置を指揮した。しかも、彼が読んでいた手紙や、漏れ聞こえた使用人の会話から察するに、各地にあるブランチャードの地所や借地から報告書を受け取っているようだった。普通なら、レジー伯父のもとに行くはずの報告書だ。

刺された朝以来、ベアトリスはレジー伯父の姿を見かけておらず、伯父がどうしているのか——どこか後ろめたい気持ちで——気になっていた。レジー伯父がどんなに抗議しようと、周囲の状況は変わりつつあった。ベアトリスが完全にホープ卿の味方についていると思われるのもつらかった。もし自分で決められるなら、ふたりともの味方になりたかった……ふたりが許してくれればの話だが。

ベアトリスはため息をついた。ベッドの上にいることにも、情報や出来事を自分で経験することなく話として聞くばかりであることにも、うんざりしていた。「起きるわ」

クイックは顔をこわばらせた。「ホープ卿が――」

「ホープ卿はわたしのご主人様じゃないわ」ベアトリスは高飛車に言い、上掛けをはねのけた。「馬車を回してちょうだい」

四五分後、ベアトリスはロンドンの街を通り、ジェレミーの屋敷に向かっていた。襲撃以来、ジェレミーに会っておらず、心配が募っていた。ロッティは毎日手紙とかわいらしい小さな花束を贈ってくれたが、ジェレミーから連絡はなかった。わたしがけがをしたことも聞いていないのかしら？

馬車がジェレミーのタウンハウスの前に着くころには、空は暗くなり、今にも雨が降りだしそうだった。ベアトリスは馬車から降りると、タウンハウスの階段を駆け上がり、ドアをノックした。待っている間、頭上にかかる黒雲を見ながら、パットリーが急いでくれることを願った。

ようやくドアが開くと、パットリーのそばをすり抜けながら言った。「こんにちは、パットリー。長居はしないわ」

「お待ちください、お客様」執事はあえいだ。

「もう、まったく、パットリーったら、そろそろわたしを知っているそぶりくらい見せてくれてもいいんじゃない？」ベアトリスは執事に笑いかけたが、その笑みはあとかたもなく消えた。

　パットリーの顔は土気色をしていた。

「どうしたの？」ベアトリスはささやいた。

「申し訳ございません」執事は言ったが、その言葉には珍しく心がこもっているように聞こえた。

　そのせいで、かえってベアトリスの胸に動揺がせり上がってきた。「やめて。入れてちょうだい。ジェレミーに会わせて」

「それはできかねます」年老いた執事は言った。「ミスター・オーツはもういらっしゃいません。亡くなられてしまわれたのです」

10

セレニティ王女の馬は殺され、ロングソードは馬を持っていなかったので、ふたりは徒歩で魔女のねぐらに向かわなければならなかった。ふたりは一日中歩き続けた。王女は小柄で華奢《きゃしゃ》だったが、決してふらつくことはなかった。日が暮れるころ、魔女が棲む山のふもとにたどり着いた。暗闇の中、おぼろ月の光だけを頼りに、ふたりは大きな黒い山を登った。得体の知れない獣が暗がりでうごめき、悲しげな鳥の鳴き声が闇に響いたが、それでもロングソードと王女は進み続けた。朝日が山頂から顔を出したとき、ふたりは魔女の城の前に立っていた……。

『ロングソード』より

「出かけたとはどういうことだ?」レノーはざらついた声で執事に詰め寄った。地所に関する会合から戻り、玄関ホールに立ったところだった。

執事はひるんだが、勇敢にも自分の立場を譲らなかった。「ミス・コーニングはミスター・オーツのお宅を訪ねるとおっしゃっていました」

「ふざけるな！」レノーは向きを変え、玄関に駆け寄って勢いよくドアを開けた。ちょうど馬屋番がレノーの馬を隅に引いていくところだった。「おい！　馬を戻してくれ！」

若者は顔を上げ、驚いた表情になったが、その大きな鹿毛《かげ》の馬を引いてきた。レノーは階段から飛び降りて馬に乗り、去勢馬に速歩をさせた。この午後、ベアトリスと寝室にいたときに知らせを受け取ったばかりだった。ジェレミー・オーツは二日前に死んだ。それだけの手紙を書くのに、なぜオーツの両親がここまで時間をかけたのかは知る由もない。ベアトリス宛の手紙を読んでいることを恥じる気持ちはあったが、痛ましい刺し傷から回復するまでの間、彼女を守りたかった。友人の死の知らせは、やんわりと伝えるつもりだった。涙に暮れる彼女を抱きしめるつもりだった。なのに！　衝撃をやわらげるための計画は、台なしになってしまった。レノーは馬に駆け足をさせ、危険なほどの速さで荷車や歩行者のそばを通り過ぎた。

五分後、角を曲がってオーツの家がある通りに出たとき、まず目に飛び込んできたのはベアトリスの姿だった。タウンハウスの階段の一番上に、絶望したさすらい人のように立っている。レノーは馬から飛び降り、ベアトリスの馬車に随行してきた従僕のひとりに手綱を放った。ゆっくりと階段を上る。大きな雨粒がひとつ、ふたつ落ちたかと思うと、土砂降りになった。

ふたりはたちまちずぶ濡れになった。

レノーはベアトリスの腕をそっと取った。「ベアトリス、家に帰ろう」

ベアトリスはレノーを見上げた。雨が顔を涙のように伝っている。「あの人、死んだの」

「知ってる」レノーは言った。

「どうして?」ベアトリスはたずねた。「どうしてあの人が死ぬの? この前会ったばかりだし、そのときは元気そうだったのよ」

「家に帰ろう」レノーはベアトリスを連れて階段を下り始めた。「きみはまだ本調子じゃない」

「いや!」ベアトリスは突然腕を引っぱり、手を振りほどかれたレノーは驚いた。「いや! ジェレミーに会いたい。何かの間違いかもしれないでしょう。ご家族はほとんど様子を見に行っていなかったもの。もしかすると、ジェレミーはただ……ただ……」言葉は尻切れになり、ベアトリスは取り乱した様子であたりを見回した。「ジェレミーに会いたいの」

そう言うと、階段を上り始めた。

レノーはすばやく追いつき、ベアトリスを抱き上げた。「家に帰るんだ」

「いや!」ベアトリスは腕を振り回し、レノーをたたいた。わざとなのか偶然なのかはわからない。「放して! あの人に会わせて!」

レノーはこれ以上ベアトリスと言い争う気はなかった。雨でつるつるになった階段を駆け下り、ベアトリスを馬車に押し込む。

「家に帰ってくれ!」御者に叫んだあと、身を屈めて自分も馬車に乗り込んだ。

従僕がふたりの後ろで扉を閉め、馬車はがたんと揺れて動きだした。

レノーはベアトリスに腕を回して動きを封じ、傷を縫い合わせた糸がほどけないようにしたが、彼女はもう抵抗しなかった。大きく体を震わせ、すすり泣きを始めた。

レノーはベアトリスの濡れた髪に頬を押し当てた。「気の毒に」

「こんなのひどい」ベアトリスは息を詰まらせた。

「ああ、そうだな」

「まだ若かったのに」

「本当に」

レノーはベアトリスの髪に向かってつぶやき、優しく頬を、肩をなで、自分の胸で泣かせた。嘆き悲しむ彼女は自分を抑えることなく、子供っぽくて荒々しく、上品さなどかなぐり捨てていた。そんなむき出しの感情に、レノーの中の何かが揺さぶられた。この女性はここで生きている。わたしはこの人にふさわしい上品な英国紳士には戻れないけど、この人こそわたしが求める人だ。わたしが必要としている人だ。温かくて思いやりにあふれた、わたしが帰るべき場所。

ベアトリスが欲しい。

そこで、馬車がようやくブランチャード邸、すなわち自宅の前に停まると、レノーはベアトリスを腕に抱えたままステップを下り、屋敷に運び入れた。先祖たちが花嫁をそうしてきたように。執事、従僕たち、メイドたちの前を通り過ぎると、全員が後ずさりし、レノーとその戦利品のために道を空けた。

「誰もじゃましないでくれ」レノーは言い、階段を上ってベアトリスの部屋に向かった。父を始めとした歴代のブランチャード伯爵が使ってきた主寝室こそ、レノーが目指すべき場所だったが、そこは偽伯爵が使っているし、そんなことはどうでもよかった。これはふたりの間だけのことで、ほかの誰も関係ないのだから。

ベアトリスの寝室に着くと、中に入った。侍女がいて、衣装だんすの脇でおろおろしている。

「出ていってもらえるか」レノーが言うと、侍女は従った。

ベアトリスをそっとベッドに下ろす。彼女は今もレノーの肩に顔を埋めていて、ぬいぐるみのようにくったりしていた。

「いや」ベアトリスは弱々しく言ったが、何をいやがっているのかはわからなかった。おそらく、本人にもわかっていないのだろう。

「濡れてる」レノーは優しく言った。「乾かさないと」

ベアトリスは素直に立ち上がり、レノーは身頃とコルセットのひもをほどいて、濡れた布を体からはがした。作業は淡々と行った。ベアトリスの体を温め、傷口が開いていないかどうか確かめたかった。一糸まとわぬ姿になると、たんすから布を取ってきて全身をこすり、水分を拭き取っていった。肌は白くて桃色がかっていて、どこもかしこもなめらかで美しい。髪からピンを抜き取り、タオルで拭いて、さらさらした金色の髪束が指の上でカールするさまを眺めた。それが終わると、布の角を鏡台の上の洗面器で濡らし、顔を拭いた。頬は紅潮し、まぶたと唇は腫れ、最高に美しいとは言えない姿だったが、レノーの男の部分はそんなことは気にしなかった。部屋に入ってきた瞬間から高ぶっていた。

最後にベッドの上掛けをめくり、ベアトリスを抱え上げてベッドに寝かせ、体を温めるためにシーツを引き上げた。

それが終わると、ようやくレノーは上着を脱いだ。ベストのボタンを外し始めたところで、ベアトリスが眉間にしわを寄せた。

「何を」彼女は低い声で言った。「してるの？」


胸が痛かった。心臓も肺も胸も、息を吸うたびに痛んだ。自分の世界の一部が砕け散り、二度と元には戻らない気がした。ジェレミーが死んだ。しかも、パットリーが口をすべらせるまで、ベアトリスはそのことを知らなかった。知っていてもよかったんじゃない？　ジェレミーの死を、自分の中のどこか根っこの部分で感じてもよかったんじゃないの？

ベアトリスはその思いに、骨をも砕きそうな痛みに怯え、ホープ卿を見た。いつのまにか部屋に連れてこられ、服を脱がされている。憤慨するところなのだろうが、その気力がなかった。しかも、ホープ卿は今度は……今度は、自分の服まで脱いでいるようだった。

ベアトリスはわずかに興味を覚え、ホープ卿を見つめた。「何をしてるの？」

「服を脱いでいる」ホープ卿は言い、それは事実だったため、文句のつけようがなかった。

ホープ卿はベストとシャツを脱ぎ、その様子をベアトリスは冷静に見ていた。腕はたくましく、日焼けしていて浅黒い。先住民と暮らしていたとき、シャツは着ていたの？　ホープ卿はブリーチの前のボタンを外し、それも脱いでしまった。下着は男の部分の前で突っ張っていて、ベアトリスはほかのときであればひどく興味をかき立てられただろうが、今この瞬間は……何も感じなかった。

　正確に言えば、ほとんど何も、だが。

「でも、どうして？」ベアトリスはたずねた。悲しみに沈んだ状態でも、自分が小さな子供のような声を出しているのはわかった。

「どうしてって何が？」ホープ卿は靴と靴下を脱ぎながらたずねた。

「どうして服を脱いでいるの？」

「きみと一緒に寝るつもりだから」ホープ卿は言い、下着を取った。

　それは間違いなく、ベアトリスが今まで見たことのないものだった。その部分は軍人のように誇り高くそそり立っていて、太くて丸みを帯び、特に頭部は紫がかった赤色をしていた。ベアトリスは目をしばたたいた。すると、ホープ卿はベアトリスのほうに、一歩ごとにそれを揺らしながら歩いてきて、ベッドのベアトリスの隣に入った。ベアトリスを抱き寄せた彼の体は、とても熱かった。あまりに熱くてかまどのようで、それを自分の冷たい肌に感じる心地よさに、ベアトリスは小さくため息をついた。

　ホープ卿を見上げると、彼はすぐそばにいて、黒い目はベアトリスの目から数センチしか離れていなかった。「ジェレミーは死んだけど、絶対にあの人のことを忘れない」

「ああ、わかってる」ホープ卿は答えた。「わたしが死なせない」

「わたしも死にたい」

ホープ卿の目が険しくなった。

そう言うと、ベアトリスにキスをした。彼は唇も熱く、今回は待つことなく舌をベアトリスの口の中に差し入れてきた。その感触に、ベアトリズは小さくうめいた。ホープ卿は雨水と塩の味がし、とたんにこれ以上おいしいものはないと思えてきた。ホープ卿の肩をつかみ、むき出しの男らしい肌を感じながら、爪を食い込ませる。もし死ぬことが許されないなら、今は生きて、外の世界のことなんかすべて忘れてやる。

今この瞬間、世界に存在するのは、心地よいこのベッドにいるふたりだけなのだ。

ホープ卿はベアトリスの髪に指を差し入れ、後頭部をつかんで固定し、舌で口の中を探った。舌を突き入れたかと思うと出し、やがてベアトリスがその舌をとらえて吸いつくと、満足げな声をもらした。彼はごろりと転がり、ベアトリスの上にのった。ベアトリスはふわりとした胸毛が胸のふくらみに当たるのを感じ、くすぐったさと高ぶりを感じた。

ベアトリスが喉の奥深くで音をたてると、ホープ卿は顔を上げた。「痛かったか？」

「ううん」ベアトリスはホープ卿を引き戻してキスをしようとしたが、彼はそれに抗うようにじっとしていた。

「本当に？」

「ええ」ベアトリスはいらだちまじりに言った。キスが恋しくて仕方ない。ホープ卿にじらされているとしか思えなかった。

やがて彼は身動きし、ベアトリスの両脚を開くように片脚を入れた。ベアトリスがすばやくホープ卿を見ると、唇の端がゆがむのがわかった。

「本当に？」

「本当よ」ベアトリスはそう言いながらも、ゆっくりと太ももの間に入り込んでくる彼の太ももに気を取られていた。ベアトリスの脚は開き、ホープ卿は間に収まったが、それで終わりではなかった。脚はその後も押しつけられ、やがて太ももがベアトリスの両の太ももの頂《いただき》に当たり、女の部分に潜り込んだ。ベアトリスはホープ卿に対して開かれ、無防備になった。

ベアトリスは目を丸くした。

ホープ卿は目を伏せた。刺青の鳥が野性的に、異教徒風に見えた。

「痛くないか？」彼は優しくきいた。

「いいえ……あっ！」ホープ卿が動いて太ももを押しつけてくると、その動きに何かすばらしい感触が生まれた。

ホープ卿はにっこりし、白い歯が浅黒い肌に映えた。「お嬢様の仰せのままに」

そして、ベアトリスにキスしながら、太ももを押しつけてきた。ベアトリスは口を大きく開いて、彼のすべてを味わい、彼が教えてくれるすべてを経験しようとした。次に太ももが押しつけられると、自分から体を浮かせて彼に押し当て、よじったり突き出したりした。欲しい……もっと。もっと、もっと。

ホープ卿から口を引きはがし、顔を見る。「それを入れて」

彼は驚いたそぶりは見せなかった。「まだだ」

「どうして？」ベアトリスは誘うように脚を開いた。押し当てられたホープ卿の一部分が、太ももに感じられる。「次はそうするんじゃないの？　あなたはそれがしたいんでしょう？」

「まだだ」ホープ卿は怒ったように言い、再び唇を重ねた。だが、今回はそれだけで終わらなかった。口を開き、その柔らかな唇をベアトリスの喉元に這い下ろして愛撫した。胸の上り坂をなめ、先端を口に含む。

ベアトリスはあえいだ。その小さな一点が喜びに燃え上がり、強く吸われるたびに体の中心がひきつった。ベアトリスは体をのけぞらせ、ホープ卿の頭をつかんで、刈り込まれてちくちくする髪を手のひらに感じた。

ホープ卿は身じろぎし、反対側の胸に舌を這わせ、やはり先端を口に含んだ。同時に、太ももは今もベアトリスのそこに押しつけている。

ベアトリスは体をのけぞらせた。「ああ、お願い、今すぐ」

「まだだ」ホープ卿はささやき、濡れた感じやすい乳首に息を吹きかけた。

腕を突っ張って体を起こし、両脚をベアトリスの脚の間に入れる。ベアトリスはすでに大きく脚を広げ、避けられない結末を熱心に待っていた。

だが、それは訪れなかった。ホープ卿は手を下ろして位置を調整し、高ぶったものをベアトリスの濡れた合わせ目に据えた。力を入れ、最も敏感な一点にそれを押しつける。

ベアトリスはホープ卿の下で体をよじり、あえいだ。「何をしてるの？」

ホープ卿の顔は険しく、十字架のイヤリングがあごの端で鈍い光を放った。「きみの準備をしているんだ」

ベアトリスは薄く開けた目でホープ卿をにらみつけた。「準備ならできているわ」

ホープ卿は唇をゆがめたが、それは笑顔とは呼べなかった。「まだだ」

体を屈め、ベアトリスの下唇に歯を立ててそっと噛みながら、体を揺らす。やがて、ベアトリスの下のほうで何かに火がついた。炎がちらつきながら燃え上がり、少しずつ大きくなって腹の中に広がって、どこまでも焼き尽くそうとする。

「やめて」ベアトリスは叫んだが、その声はホープ卿の唇に押しつぶされた。彼は口を開いてベアトリスの口を覆い、絶頂のあえぎ声を丸ごとのみ込んだ。

「さあ」顔を上げたホープ卿は言った。「さあ、これでいい。きみが欲しいところに、わたしを入れてくれ」

ホープ卿はベアトリスの手を取って体の間に差し入れ、硬くつるりとした部分に導いた。熱いものをベアトリスにつかませると、手を離した。ベアトリスを見る。「きみしだいだ」

ベアトリスは目をしばたたいた。「でも、わからない――」

「欲しいんだろう？」ホープ卿の上唇に汗の粒が浮いた。体をぴくりとも動かさないようにしているのだ。

ベアトリスは唇をなめた。「ええ」

「じゃあ」ホープ卿は腰を突き出し、長いものをベアトリスの手の中にすべらせた。目は半開きになっている。「入れてくれ」

そこで、ベアトリスはそこだと思う部分にホープ卿を導き、頭部がすっぽり合わせ目に入り込むのを感じながら、本当にこんなことができるのだろうかと思った。ホープ卿を見上げ、黒く熱っぽい目を見つめると、一瞬だけ、自分は頭がおかしくなったのではないかという気がした。

そのとき、ホープ卿が体を倒し、ベアトリスの額にキスをしてきた。「本当にいいのか？」

ほんの小さなその優しさで、ベアトリスの心は決まった。「ええ」

ホープ卿は紳士ではなかった。ゆっくり入ろうとはしなかった。すばやく、荒々しく突き立てられ、ベアトリスは痛みに体をのけぞらせた。燃えている。引き裂かれている。こんなの、無理だ。

ベアトリスはホープ卿の胸を手のひらで押した。「やめて」

ホープ卿はベアトリスを見下ろした。その顔はひきつって、刺青の鳥は目のまわりを野性的に、獰猛に飛び、もはや優しくは見えなかった。まるで征服者のようだ。「もう遅い。きみはわたしのものだ」

そう言うと、ゆっくりとそれを引いていき、頭部だけが大きく、図々しく中に残った。

「きみはとても柔らかく、とてもきつくわたしを包んでいる」ホープ卿は夢魔のようにささやいた。上唇が官能の喜びにゆがむ。「いつまでもきみの中にいたい。永遠にきみと愛を交わしていたい」

ホープ卿はベアトリスの中に再び突き立てた。痛みはあったが、最初ほどではない。ホープ卿は体を倒し、舌先でベアトリスの唇の端に触れた。「女の部分の匂いがする。わたしを熱く締めつけているよ。体が震えるくらい、きみが欲しい」

ベアトリスはホープ卿の顔に触れ、湿った鳥たちを不思議そうになぞった。本当に？　震えるくらい、わたしが欲しいの？　わたしがこの人にそんな力を与えられるなんて知らなかったし、想像もしていなかった。

ホープ卿は痛みに耐えるように目を閉じた。「我慢して、ゆっくりしようとしているんだけど、できない」がくりとうなだれ、鉄の十字架のイヤリングがベアトリスの胸をかすめた。

「できないんだ」

そう言うと、再びベアトリスの中に、強くすばやく突き立てた。その衝撃に、ベアトリスはあえいだ。もう痛みはなく、太ももを押しつけられたときと同じ快感があった。ベアトリスはホープ卿の顔を、自分の上の険しく熱っぽい顔を見つめながら、彼の肉体が自分の中をすべるのを感じた。ホープ卿は上にも中にもいて、肉体的にベアトリスを支配していたが、そんな彼のほうがもろく見え、ベアトリスはその様子に惹きつけられた。ホープ卿の息づかいは荒く、小刻みなあえぎ声になっている。目は焦点が合っておらず、必死で、口は情欲にひきつっていた。体は勝手に動いているかのようで、彼自身にも動きを制御できないのだと思えた。

ベアトリスは手を伸ばし、頬をなでた。

ホープ卿は目を閉じた。「ベアトリス。ベアトリス」

身を屈めて激しく、自制をかなぐり捨てたしゃにむなキスをする。ベアトリスもキスを返しながら自分が彼をこんな極限にまで追いつめられることに感動を覚えていた。

突然ホープ卿は弓なりになって震え、大きな体を痙攣《けいれん》させた。ベアトリスの胸に顔を埋め、全身を震わせながら、くぐもった叫び声をあげる。

そして、部屋は静寂に包まれた。体にホープ卿の重みが感じられ、窓に雨が当たるぱらぱらという音が聞こえる。動かなければ。ホープ卿にも動いてもらわないと。起き上がって、悲劇と喪失と自分の人生に向き合わなければならないのだから。

だが、ベアトリスは眠りに落ちた。


レノーが目を覚ますと、外では雷が鳴っていて、隣では女性が静かな寝息をたてていた。全身のあらゆる筋肉、あらゆる骨と腱が完全にゆるみきっていて、目を開ける前からほほ笑んでしまう。実に六年ぶりに、穏やかな気分になっていた。首を回し、傍らの女性を見る。こんなにも圧倒的な満足感をもたらしてくれた女性を。

ベアトリスは眠っていた。小麦色の髪が、顔のまわりでもつれている。かわいらしい唇はわずかに開いていて、きれいな眉の間にはしわが寄り、眠っている間も友人の死を悼んでいるかのようだった。レノーは眉間のその小さな窪みを伸ばし、苦痛を取り除いてやりたかったが、それは不可能なことだ。ベアトリスの悲しみを癒すことはできない。それでも、二度と傷つかないようにはしてやれる。今、彼女はレノーにとってあまりに大きな存在になっていた。ベアトリスがいると、自分は完全体だと思える。正気を保ち、穏やかな気分でいられる。自分の立場を確立するには、行動を急がなければならないことはわかっていた。

レノーは静かに上掛けをめくり、ベッドを下りた。伸びをして、背骨がぽきぽき鳴るのを感じたあと、しゃがんで床から下着を拾い上げる。思ったほど静かには動けていなかったようで、体を起こしたとき、澄んだ灰色の目と視線が合った。

レノーは下着を落とし、ベアトリスに近づいた。「大丈夫か?」

ベアトリスは眠そうにまばたきしたあと、かわいらしく顔を赤らめた。「けっこう……痛いわ」

「すまない」レノーはベッドに座り、ベアトリスの目にかかった髪を払った。「ここにいてくれ。侍女に熱い風呂の用意をさせるから」

ベアトリスの口角が悲しげに下がった。「それはすてきね」

「今日はもうベッドの中にいればいい」レノーはそっと言った。

ベアトリスはレノーから目をそらした。「でも、ジェレミー……」

「家族がどんなふうに手配したのか……どこに埋葬したのか調べるよ」レノーは身を屈め、ベアトリスの頬に優しくキスをした。

ベアトリスはレノーの手を取った。「ありがとう」

レノーはうなずいて体を起こし、再び下着を拾い上げた。それをつけ、前のボタンを留める。

ベアトリスは眉間にしわを寄せた。「今、何時？　あなた、どのくらいわたしとここに閉じこもっているの？」

レノーは炉棚の上の時計を見た。「一時間半と少しだ」

「まあ、困ったわ！」ベアトリスはベッドの上に起き上がろうともがいた。シーツが膝まですべり落ち、美しい胸があらわになる。ベアトリスはさっとシーツを引き戻した。「クイックは……伯父様はどう思うかしら？」

レノーはブリーチのボタンを留める手を止め、ベアトリスを見た。彼女はとても若く見えた。白いリネンに横たわり、髪を一面に広げて、大きな灰色の目で真剣にレノーを見ている。幼なじみを亡くしたばかりなのだ。レノーのようには、先のことが考えられなかったのだろう。「わたしがきみと寝たと思うだろうな」

ベアトリスは口をぽかんと開けた。「すぐに出ていって」

レノーはあごをこわばらせ、シャツを手に取った。「ベアトリス――」

「急いで！　今すぐ出ていってくれたら、クイックとわたしで言い訳を考えるから。何とかなるはずよ。何事もなかったかのようにできるわ」

レノーは顔をしかめた。その言い草はまったく気に入らなかった。正直なところ、レノーはセント・オーバンだろうと誰だろうと、人にどう思われても構わなかった。だが、ベアトリスの頬は真っ青になっている。くそっ、ベアトリスを悲しませたくはない。

レノーはベアトリスの上に身を乗り出し、腰の両側に手をついた。「出ていくよ。でも、わたしはきみのベッドから簡単に追い払われるような、青二才の若者じゃない」

そう言うと、ベアトリスが言い返してくる前にキスをした。激しく熱く、前置きもなく舌を彼女の口に突き入れる。この女性はわたしのものだ。すでにその主張をした今、一瞬たりとも彼女がそれを疑うことがあってはならない。

体を起こし、とろんとした灰色の目を見つめた。「この件はまだ何も決着がついていない」

残りの自分の衣服を拾い上げ、部屋を出ていった。

11

城の門から、一〇〇人の獰猛な戦士が押し寄せてきた。鎧は黒すぎて光をいっさい反射せず、ときの声は大きすぎて空気が震えるほどだ。戦士たちはロングソードに突撃してきた。それほどの兵力を見せつけられれば、普通の人間は逃げ出すとお思いだろうが、ロングソードは違った。彼はしっかりと、誠実にそこに立ち、重い剣を振るった。刃は太陽の光にきらめき、ロングソードの広い額からは汗が噴き出して、魔法の軍隊の頭は秋の葉のように落ちていった。戦いは一時間続き、それが終わるころには、黒い戦士はひとりも残っていなかった……。

『ロングソード』より

「それで、またあなたと寝ると脅したの?」次の日の午後、ロッティは久しぶりに生き生きした様子でたずねた。

「はっきりそう言ったわけじゃないわ」ベアトリスはゆっくり言った。「でも、ほのめかしていたのは確かよ」

ふたりはロッティの馬車に乗り、ミセス・ポスルスウェイト宅の客間に向かっているところだった。

「何てぞくぞくするんでしょう！」ロッティは歓喜の声をあげた。「壮大なお芝居みたい」

「でも、これは壮大なお芝居じゃないわ」ベアトリスはむっつりと返した。「わたしの人生なの。ああ、ロッティ、どうすればいい？　わたし、あの人にこの身を捧げてしまったのよ」

「まあ、捧げただなんて！　どうやって男性に自分を捧げることができるの？」

　ベアトリスは眉間にしわを寄せた。「ほかにどう表現すればいいのかわからなくて。もう処女ではないということなんだけど」

「それがどうしたの？」ロッティは元気よくたずねた。「血が少し出るだけで、五分かそこらで終わる――」

「五分以上かかったわ」ベアトリスは顔を赤らめて文句を言った。

　ロッティは手を振ってその言葉を退けた。「どっちにしても、それがあなたの人生そのものを左右するとは思わないわ」

「でも、もし妊娠していたら？」

「一度きりなんだから、可能性は低いわよ」

「ええ、でも――」

「それに、ホープ卿はあなたの弱みにつけ込んだのよ。だって、あなたがかわいそうなジェレミーのことを知った直後だもの！　卑怯よ。数に入れなくていいくらいだと思うわ」

ロッティが言う〝数に入れる〟の意味がよくわからず、ベアトリスは顔をしかめた。

「こういうことよ」ロッティはベアトリスには構わず続けた。「はっきりわかるまでには、二カ月はかかる。といっても、もぞもぞする赤ん坊を腕に抱く瞬間まで気づかなかったという淑女もいたらしいけど」

ベアトリスはうめいた。

「まあ、どっちにしても」ロッティは急いで言った。「今すぐ決断を下す必要はないわ。ホープ卿に処女を奪われたからといって、あなたの人生があの人のものになるわけじゃない。あなたがほかに愛人を作ったらどうするのよ？」

「でも、ほかに愛人を作りたいとは思わないわ」

「とにかく、どうしてひとりの男にこだわるの？　颯爽とした、噂の絶えない高級娼婦になってもいいのよ！」

ベアトリスはため息をついた。ロッティはミスター・グラハムのもとを出ていって以来、ベアトリスの苦境と自分の人生を混同しているようだ。とはいえ、ロッティが愛人を作り、身持ちの悪い人妻の暮らしを始めたわけではないことはわかっている。

「颯爽とした、噂の絶えない高級娼婦にはなりたくないわ」ベアトリスは静かに言った。

「それに、現に決断は下さなきゃいけないの。ホープ卿はほかの人が決断するのをのんびり待つような人じゃないから。わたしがすぐに決めないと、あの人が勝手に決めてしまうのよ」

「ふうむ、それは難しいわね」

「ええ、そうなの」ベアトリスは膝の上の手に目をやり、気持ちを整理しようとした。「あの人がわたしにどんな感情を持っているかだけでもわかれば……うん、感情を持てるかどうかだけでも」

「どういう意味？」

「あの人はすごく冷たいときがあるの。昔は持っていた優しさや人を愛する能力が、植民地で過ごす間に破壊されてしまったのかもしれないわ」理解してもらえたかどうか確かめようと、ベアトリスはロッティを見た。

「あの人があなたを愛せるかどうかがわからないのね」

ベアトリスはみじめな顔でうなずいた。

ロッティの生き生きとした雰囲気はすっかり消えていた。「それを知るのはとても難しいことじゃない？　男性はわたしたち女性と同じ思考や目的は持っていないもの」しばらく考えてから言う。「女性を愛したとしても、自分でそれに気づくかどうか」

それって問題じゃない？　ベアトリスは暗い気分で思った。男性そのものが理解できないのに、どうやってホープ卿の動機を理解すればいいの？　彼がわたしを抱いたのは、わたしを思ってくれているから？　それとも、男性にしかわからない何か別の理由、例えば単なる欲望からなの？　この状況をいっそうややこしくしているのは、ベアトリス自身の欲望だった。ベアトリスの奥深くには、ホープ卿が同じ気持ちであろうとなかろうと、単純に彼を求める部分がある。だが、それが危険であることもわかっていた。すべての感情が自分の側にしかなかった場合、心がひどく傷つく危険があるのだ。

そのとき、馬車がミセス・ポスルスウェイトのタウンハウスの前に停まり、ベアトリスの思考はほかの事柄に向いた。「ミスター・ホイートンの馬車は見える？」

混雑した街路をきょろきょろ見回す。後ろに馬車が二台いて、隣のタウンハウスのそばを体格の良い男たちがうろついていた。ベアトリスの目は険しくなったが、その男たちは先日ベアトリスとホープ卿を襲った悪党とはまるで違っていた。ひとつには、身なりが良かった。

「いいえ」ロッティは答えた。「でも、目立たないよう路地を通って入ってくると思うわ」

確かにそのとおりだ。ふたりはミスター・ホイートンの〈退役軍人の友の集い〉の三度目の秘密会合に来ていた。もし〈友の集い〉の会合がなければ、ベアトリスは外には出ていなかっただろう。ジェレミーが亡くなってまだ日が浅いのだ。だが、ここに来るのはある意味、ジェレミーのためでもあった。兵士たちと、イギリス軍を除隊したあとの彼らの境遇に関するミスター・ホイートンの考えを教えてくれたのは、ジェレミーだった。ジェレミーは自分の下にいた兵士たちを、心から気にかけていた。除隊した兵士に恩給が出て、路上で物乞いをせずにすむことを望んでいた。手足や片目を失った男たちが今も軍服を身につけ、街角にブリキのカップを持って座る哀れな姿はよく見かける。そのたびにベアトリスは身震いした。今日ここに来たことを、ジェレミーなら理解してくれるはずだ。

ベアトリスはロッティとともに馬車を降り、玄関に出てきた執事に名前を告げた。まもなく、狭くはあるがこぎれいな居間に通され、ミセス・ポスルスウェイトが迎えてくれた。

「ミス・コーニング、ミセス・グラハム、わたしたちのお仲間になってくださるなんて、お優しいことです」ミセス・ポスルスウェイトはふたりの手を取ってそっと握り、長椅子を勧めた。

ミセス・ポスルスウェイトは中年の淑女だ。いつも灰色と黒の地味なドレスを着て、銀髪をひっつめて簡素な団子状にし、キャップをはめている。数年前、夫のポスルスウェイト大佐をアメリカ大陸の戦闘で亡くした。じゅうぶんな年収と自由に使える時間を得た彼女は、それらを活用して夫が率いていた兵士たちを援助することにした。従軍中の夫と行動をともにした間に、知り合いになった人々だ。

ベアトリスは通された部屋を見回した。ミセス・ポスルスウェイトのほかに、中年から初老の紳士が五、六人いる。女主人以外の淑女はベアトリスとロッティだけで、ベアトリスはミセス・ポスルスウェイトが自分たちの入会を支持してくれたことに感謝した。

ミセス・ポスルスウェイトが紅茶と小さな硬いビスケットを給仕したあと、ミスター・ホイートンが部屋に入ってきた。若い男性で、背は高くも低くもない。薄茶色の髪はくしで後ろになでつけているだけで、髪粉の類はつけていなかった。いつもどおり、何かに没頭しているようなしかめっつらをしている。ミセス・ポスルスウェイトが以前打ち明けてくれたところによると、ミセス・ホイートンは体が弱く、もう何年も寝たきりなのだという。病気の妻を抱え、議員としての務めをこなすなど、疲れ果ててしまうほどの重労働だろう。

ミスター・ホイートンは手に書類を持っていたが、それをテーブルに置いて、咳払いをした。室内は静かになった。彼は一同の視線に応えるようにうなずいてから言った。「皆さん、本日はお集まりいただいてありがとうございます。議案について、そして賛成票を投じていただけそうな議員の方々について、いくつか重要な事柄をお話ししたいと思います。さて……」

ミスター・ホイートンが計画の概要を説明し始めると、ベアトリスは身を乗り出したが、頭の片隅では、ジェレミーはどれだけこの場にいたかっただろうと考えていた。ジェレミーとの約束を果たせなかった。ミスター・ホイートンの議案が通過する前に、彼は逝ってしまった。その点では裏切ることとなってしまったが、議案そのものに関しては決して裏切らないと、ベアトリスは心に誓った。持てる限りの力を使い、議案とイギリスのために戦ったすべての兵士の力になるのだ。議案は通る。通してみせる。

ジェレミーのために。

「きみへの襲撃を率いた男は、ジョー・コークという名前だ」ヴェールは椅子に座りながら言った。

レノーは読んでいた事務弁護士の報告書から顔を上げ、旧友を見つめた。今はブランチャード邸の奥の、レノーが勝手に書斎として使っている居間にいる。もちろん、伯爵用の正式な書斎もあるが、今は偽伯爵が使っている。レノーの事務弁護士たちの事務所には、ほかの依頼人が相談に訪れる。だから、この部屋を一時的な業務用の隠れがとして使っていた。とはいえ、自分の屋敷に住むことをあきらめたわけでは決してない。

「見つかったということか？」レノーはヴェールにたずねた。

ヴェールは口角を上げ、おどけた表情になった。「正確には、見つかってはいない。悪党は行方をくらましたようだ。ただ、下層民の中に、うちのピンチが持っていった人相書を見てそいつだと言った者が何人かいた」

「ピンチ？」

「そういえば、きみはピンチを知らないんだったな？」ヴェールは鼻を掻いた。「例の、スピナーズ・フォールズのあとに雇ったんだ。軍隊ではわたしの馬丁をしていて、今はなかなか生意気な近侍として働いている」

「なるほど」レノーは目の前の書類を鉛筆でたたいた。「それで、そのことがこの襲撃とどう関係しているんだ？」

ヴェールは肩をすくめた。「つまり、わたしが調査のために送り込んだのがピンチなんだ。どんなに口が堅い人間からも情報を引き出す手腕は驚くほどでね。でも、このジョー・コークは逃亡したようだな。もう何日も姿を見かけないという話だ」

レノーは椅子にもたれた。「くそっ。雇い主が見つかると思ったのに」

「確かに、これで振り出しに戻った」ヴェールは唇をとがらせ、しばらく天井を見ていた。

「護衛を雇うことは考えているか？」

「すでに雇ってある」レノーは身を乗り出した。「でも、わたしにじゃない。ミス・コーニングにだ。前回、連中は彼女に近づきすぎた。もし、ナイフの傷の位置があと少し高かったら……」言葉は尻すぼみになった。そのことは考えたくなかった。昨夜の夢で、手についたベアトリスの血を見ていた。

ヴェールのぼさぼさの眉が、額に跳ね上がった。「きみだけじゃなく、ミス・コーニングも標的にされていると考えているのか？　きみが彼女から離れさえすれば、安全なんじゃないのか？」

「でも、わたしは自分が求婚する女から離れるつもりはない」レノーは言った。

「ほう」ヴェールはしばらくレノーを見たあと、顔いっぱいに笑みを浮かべた。「うまくいってるんだな？」

「それは」レノーは歯をむいた。「きみには関係ない」

「へえ？」ヴェールはへらへらと笑いだした。「なるほど、なるほど」

「どういう意味だ？」

「さあね。ただ言いたいだけだ。なるほど、なるほど、ってね。並み外れた洞察力を備えているみたいだろう」

「きみの場合はそうは聞こえない」レノーはぶつぶつ言った。

ヴェールは取り合わなかった。「もう彼女には言ったのか？　自分で言うのも何だが、わたしは求婚が得意でね。きみがいない間に、三人の淑女に結婚を了承させた。知ってたかい？　実際に祭壇まで行けなかった相手もいたが、それはまた別の問題だからな。何ならいくつかアドバイスをしてやろう――」

「アドバイスなどいるか、この野郎」レノーはうなった。

「でも、あの女性がきみを好きかどうかはわかってるのか？」

レノーはベアトリスが積極的に脚を開き、まぶたを伏せ、欲望に喉を真っ赤に染めている様子を思い出した。「そこは問題ないはずだ」

「それはどうかな」ヴェールは軽い調子で言った。「エメリーンはサミュエル・ハートリーのためにわたしを捨てた。わたしのほうがよっぽどハンサムだというのに」

レノーは目をしばたたいた。「きみはわたしの妹と婚約していたのか？」

「言わなかったか？」

「ああ、聞いてない」

「実は、そうなんだ」ヴェールは陽気に言った。「ハートリーがエメリーンを虜にしたとたんに終わったけどね。そのあと、ふたりめのフィアンセはぼくをふって代理牧師を取った」

レノーはヴェールを見た。

「バターイエローの髪をした代理牧師だ」ヴェールはうなずいた。「本当だよ。もちろん、そのおかげで愛しのわが妻と結婚できたわけだが、それでもあのときは仰天した。ミス・コーニングの知り合いに、バターイエローの髪の代理牧師はいないだろうな？」

「そう願うよ」レノーはうなった。ベアトリスとのことはぐずぐずしていてはいけないと、心に刻む。わたしには妻が必要だ。ベアトリスはすでにわたしにその身を捧げている。それだけの簡単なことなのだ。

今夜、それを彼女に証明してやる。

真夜中、ベアトリスが目を覚ますと、寝室でろうそくが一本燃えているのが目に入った。本当なら驚くか、恐怖を感じるところなのだろうが、ベアトリスは静かに起き上がり、ホープ卿がドアのそばの小さなテーブルにろうそくを置くのを見守った。

「何をしてるの？」ベアトリスはたずねた。

「きみに会いに来た」ホープ卿はベアトリスと同じくらい淡々と答えた。赤と黒のガウンを着ていて、かつらはかぶっていない。

彼はガウンを脱いだ。

「〝会いに来た〟というのは、遠回しな言い方に思えるわ」ベアトリスはそう意見した。

ホープ卿はシャツのボタンに両手をかけたまま、動きを止めた。「そのとおりだ」そう言うと、シャツを頭から引き抜いた。

ベアトリスは初めてかすかな恐怖を感じた。ホープ卿は笑っていない。過酷な任務を遂行しようとしているかのように、真剣な、熱っぽい顔をしている。

「こんなことしなくていいのよ」ベアトリスはささやいた。

「そういうわけにはいかない」ホープ卿は椅子に座って靴を脱ぎ始めた。「きみはわたしとわたしたちが一緒になることに不安があるようだ。今夜を境に、その不安を捨て去ってもらう」

ベアトリスはホープ卿が愛情には言及しなかったことに気づき、心の中に失望が広がるのを感じた。

「わたしを誘惑したところで、何の証明にもならないわ」

「そうかな？」ホープ卿は平然と言った。「それは試してみないとわからない」ベアトリスは言った。

ベアトリスはしばらくの間、ホープ卿が靴下とブリーチ、下着を脱ぐのを眺めていた。彼は自分が裸であることにまるで抵抗がないようだったが、ベアトリスは呼吸が速くなるのを感じた。昨日、ホープ卿と寝たときはショック状態にあったため、自分の身に起こっていることが半分くらいしかわからなかった。今は意識がはっきりしているので、彼に対する感覚は敏感すぎるくらいだ。ホープ卿は堂々と、誇り高く立ち、全身の肌は薄い茶色のようにも見える。腕と肩は筋肉質で余分な脂肪はなく、労働者のようだ。自分の食糧は自分で狩らなければならなかったという話が思い出される。胸には黒い縮れ毛が生えていたが、量は多くなく、濃い茶色の乳首の先が透けて見えた。

ベアトリスの視線は下にさまよい、太ももの間にあるものに否応なく吸い寄せられた。そこに生えた毛は太くて濃く、力強くそそり立つ男の部分を際立たせていた。その部分は大きく膨張していて、血管がくっきりと見え、頭部は濡れて光っている。美しい眺めだったが、彼の意図があらわになっているため、威圧感もあった。

ベアトリスが目を合わせようとして顔を上げると、ホープ卿はこちらを見ていた。彼はうなずき、自分自身を手で包んだ。「これはきみのためのものだ。思う存分見てくれ」

「わたしが要らないと言ったら?」

「嘘をついているということになる」

それを聞いて、ベアトリスはかっとなった。「今自分が何かを欲しいかどうかくらい、わたしにもわかると思うんだけど」

ホープ卿はかぶりを振った。「この件に関しては違う。きみは愛の行為の初心者だ。男と女の間でどんなことが起こりうるか、まだほとんど経験していない」

ベアトリスは今やほてり、濡れていたが、それでも怒ったように言った。「あなたがそれを全部見せてくれて、それでもわたしが興味を示さなかったら、あきらめてくれる?」

「いや」ホープ卿は相変わらず自信に満ちた態度で、ベアトリスのほうに歩いてきた。「きみはわたしにその身を捧げた。すでに選択はしている」

「でも、どうしてわたしなの?」それがどうしても理解できなかった。どうして今? どうしてわたし? 「あなた、わたしを愛しているの?」

「愛は何の関係もない」ホープ卿は言い、ベアトリスの体から上掛けを引きはがした。「これは愛よりもっと原始的なものだ。きみはわたしのものだから、その事実をきみに見せてやりたいんだ」

「レノー」ベアトリスはそっと、彼を名前で呼んだが、その声ににじむ懇願の色を疎ましく思った。レノーにとってこれが愛でないことに、ひどく失望していた。〝もっと原始的な〟感情には興味がなかった。欲しいのは、彼の愛だった。

ホープ卿はベッドに上がってきて、ベアトリスのシュミーズに手を伸ばした。ベアトリスは抵抗しなかった。というのも、実際に抵抗できなかったからだ。レノーの言うことは正しく、ベアトリスもどこかでそのことに気づいていた。わたしはこの人に身を捧げた。どこか原始的なレベルで、愛を飛び越えた場所で、わたしはこの人のものなのだ。

それに、もしかしての話だけど、わたしの中で我を失っているレノーの顔をもう一度見たいのかもしれない。

だが、分析するにも心配するにも、もう手遅れだった。ベアトリスは裸にされ、飢えた男にふるまわれたごちそうのように、レノーの前に横たわっていた。レノーはしばらく、黙ってベアトリスを見ていた。ベアトリスの傍らに座って身動きはせず、視線だけを体の上にさまよわせている。胸の先端が己を見せつけるかのように、つんと立つのを感じた。レノーの顔は険しい。彼は手を伸ばし、右の乳首に指一本だけで触れた。

軽く。そっと。だが強烈に。

ベアトリスは体の中心に熱が湧き起こるのを感じ、唾をのみ込んだ。

「すごくきれいだ」レノーは低くしゃがれた声で言った。胸の頂のまわりを指でぐるりとなぞる。その感触はとても軽く、まるで羽根のようで、ベアトリスの体は震えた。「肌は内側から輝いているようだ。それに、すごく、すごく柔らかい」

レノーの手は下りていき、胸の下り坂を軽くなぞったあと、肌の上をすべって反対側の胸にたどり着いた。ベアトリスの息は浅くなっていた。ごく軽いその感触に、震えるほどの欲望が湧き上がってくる。

「乳首はピンク色だ」レノーはささやき、指で先端をかすめた。そこは痛いくらい張りつめていた。「でも、立つと色が深まって薔薇色になる。吸ったらさくらんぼのように赤くなるかな？」

ベアトリスは目を閉じ、その一点がごくわずかに、ひどくエロティックに触れ合っていることを感じた。レノーが自分の意図を明らかにしたとき、こんなふうにされるとは思ってもいなかった。さっさとことを進め、すばやく激しい動きで自分の欲望を叶えるのだと思っていた。

ところが、実際にはゆっくり、じっくりと誘惑されている。

レノーの指はベアトリスの肋骨を這い下り、腹の上をすべって、へそのまわりに円を描いた。ベアトリスは思わず腹を引っ込めた。その感触はくすぐったいとも言えるほどだった。

「すごく柔らかい」レノーはつぶやいた。「ベルベットのようだ」

レノーは下に進み、ベアトリスはその指と、指が向かう先のことしか考えられなくなった。

「脚を開いて」レノーはささやいた。

ベアトリスはぎょっとし、心臓が躍った。「わたし……わたし……」

「ベアトリス」レノーはひそやかに言った。「わたしのために脚を開いてくれ」

目を閉じていたのがよかったのかもしれない。もし目を開けていて、レノーが自分をひどく親密な目つきで見ているところが見えたら、耐えられなかっただろう。だが、実際には目を閉じていたため、ベアトリスは太ももを開いた。

レノーの指はベアトリスの無垢な毛に潜り込み、中を探った。「すごくきれいだ、すごくかわいい。どんな味がするんだろうな」

すると、毛の下のほうに何かが優しく触れた。柔らかくて濡れていて、指ではないのは確かだ。

「レノー！」ベアトリスは叫んだ。

「しいっ」レノーがささやくと、高ぶって湿った部分に息がかかった。「ほら、静かにして」

ベアトリスは唇を噛み、両手でそわそわとシーツをつかんだ。

レノーは舌を這い回らせ、なめながら、合わせ目を探った。彼は匂いも味もわかるくらい近くにいる。ベアトリスは驚きまじりの恐怖と、震えるほどの喜びの間で葛藤した。

「気持ちいいか？」レノーはささやいた。一音発するごとに、唇がかすかに触れる。

「わたし……」

レノーは両手の親指でベアトリスを開き、そっと息を吹きかけた。「ベアトリス、気持ちいいのか？」

「ああっ、すごい！」

すると、レノーは邪悪な悪魔のように笑って言った。「いいんだな」

そう言うと、舌を小刻みに動かした。あまりに速いその動きに、ベアトリスは何も考えられず、身をよじって逃れることもできなかった。とはいえ、逃れたかったわけではない。レノーは容赦なく、飽くことなく徹底的に、その一点を集中して攻めた。ベアトリスがこれ以上は耐えられないと思ったとき――呼吸は細かなあえぎ声になっていた――レノーは口を開いて蕾《つぼみ》を含み、強く吸った。

ベアトリスは後頭部を枕に押しつけ、声にならない悲鳴に口を開けた。レノーはその小さな突起を吸い上げながら、大きな手で太ももを押さえ、開いたまま固定したので、ベアトリスは衝撃に耐えられなくなった。体の中で星がはじけ、喜びの閃光を全身に送り込む。ベアトリスは何度も痙攣し、やがて手足は心地よく弛緩してぐったりと沈んだ。

目を開けると、レノーが自分の上に這い上がってくるのが見えた。まずは胸、次に腰が、敏感になったばかりの体をかすめたかと思うと、彼の体の重みがのしかかり、胸が押しつぶされた。レノーは楽々とベアトリスの脚を開いた。

「レノー」ベアトリスはささやいた。

レノーはベアトリスの目を見つめながら体を少しずり上げ、下の大きな頭部がちょうどベアトリスの入り口に触れた。彼は腰を突き出し、侵入を始めた。ベアトリスは痛みに目を細めた。処女を失ってから、まだ一日しか経っていない。「ベアトリス」レノーはささやいた。

「痛いわ」ベアトリスは小さな声で言った。

レノーはうなずいた。「わたしから目を離すな」

ベアトリスは目を見開き、レノーの目を見つめた。太い眉の間に、小さなしわが寄っている。

レノーは少し進んだ。

ベアトリスは内側の筋肉が広がるのを感じた。レノーは少しずつ力を入れ、ベアトリスを押し広げて、中に入り込んでいく。そして突然、はっきりと力を込めて腰を突き出し、完全に中に収まった。恥骨が恥骨に押しつけられるのを感じる。自分をつなぎ留めるものは細い糸一本しかないとばかりに、口が引き結ばれていた。

「今」レノーは言った。「今、わたしはきみと愛を交わしている」

身を屈め、口を開いてベアトリスにキスをし、唇を舌で征服しつつ、脚の間のぴくぴく震える部分を男のもので征服する。いったん腰を引くと、今回はやすやすと中に戻りながら、ベアトリスの上で体をぐいと引き上げた。膝の下を持って脚を広げさせ、自分がベアトリスの体の中に快適に収まるようにする。

ベアトリスはうめき、レノーの下で動いた。昨夜と違い、今レノーにされていることが気持ちよく感じられてくる。いや、気持ちいいどころではない。

ベアトリスはレノーの後頭部に手をすべらせ、ちくちくする髪をなでた。体はいっぱいに詰まって重く感じられ、何かを待っているかのようだ。レノーは今もキスを続け、ベアトリスが唇をついばむと、うめき声を出した。

ロ

レノーの腰の動きが速くなる。

ベアトリスはレノーの肩をつかんだ。汗ですべりやすくなっているが、しがみついて、口と手で彼を駆り立てる。もっと。もっと。もっと。

やがてベアトリスは突然、何の前触れもなく再び頂点に達し、幸せな、輝かしい快感の爆発が起こった。口がレノーの舌でふさがっていなければ、叫び声をあげていただろう。レノーが体をこわばらせて起き上がるのを見て、彼も上りつめたのがわかった。鼻孔が広がり、食いしばった歯がむき出しになる。レノーは最後に一度、震えながら突き立てると、両腕を突っ張って上半身を支えたまま、頭をがくりと落とした。

深く息を吸い込む。

ベアトリスはなおもこのつながりを感じていたくて、レノーの背中の筋肉をつかんだ。

レノーが顔を上げたので、その顔を見る。厳しく、断固とした表情。哀れみのかけらもなかった。

「きみはわたしのものだ」レノーは言った。

12

ロングソードとセレニティ王女は城の門を入ったが、地面に足がついた瞬間、とげのあるつるが稲妻よりも速いスピードで生えてきた。つるは何重にもなって伸び続け、とげつきの巨大な生垣となって、石ひとつ見えないほど完全に城の本丸を覆ってしまった。ロングソードは生垣を切り刻み始めたが、一本枝を切るたびに、それに代わる別の枝が生えてきた。

「無理だわ！」王女は叫んだ。

だが、ロングソードは深く息を吸い、生垣に向かって走りだすと、目にも留まらぬ速さで剣を振り下ろした。あまりに速く切りつけたので、剣の刃は白熱して輝き、つるを切ると同時に焼いたため、枝は二度と生えてこなかった。一分かそこらの間に、ロングソードは魔法の生垣を切り開いて通り道を作った……。

『ロングソード』より

「ロッティ・グラハムが旦那様と別れた話はお聞きになった？」アドリアーナはそう問いかけ、夕食の魚をひと切れフォークに突き刺した。それを値踏みするように見て言う。「旦那様に愛人ができたのかしら？　愛人がふたり？　だって、男性というのは愛人のひとりくらいは作るものだし、できた妻なら気にもしないはずだもの。でしょう？」

　ハッセルソープはワインを一口飲み、アドリアーナが自分を〝できた〟妻に含めていることに、少したじろいだ。ふたりは今夜、自宅のタウンハウスの食堂に座っていた。金の天使像とピンクの大理石で過度な装飾がなされた部屋だ。ハッセルソープは妻の質問には答えなかった。アドリアーナはたいてい、会話では誰の助けも必要としないのだ。話についていく必要がないため、ふたりきりで食事をするたまの機会にはとりわけ都合がよかった。

　実際、アドリアーナは魚を飲み込むと、話を続けた。「それ以外に、ミスター・グラハムと別れる理由が思いつかないの。すごくハンサムな方だし、会うと必ず容姿を褒めてくれるわ。わたし、すてきな言い回しができる紳士が大好きなの」

　魚をつついて顔をしかめる。「どうして魚ってこんなに骨があるのかわからない。あなた、わかる？」

　ハッセルソープはいらいらしながら顔を上げた。ブランチャードが爵位を維持できる見込みが弱まっていることについて考えていたのだ。「アドリアーナ、何の話をしている？」

「魚よ」アドリアーナは即座に答えた。「それと、骨のこと。魚には骨がたくさんあるけど、その理由がわからないの。水の中に棲んでいるのに」

「どんな生き物にも骨はある」ハッセルソープはため息をついた。

「芋虫にはないわ」アドリアーナは言った。「くらげやかたつむりにもないけど、外側に殻があるから、あれが骨みたいなものなんでしょうね」

ハッセルソープはたじろいだ。なぜ、妻はいつもどうでもいいことばかりしゃべっているのだ？

「でも、殻が内側の骨とまったく同じかどうかはわからないわ」アドリアーナは実にかわいらしく顔をしかめ、皿の上のタラを見下ろした。「どっちにしても、どうして魚にこんなに骨があるのかはやっぱり理解できない。しかも、どうしてこんなに待ち構えたように人の喉に引っかかるのかしら」

「そうだな」ハッセルソープは妻の思考についていくのはあきらめ、さらにワインを飲んだ。ワインは時に、このような食事をやり過ごすのに役立つ。ホープは二度目の暗殺の企てをどうやって乗り切った？　くそっ、どうしてあの男は二週間に二度もの企てを、かすり傷ひとつ負わずに……。

「体を洗わないんだと思う？」

ハッセルソープはワイングラスを口元に運ぶ手を途中で止めた。「魚が？」

「違うわよ、何言ってるの！」アドリアーナは楽しそうに声を震わせた。「ミスター・グラハムよ。紳士の中には、月に一回、ひどい人だと年に一回しか体を洗わなくていいと思っている人がいるみたいなの。ミスター・グラハムもそういう人なのかしら？」

ハッセルソープは目をしばたたいた。「それは――」

「だって、ロッティがあの旦那様と別れた理由がほかに思いつかないんだもの」アドリアーナは顔をしかめた。「ハンサムだし、すごく感じがいいし、愛人はふたりどころか、ひとりだっているという話は聞かないから、あとは体を洗うことかと思ったの。体を洗わないことって言ったほうがいいかしら。そう思わない？」

ハッセルソープはため息をついた。「アドリアーナ、いつもながら、きみはわたしを置いてけぼりにするんだね」

「あら？」アドリアーナはにっこりした。「でも、わたしもわざとじゃないのよ。あなただって、トーリー党では指導者みたいな存在だと思われているのにね！」

アドリアーナの笑い声は空気を震わせるようで、もっとひ弱な男なら発作的に取り乱していただろう。だが、ハッセルソープは妻にこわばった笑顔を向けただけだった。「すごく面白いよ、アドリアーナ」

「ええ、でしょう？」アドリアーナは悦に入った調子で言い、再び魚をつつき始めた。「だから、あなたはわたしを愛しているんだと思うわ」

ハッセルソープはため息をついた。確かにアドリアーナは気が利かないし、神経を逆なでするようなおしゃべりをするし、装飾の趣味も最悪だが、この一点に関しては彼女の言うとおりだった。

ハッセルソープは妻を愛していた。

その晩、伯父との食事の席にレノーが現れたことを、ベアトリスは警戒するべきだった。

だが、無難な表情を保つことに気を取られ、彼がここで何をしているのか考える余裕がなかった。そのため、レノーが魚を食べながら自分の要求を口にしたときは、ワインにむせそうになった。

「今、何て言ったの？」息がつけるようになると、ベアトリスはあえぎながら言った。

「きみに言ったんじゃない」憎き裏切り者は言った。

「でも、その件については、最終的にはわたしに相談しなきゃいけなくなるわ」ベアトリスはつんとして言った。

レノーのあごの筋肉がぴくりと動いた。「それはどうかな――」

「だめだ！」レジー伯父がどなった。

ベアトリスははっとして伯父のほうを向いた。顔が赤紫色になっている。

「伯父様、お願いだから、興奮しないで――」

「わたしの爵位を奪うだけでは気がすまず、姪まで取り上げようとするのか」レジー伯父は吠えた。テーブルにこぶしを打ちつけたので、銀器が飛び跳ねた。

「わたし、ホープ卿のプロポーズは受けていないわ」ベアトリスはなだめるように言った。

「でも、いずれ受ける」レノーがそう言ったせいで、訪れるはずだった平穏は打ち砕かれた。

「姪を脅すな！」レジー伯父は叫んだ。

レノーは唇を引き結んだ。「脅してなどいない。事実を述べているだけだ」

ふたりは再びやり合い始めた。話題がベアトリスのことに集中している割に、この部屋にベアトリスはいないかのようだ。ベアトリスは二匹の犬が取り合いをしている古い骨になった気分だった。ため息をついて、ワインをまた一口飲み、レノーを盗み見る。昨夜は愛の行為のあとすぐに部屋を出ていき、日中は一度も姿を見かけなかった。今夜は白いかつらをつけ、濃いワインレッドの上着を着ていて、日焼けした肌と焦げ茶の眉と黒い目をエキゾチックかつ上品に見せている。鉄の十字架は、首を傾げてからかうようにレノー伯父を見るたびに、あごの脇で揺れた。おかげでどこか海賊のように見える。

レノーはベアトリスの視線に気づき、ウィンクをした。それ以外に表情は動かず、ウィンクも一瞬だったため、気のせいにも思えるほどだった。本気でわたしと結婚したいの？　そう思うと、体の中心を妙な熱が駆け抜けた。

だが、それもレジー伯父が口を開くまでだった。「おまえが姪と結婚したがっているのは、自分は狂っていないという主張の裏づけが欲しいからにすぎない。わたしの屋敷と爵位を盗むための新たな作戦だ！」

その言葉に、ベアトリスの心は沈んだ。ワイングラスをじっと見つめる。道化師ふたりの前で泣くわけにはいかない。

レノーは上唇を上げて歯をむき、レジー伯父のほうに身を乗り出した。

「これはわたしの屋敷だ。何回言わせれば気がすむんだ？　爵位も、屋敷も、金も、ああそうだ、今はベアトリスもだ。すべてわたしのものだ。あなたはそれを指先でつかんでいるだけで、そのうちすべて手放すことになる。だからそんなに怒っているんだ」

ベアトリスは咳払いをした。「ふたりとも気づいてるかどうかわからないけど、わたしも今ここに座っているのよ」

レノーはベアトリスに向かって眉を上げ、黒い目をきらめかせた。「では、会話に参加してもらえないか？　わたしたちの結婚が必然であることを示す理由を、ひとつふたつ挙げてくれ」

よくもそんなことが言えるわね？　レノーは明らかに、このプロポーズを蹴ったらベアトリスと寝たことをレジー伯父にばらすと言外に脅していた。

ベアトリスはあごを上げ、レジー伯父に話しかけたが、視線はレノーの目からそらさなかった。「ホープ卿は伯父様が伯爵の地位を管理してきたことに、何らかの補償をしてくださるはずよ」

レノーは唇の端をぴくりと上げ、口だけ動かした。〝まいったな《トゥシェ》〟

だが、レジー伯父はどなり声をあげた。「この気取り屋に施しを受けるなど冗談じゃない！」

ベアトリスはため息をついた。男というのは時に、信じられないほど頑固になるものだ。

「伯父様、それは施しじゃないわ。長年、伯爵としての務めを果たしてきたことに対する補償よ。本当に、当然の権利なの」

レノーは椅子にもたれ、面白そうにベアトリスを見た。「こんな爵位泥棒にわたしが何かを与えるなど、いったいどこから思いついたんだ？」

「当然だろうが何だろうが、わたしはそんなものは受けない」レジー伯父は大きな音をたてて椅子を引いた。「ベアトリス、わたしはもう行くから、おまえはわたしを捨てて選んだ男とふたりで話せ」

そう言うと、食堂を出ていった。

ベアトリスは皿を見下ろし、伯父の言葉で傷ついた心を隠そうとした。

「愚かな年寄りだ」レノーは低い声で言った。

「あの人はわたしの伯父よ」ベアトリスは顔を上げずに答えた。

「そんな理由だけで、わたしがあいつに爵位を盗んでくれた礼をしなきゃいけないのか？」

「違うわ」ベアトリスはようやく息を吸い、レノーの目を見た。「伯父様にささやかな報酬をあげるべきだと言っているだけよ。それこそが正しくて名誉ある行為だから」

「わたしは名誉など気にしないと言ったらどうする？」レノーは穏やかにたずねた。

ベアトリスはレノーを見つめた。椅子にゆったりと腰かけ、ワイングラスの脚を指で持ち、ぼんやりと回している。だが、実際にはぼんやりなどしていないことはわかっていた。レノーはベアトリスをこの地点に、この対決に、チェスの達人が敵のクイーンを追いつめるように、巧みにおびき寄せたのだ。でも、求婚を受けてもいいんじゃない？　頭の片隅にそんな声が響いた。レノーの妻という立場は、ミスター・ホイートンの議案に賛成票を投じるようながすにはもってこいだ。

全面的に従わせずとも、譲歩を取りつけることはできる。

ベアトリスは椅子にもたれ、レノーの姿勢をまねた。「でも、わたしのためなら気にしてくれるかもしれないわ」

「そう思うか？」レノーは言った。自分のプライドとベアトリスの価値を天秤にかけているのか、考え込むようにベアトリスを見つめる。

「ええ」ベアトリスはきっぱりと言った。「思うわ。それに、自分が爵位を取り戻したあとも、伯父様にここに住むよう申し出てくれるとも思ってる」

「で、その寛大な意思表示をすることで、わたしはどんな得をするんだ？」

「どんな得をするかは、あなたもよくわかっているはずよ」この駆け引きに急に嫌気が差し、ベアトリスは言った。「からかわないで」

レノーはワインを一口飲み、断固とした調子でグラスを置いた。「こっちに来てくれ」

ベアトリスは立ち上がり、テーブルのまわりを回ってレノーの前に立った。心臓が速く、強く打っていたが、呼吸を乱さないようにする。どうしようもないくらいレノーに揺さぶられていることを、悟られたくなかった。

レノーはテーブルから椅子を引き、脚を広げた。「もっと近くに」

ベアトリスはレノーの脚の間に入り、ほとんど体に触れそうになった。耳の奥で血液がどくどくと巡っている。

レノーは征服軍の戦士のような顔でベアトリスを見上げた。「キスしてくれ」

ベアトリスは息を吸ってから身を屈め、片手をレノーの肩に置いた。唇が軽く触れ合うと、震えを抑えることができなくなった。体を起こし、レノーを見る。

「もっと」レノーは言った。

ベアトリスは首を横に振った。「ここではだめよ。使用人がもうすぐ食器を片づけに来るわ」

「では、どこで？」レノーのまぶたが物憂げに下がった。「いつ？」

ベアトリスはまともに声が出せない気がして、返事代わりに手を差し出した。その行動は、淑女らしいふるまいとして教えられてきたすべてに反していた。こういうことはしてはいけないと教えられてきた。いずれ悲しむことになるし、不面目なことだからと。けれど、心には別の言い分があるようだったし、ベアトリスにはもう頼れる人はいなかった。ジェレミーは死んでしまった。レジー伯父はベアトリスのことが気に入らないようだし、ロッティは今は自分の人生のことで手いっぱいだ。

頼れるのは自分しかいないということだ。

レノーはベアトリスの手に手を重ね、ベアトリスはその手をそっと引いて彼を立たせた。何も言わず、先に立って食堂を出る。ホールには誰もいなかった。レジー伯父は夕食中、使用人に周囲をうろつかれるのがいやなのだ。ベアトリスはすたすたと階段を上がり、ホープ卿の安定した、不吉とも思える足音を背中で意識しながらも、後ろは振り返らなかった。自分の部屋に着くと、ドアのそばで足を止めた。

「ここで待っていて」そう言うと、するりと中に入った。クイックが中にいて、いつもの晩と同じく、就寝の支度を手伝うのを待っている。

「もういいわ」ベアトリスはクイックに言った。「ねえ、クイック？」

侍女はベアトリスのほうを向いた。「何でしょう？」

「ホールでは何も見なかったことにしてちょうだい」

クイックは目を丸くしたが、そこで何か言うほど愚かな使用人ではない。黙って膝を曲げ、部屋を出ていった。

ベアトリスは深呼吸してドアに向かい、開けた。レノーは外で壁にもたれ、じっと待っていた。

「どうぞ」ベアトリスが言うと、レノーは体を起こした。

ベアトリスは堂々と、すました様子で立ち、レノーを部屋に招き入れた。もちろん、この部屋には今までにも入ったことがあるが、彼女に招かれたのは初めてだ。

それはとても重要なことのように思えた。

こめかみと、男の部分のつけねが脈打っているのを感じる。すでに高ぶっていて、ベアトリスのために準備万端だったが、レノーはゆっくりと動いた。狼は襲いかかる準備ができるまで、鹿に飛びかかって怖がらせることはしない。

ベアトリスは振り向いて暖炉の前に行き、火かき棒で火をおこした。「服を脱いでちょうだい」手元はしっかりしているが、声は高くてか細い。

「きみは脱がないのか？」レノーは低い声でたずねた。

「そうね」ベアトリスは火かき棒を脇に置いて、身頃のひもに手を伸ばした。

「待て」レノーは二歩でベアトリスの背後に行き、その手を押さえた。「きみが脱がせてくれないか？」

ベアトリスはレノーを見た。顔は紅潮してピンク色になり、歯が下唇を嚙んでいる。レノーは自分がその唇を嚙みたくなった。この腕で抱き上げて、戦利品を手にした司令官のように、ベッドに連れていきたい。だが、ベアトリスには自分の意思で来させなければならない。確かに、最初はレノーが強いたことであるが、レノーをここに連れてきたのはベアトリスだ。そのささやかなベアトリス側の意思が、レノーには重要だった。

ベアトリスはレノーの上着に手をかけ、ゆっくりと慎重に肩から外していった。レノーは腕を動かし、服を脱がされることに協力したが、それ以外はただベアトリスを見ていた。イギリス軍の若き将校だったころ、ロンドンでもアメリカでも売春宿に行ったことはある。熟練の高級娼婦たちのさまざまな奉仕を試した。それでも、育ちの良いこの女性が自分の上着を脱がしている光景は、売春宿で見た何よりもエロティックだった。

ベアトリスは上着をたたみ、注意深く脇に置いた。爪先立ちになってレノーのかつらを外す。レノーは頭に指を走らせ、ちくちくする頭を搔いた。

「実は、あなたが髪を切った日は悲しかったの」ベアトリスは静かに言った。

レノーは唇をゆがめ、薄くほほ笑んだ。「あの野蛮なたてがみを見せびらかしているほうがよかったか？」

「そういうわけじゃないけど」ベアトリスは手を伸ばし、手のひらでレノーの頭をなでた。「でも、これよりもう少し長いほうがいいわ。髪が長いほうが、顔つきが柔らかく見える。切って初めてそのことに気づいたわ。髪がないと、すごく……冷酷そうに見える」

だが、冷酷なのは事実だ。ベアトリスはまだ気づいていないのか？　レノーは何も言わず、ベアトリスがうつむいてベストのボタンに取りかかるのを見守った。室内で聞こえるのは、ベアトリスの息づかいと、布地が骨製のボタンにこすれる音だけだ。ベアトリスはボタンを下まで外し終えると、肩からベストを脱がせた。ベストを脇に置き、白いシャツをじっと見たままためらっている。怖じ気づいたのだろうか？　何しろ、二日前まで処女だったというのに、今は服を脱がせるよう命じられているのだ。これは同情の余地がある。

レノーはベアトリスの手を取り、自分の胸に当てた。「次はシャツを脱がせてくれないかな」

ベアトリスは何も言わずボタンを外し始めたが、息づかいは荒くなっていた。肌と肌の間に上質なリネンがあるとはいえ、彼女の指が当たるのは拷問のようだった。最後のボタンが外されると、レノーは両腕を上げ、ベアトリスがシャツを頭から引き抜きやすいようにした。

ベアトリスは唇をなめ、眉の下から恥ずかしそうにレノーを見た。「全部？」

「全部だ」

ベアトリスはうなずき、覚悟を決めるように息を吸ったあと、ブリーチの前に手を伸ばした。ボタンを外されている間、レノーはベアトリスの肩に手を置き、彼女の手元ではなく頭頂部を見ていた。ベアトリスがひざまずいてブリーチを引き下ろすと、レノーは靴と靴下を脱いだ。ベアトリスは下着に手を伸ばしたが、その手は震えていた。

「怖いのか？」レノーはささやいた。

ベアトリスは手を止め、レノーを見た。「いいえ」

レノーはあごに力を入れた。彼女の率直さに、そばかすの散った頬の上の大きな灰色の目に、その無邪気な、ずるさもごまかしもない視線に、気が変になりそうだった。

ベアトリスは下着を脱がせ、レノーはそれを脇に蹴り飛ばした。これで一糸まとわぬ姿になった。

「これからどうすればいい？」ベアトリスはたずねた。

レノーは足元にひざまずくベアトリスを見下ろし、露骨に高ぶった部分のすぐそばに顔があるのを見て、いくつかの考えが頭をよぎったが、結局彼女に手を差し出した。

「おいで」

ベアトリスはレノーの手を取って立ち上がり、レノーは彼女をベッドに連れていった。上掛けをめくり、枕をいくつも背中に置いて、仰向けに寝転ぶ。ベアトリスを傍らに引き寄せると、彼女はベッドの上に座り、曲げた脚のまわりでドレスが盛り上がった。

「楽にしてくれ」

「してるわ」

レノーはほほ笑もうとしたが、筋肉が固まっていて、できなかった。「じゃあ、触ってくれ」

「ここを？」ベアトリスはレノーの胸に手のひらを置き、胸毛を指でかき分けた。

「ああ」レノーは乳首のまわりをぐるりとなぞる彼女の顔を見つめた。刺繍を習う幼い少女のように、熱心な、まじめくさった顔をしている。

「ここは感じるの？　わたしみたいに？」ベアトリスはたずねた。

レノーは薄目になった。「感じるよ」

ベアトリスはうなずいて指を這い下ろし、レノーの体毛をたどってへその下まで行った。そこで再びためらい、不安そうな顔になる。

レノーはそれ以上彼女をうながすことはせず、待った。指はゆっくりと下の毛を通り、問題の部分に近づいていった。ついに指がそこに触れると――その感触はあまりにさりげなく、控えめだった――レノーは息を吐き出した。

ベアトリスの視線が顔に飛んできて、手で竿をなぞり上げる間こちらを見ていた。レノーはベアトリスを見つめたままだったが、温かな指が皮膚に触れる衝撃に、本当は目を閉じたかった。指が先端までたどり着くと、ベアトリスは再び視線を落とし、魅入られたように身を屈めた。

「すごく硬いわ」頭部に円を描きながらささやく。「痛いの？」

「いや」レノーは唇をゆがめた。「最終的に満足できれば」

ベアトリスは目を丸くした。「つまり、何もしなかったらいつまでもこのまま――」

レノーはかすれた声で笑った。あるいは吠えたのかもしれない。「いや。もし、その、何の刺激もなければ、しばらくすると収まる」

「刺激、ね」ベアトリスは眉根を寄せ、レノーのそれを握っている自分の手を見た。

「きれいな女性の姿、声、手の感触」レノーは言った。

「きれいな女性なら誰でもいいの？」ベアトリスは顔をしかめた。

小さなかわいらしい手にあそこを握られた状態で聞くと、まったく笑えない言葉だ。だが、レノーはぴくりと唇をゆがめた。「誰でも同じというわけじゃない」

「ふうん」

レノーは咳払いをした。「こすってみてくれ」

ベアトリスはおそるおそる、指でこすった。

「もっと強く」レノーはささやき、ベアトリスの手の上に自分の手をあてがって実演した。重ねた手を先端に向かって強く動かし、皮膚がその下の硬いものの上をすべるようにしたあと、根元に向かって同じことをする。そして、ベアトリスの手を放した。

ベアトリスはその動きを繰り返した。

「そ、そうだ」レノーは鋭くささやいた。

ベアトリスは手を動かし、レノーは枕の上にトルコの将軍のように寝そべって、彼女の奉仕を受け入れた。薄目でベアトリスの姿を見る。まだひっつめたままの堅苦しい髪、真剣な表情。むき出しのあそこが彼女の手の中にある、驚くほど生々しい光景。そろそろやめさせようとしたとき、ベアトリスは身を屈め、一本の指で、澄んだ液体がにじみ出してきた先端部分に触れた。レノーは屈強で、意志もかなり強いが、それでも石でできているわけではない。

勢いよく身を屈めてベアトリスの胴のあたりをつかみ、キャッという悲鳴は無視して、ベッドの頭板のほうを向かせた。

「そこでじっとしてろ」しゃがれた声で命じる。

実にありがたいことに、ベアトリスはレノーの意図を問わず、命令に従ってくれた。これ以上は何があろうと我慢できないところだった。ベアトリスは膝をついていたので、レノーはスカートを腰の上にまくり上げた。美しいヒップを両手でまさぐり、すべすべした肌の感触を堪能する。

「脚を開いてくれ」そう言うと、ベアトリスは息を切らし、膝をつく位置を左右に広げた。

レノーは彼女の太ももの間の最も柔らかく、最も敏感な部分に触れ、濡れた合わせ目を開いてつややかな中心部をあらわにした。ベアトリスは哀願するような声をもらした。これこそがレノーの求めていたものだった。自分の女が四つん這いになり、濡れながら自分を待つこと。男の部分を握り、ベアトリスのもとに導いていく。ああ！　何てきつくて、なめらかなのだろう。突然涙がにじんできたので、見られないよう目をつぶった。これは交尾であり、正しく優れた性交であって、それ以上の何物でもないのだ。

だが、ベアトリスの中に入っていく途中から、自分に嘘をついていることはわかっていた。ベアトリスのすべて――匂いも、感触も、温かな体も、小さなあえぎ声すらも――レノーにはそれ以上の意味があった。帰るべき場所。ベアトリスは帰るべき場所で、自分はそこに帰ってきたのだ。

レノーは妙な考えを脇に追いやり、根元まで押し入った。ベアトリスの腕の両側でベッドの頭板をつかみ、自分の腕の中に彼女を閉じ込める。ベアトリスは身を震わせたが、その小さな動きがなぜか最後のひと押しとなった。レノーは強く、速く突き立て始めた。レノーを包み込むベアトリスはなめらかで、とてもきつく、その感触に自制は完全に失われた。ベアトリスがヒップを突き出して押し戻してくるので、レノーは身を乗り出して首筋を噛み、彼女の体を固定した。ベアトリスが高い声で力なく悲鳴をあげると、レノーを包み込んでいる部分が収縮し、頂点に達してレノーを道連れにした。

レノーは喉の中で低くうなり、玉がきゅっと縮むのを感じながら、ベアトリスの中に自分を解き放った。彼女の中に精を注ぎ込んでいる間も、腰の動きが止められなかった。ようやく脇に転がったときは、全身の骨がとろけていた。わずかに残った意識で、胸に鼻をすり寄せてくるベアトリスを引き寄せる。

そして、眠りに落ちた。

ベアトリスが目を覚ましたとき、寝室はほぼ真っ暗だった。コルセットが脇腹を刺してくる。服を着たまま眠っていたのだ。横を向くと、暖炉に残り火が燃えるのが見え、レノーが手の下で動くのを感じた。慎重に、音をたてないよう、ベッドから起き上がる。レノーは裸で、ベアトリスのシーツの上に堂々と大の字になっていた。ベアトリスは悲しげにほほ笑んだ。レノーはきっと、この部屋もこのベッドもわたしのものだ、と言うだろう。

スカートを振って整え、部屋を出る。自分がひどく乱れた姿をしているのはわかっていたし、廊下で誰かと会うのもいやだったが、すでに真夜中は過ぎているはずなので、その心配はなさそうだった。ホールを進むとレジー伯父の部屋があったが、ドアの下の隙間は真っ暗だった。夕食の席での辛辣なやり取りを最後に別れたことを思い、無念さに襲われる。伯父様がレノーの帰還を受け入れられる日は来るの？　わたしがした選択を、この先にする選択を許してくれる日は？

この屋敷には長年住んでいるため、真っ暗闇に近い中でもろうそくは必要なかった。手探りで主階段にたどり着き、ねずみのようにこそこそと下りていく。一階のホールをひとりの従僕が通り、厨房や使用人の部屋がある方向に向かった。ベアトリスは階段の上で動きを止めてじっと待ち、従僕が屋敷の暗がりに姿を消すと、静かに下りていった。食堂で立ち止まり、暖炉の残り火でろうそくを灯して、それを持って青の間に入る。小さなテーブルに、その小さなろうそくを据えた。ドアのほうを向いた長椅子に座り、椅子の上で脚を曲げて爪先を丸める。

レノーの肖像画が真正面にあった。あごを手で支え、彼を見る。あのころ幾晩も彼と座り、この笑っている目の奥にいる男性は実際にどんな人なのかと想像した。今はその答えを知っている。彼のことを知り、彼と愛を交わしたが、少女じみた幻想の姿とは似ても似つかなかった。レノーは気難しく、時には残酷なくらいで、欲しいものを手に入れるために行動する。一緒にいると腹立たしく、いらいらさせられる。また、頭が良く、自分のものだと見なした相手――例えばヘンリー――を大事にする面もある。複雑で、わけがわからないが、愛の営みの相手としては最高だ。

情熱的な人。

その情熱がベアトリスに向けられたものでなくても、賞賛する気持ちは変わらなかった。ベアトリスは肖像画の黒い目を見つめた。生身の、息をしているあの男性と身体的にはよく似ていても、精神的には全然違う。彼との結婚は、一筋縄ではいかないだろう。むしろ、悲惨な結果になる可能性が高い。だが、レジー伯父を救うためには、思いきってやってみるしかなかった。

青の間のドアが開き、レノーが入ってきて、図らずも自分の肖像画の隣に並んだ。ブリーチとシャツを着ている。ベアトリスに気づくと、何を見ているのかと横を向いた。自分の肖像画を長い間見つめたあと、ベアトリスに視線を戻す。

「大丈夫か？」

ベアトリスはうなずいた。

レノーはベアトリスの姿から視線をそらさず、歩いてきた。真正面まで来ると、足を止めて手を差し出した。「ベアトリス、わたしと結婚してくれないか?」
ベアトリスはその手に自分の手を重ねた。「承知しました」

13

ロングソードとセレニティ王女は黒い巨塔——城の本丸——の前に立った。ロングソードは用心しながら塔に近づき、王女もあとに続いたが、塔は不気味なほど静まり返ったままだった。塔の正面には巨大な一枚扉がついていて、その表面は激しい戦闘でもくぐり抜けたかのように、傷跡と焦げ跡だらけだ。ロングソードが扉を引き開けると、隣で王女が息をのんだ。

塔の中では、王女の父である国王が鎖で縛られていた。国王のまわりを三頭の竜が飛び、一頭ごとに大きさが増している。一番小さな竜でさえ、ロングソードが前日に殺した竜の二倍の大きさがあった……。

『ロングソード』より

掘り起こしたばかりの土にはすでに霜が降り、かちかちに凍って完成形になっていた。ベアトリスはしゃがんで、ひとつかみのウラギクを墓に置いた。まだ墓石はなく、木の目印が立っているだけだ。〝ジェレミー・オーツ〟という文字が、ぞんざいに走り書きされている。

「あの人と結婚するわ」ベアトリスは粗末な墓標に向かってささやいた。

その言葉は風に運ばれ、狭い墓地を飛んでいった。ベアトリスの悲しみを強調するかのように、空は曇っていて薄暗い。ジェレミーの両親が息子の埋葬地として選んだのは、ロンドン市外の小さな教会の墓地だった。一家が所有する区画ですらない。はるか遠くの辺鄙《へんぴ》な土地に隠せば、ジェレミーのことを完全に忘れられると思ったのかもしれない。ジェレミーならにっこり笑って、死んでしまえば狭い墓地も大聖堂も変わらないよ、と言うだろう。

ベアトリスは頭を振り、顔をぎゅっとしかめて涙をこらえた。ジェレミーは気にしないかもしれないけど、わたしは気にする。あんなにいい人を偲ぶのに、こんな方法はあんまりだ。しばらく目を閉じ、ただジェレミーのことを思い出していると、ベアトリスの意思とは関係なく涙はこぼれた。

しばらく経って目を開けると、顔は冷たく濡れ、頭は痛み始めていたが、なぜかましな気分になっていた。

頬を拭い、墓地の門に目をやる。レノーが石壁にもたれてベアトリスをじっと待っていた。馬車でここまで来るには一時間以上かかったが、彼は文句ひとつ言わなかった。ベアトリスが結婚に同意してから一週間、レノーが寝室を訪ねてくることはなかったが、できる限りは一緒にいると言ってくれた。もちろん、レノーは忙しい。毎日、地所と爵位のことで事務弁護士との打ち合わせがあり、友人のヴェール卿にも頻繁に会っている。ベアトリスは顔をしかめた。ふたりが何を話し合っているのかは知らないが、最初の対立は克服できたようで、それは喜ばしいことだった。

ベアトリスはひざまずき、ジェレミーの墓の凍った土にもう一度触れてから、立ち上がって両手を払った。春には鈴蘭の種を持ってきてここに植えよう。そうすれば、ジェレミーも寂しくないはずだ。ベアトリスは馬車とレノーのほうに戻り始めた。小さな教会墓地は悲しいくらい放置され、石敷きの小道には雑草が生い茂っている。風が吹いてスカートが脚にまとわりつき、ベアトリスは身震いしながらレノーに近づいた。

「終わったのか？」レノーはベアトリスの肘に手をかけ、体を支えた。

「ええ」ベアトリスはレノーのいかめしい顔を見上げた。「連れてきてくれてありがとう」

レノーはうなずいた。「いいやつだったな」

「ええ、いい人だった」ベアトリスはつぶやいた。

レノーはベアトリスに手を貸したあと、自分も馬車に乗り込み、天井をたたいて御者に合図した。馬車が墓地から離れていく間、ベアトリスは窓の外を見ていたが、やがてレノーのほうを見た。「やっぱり結婚特別許可証で結婚するつもりなの？」

「特別委員会に出席するまでには、結婚していたいんだ」レノーは言った。「もし気になるようなら、年明けに祝賀舞踏会を開いてもいい」

ベアトリスはうなずいた。誘惑するときはあんなに情熱的だったのに、結婚の計画となると実務一辺倒であることには、少々がっかりしていた。ロッティが言っていた、紳士は何らかの役目を任せるために妻を選ぶのだという話が思い出される。わたしも同じ道を歩もうとしているんじゃない？　レノーがわたしを妻に望んだのは、自分が正気であることを世間に示すため。ネイトがロッティを妻に望んだのは、自分が出世するため。ひとつだけ違うのは、ロッティは自分が夫に愛されていると思っていたこと。

わたしはそんな幻想は抱いていない。

ベアトリスは軽く背筋を伸ばし、咳払いをした。「結局どうやって先住民から逃れたのか、まだ話してくれていないわ。サスタレツィはあなたを憎むのをやめたの？」

レノーはいらだたしげに唇を引き結んだ。「本当にそんな話が聞きたいのか？　つまらない話だよ、本当に」

その時間稼ぎの手管のせいで、ベアトリスの好奇心はますますふくらんだ。「お願い」

「わかったよ」レノーは視線をそらし、しばらく黙っていた。

「サスタレツィは？」ベアトリスはそっとうながした。

「あいつはいつまでもわたしを憎んでいた」レノーは窓の外を見ていた。横を向いた高い鼻とがっしりしたあごが、背後のワインレッドのクッションに映える。「でも、一年目の冬は厳しく、わたしたちは全員分の食糧を調達することでせいいっぱいだった。わたしは最初のうちは技術こそなかったが、健康体の猟師であるのは間違いなかったから、サスタレツィもしばらくはわたしへの敵意は脇においておくことにしたようだった。それ以前に、みんなひもじくて弱っていたんだ」

「何て恐ろしいの」ベアトリスは膝に視線を落とし、上質な子山羊革の手袋を見つめた。これまでの人生で食べ物に不自由したことはないが、路上の物乞いなら何度も見てきた。レノーがあのように痩せこけた顔をし、あのぎらついた、必死な表情を黒い目に浮かべているところを思い描く。彼がそんなふうにひどく苦しんでいる姿は想像したくなかった。

「もちろん、楽しいものじゃなかった」レノーは言った。「雌熊を見つけたときのことを覚えているよ。熊は大木の穴の中に潜って冬眠している。ガホの夫はわたしに、木の幹についた鉤爪の跡を見つける方法を教えてくれた。その上に熊がいるということだ。連中は雌熊を殺すと、皮の一部を剝いで、火を焚いて肉を調理する前に脂肪を食べた」

「まあ」ベアトリスはぞっとして、鼻にしわを寄せた。

レノーはベアトリスを見た。「わたしも食べたよ。肉は寒い冬の空気の中で湯気をたて、血の味がしたが、とにかく飲み込んだ。生命の源だったから。それまで三日間、何も食べていなかったんだ」

ベアトリスは唇を嚙んでうなずいた。「ごめんなさい」

「いいんだ」レノーは静かに言った。「わたしは生き延びたから」

彼は胸の前で腕組みをしてクッションにもたれ、眠るように目を閉じたが、実際に眠ったわけでないのはわかっていた。

ベアトリスはうつむいた。レノーは生き延び、ベアトリスはそれを心から喜んでいたが、そのために支払った代償はどれほどのものだったか。彼が耐えたものが、彼を変えた。灼熱の地獄をくぐり抜ける間に、柔らかい部分や繊細な部分は焼き尽くされ、焼かれて固くなった内側の芯だけが残って、痛みや感情に、もしかすると愛にも鈍感になってしまったかのようだ。

そんなことを考え、ベアトリスは身震いした。この人も、わたしに何らかの感情は持っているはずでしょう？

その後、ふたりは家までの道のりを無言で過ごし、ブランチャード邸の前で馬車が減速して初めて、ベアトリスは窓の外に目をやった。

少し身を乗り出す。「もう一台馬車がいて、通れないみたい」

「ふうん？」レノーは目を閉じたまま、上の空で言った。

「誰かしら？」ベアトリスは言った。「紳士がひとり、すてきなドレスの女性が降りるのに手を貸しているわ。あら、小さな男の子もいるわね。レノー？」

最後の一言が出たのは、レノーが突然体を起こして横を向き、窓の外を見たからだった。

「何と」レノーはささやくように言った。

「知り合い？」

「エメリーンだ」レノーは言った。「妹だよ」


捕虜になっている間、この瞬間を幾晩も夢に見てきた。ようやく家族に再会できる日を。エメリーンに会える日を。

レノーは馬車からゆっくり降り、振り返ってベアトリスが降りるのに手を貸した。ベアトリスの顔は上気し、好奇心と驚きと喜びに輝いていて、レノーが今感じているはずのいくつもの感情をすべて映し出しているかのようだった。レノーは肘の内側にベアトリスの手をかけ、ブランチャード邸の階段の一番上にこぢんまりと集う人々に近づいていった。男性がこちらを向き、顔はこの距離からは無表情に見えたが、レノーが集中していたのは女性のほうだった。彼女はたった今レノーたちに気づいたらしく、くるりと振り向いた。顔に呆然とした表情が浮かんだあと、たちまち喜びの色が広がっていく。

「お兄様！」エメリーンは叫び、階段を下り始めた。ハートリーらしき男性がエメリーンの腕を下からとらえ、歩調をゆるめさせたので、レノーは一瞬胸に怒りが湧き起こるのを感じた。

だが、すぐにハートリーが妹をゆっくり歩かせた理由がわかった。

「まあ」ベアトリスがささやくように言った。

エメリーンは明らかにお腹が大きくなっていた。六年前、妹は若い母親で、花嫁だった。今は別の男性と再婚していて、ふたりめの子供を身ごもっている。レノーが知らないことが多すぎる。

あまりに多すぎる。

レノーとベアトリスが階段の下にたどり着いたとき、エメリーンとハートリーも街路に下り立った。エメリーンは唐突に足を止めてレノーを見つめ、片手を伸ばして不思議そうにレノーの頬を触った。

「お兄様」ささやくように言う。「本当にお兄様なの？」

レノーはその手に自分の手を重ね、目ににじむものをまばたきで押し戻した。「ああ、そうだよ、エメリーン」

「ああ、お兄様！」突然エメリーンが腕に飛び込んできて、レノーは彼女の大きく突き出た腹のあたりでぎこちなく抱き止めた。エメリーンの、妹の感触はとても優しく、レノーはつかのま目を閉じ、黙ってそのまま抱いていた。

しばらくしてエメリーンは体を引き、一〇歳のころと同じ顔でほほ笑んだあと、顔をしかめた。「あら、やだ！　わたし、泣いてしまいそう。サミュエル、中に入りたいわ」

ハートリーはそそくさとエメリーンをタウンハウスの中に連れて入り、レノーとベアトリスは落ち着いた足取りであとに続いた。母親のあとを追いかけていた少年が、肩越しに振り返ってこちらをちらりと見た。レノーが覚えているダニエルは赤ん坊で、最後に会ったときは、まだ歩くこともおぼつかなかった。それが、今は母親と同じくらいの背丈になっている。

レノーは少年に向かってうなずいた。「きみの伯父さんだ」

「知ってる」ダニエルは言い、ふたりが追いつくのを待ってから、並んでホールを歩いた。

「伯父様の拳銃を二丁もらったよ」

レノーは眉を上げた。「そうなのか？」

「うん」ダニエルは少し心配そうな顔になった。「ねえ、返さなくてもいい？」

レノーの隣で、ベアトリスが笑いをこらえていた。レノーは横を向いてたしなめるように彼女を見たあと、ダニエルに言った。「ああ、いいよ」

一同は居間に入り、ベアトリスは紅茶と軽食の準備をさせるために、レノーのそばから離れた。

「目のまわりの鳥は先住民が描いたの？」ダニエルがたずねた。

「ダニエル」ハートリーが初めて口を開き、冷静な声で言った。彼はそれ以上何も言わなかったが、ダニエルは肩をすくめた。

「ごめんなさい」ぼそぼそ言う。

レノーはうなずき、椅子に座った。「ああ。先住民が顔に刺青を入れたんだ」

そのとき、ベアトリスが戻ってきて、レノーと視線を合わせた。彼女の目は思いやりにあふれていて、それを見たレノーは胸に温かなものを感じた。ベアトリスはレノーの隣に座り、彼の手の下に自分の手を差し入れた。

咳払いをする。「ベアトリス・コーニングです」

レノーは感謝の気持ちを込め、その手を握った。

エメリーンは鳥猟犬が雷鳥を見つけたときのように、ぴくりと背筋を伸ばした。

「タント・クリステルが言っていた、兄と婚約したという方ね」

ベアトリスはレノーを見たあと、明るく言った。「そうなの。もうすぐささやかな結婚式を挙げるつもりよ。ミス・モリヌーは、あなたがたが来られるとはおっしゃっていなかったわ。ご存じじゃなかったのかしら？」

「どうやらそうみたい」エメリーンは唇をとがらせた。「もちろんわたしは手紙を書いて、こっちに来ることを伝えたつもりだったのだけど、手紙がちゃんと届かなかったようなのよ。サミュエルはイギリスで仕事があって、わたしはタントを訪ねるつもりだったの。当然、タントはわたしたちがロンドンに来たことに驚いていたし、わたしたちもお兄様が生きていたという知らせを聞いてびっくりしたわ」

「すばらしい知らせね」ベアトリスはにっこりした。

「ええ」エメリーンはさっと好奇の視線を投げかけ、レノーとベアトリスを見比べた。「ごめんなさい、あなたは現ブランチャード伯爵のご親戚よね？」

「偽伯爵だ」レノーはうなった。

「姪です」ベアトリスは言った。

「そして、じきにわたしの妻になる」レノーは言った。

「なるほどね。そのことなんだけど」エメリーンはぼそりと言った。「タントが言うには、お兄様はこっちに戻ってきてからまだ一カ月も経っていないとか」

ベアトリスがレノーの隣で身じろぎした。「わたし、たちまちレノーの虜になってしまったみたいなの」

エメリーンが顔をしかめているのを見て、レノーはいらだった。六年離れている間に、妹は兄の生き方を指図するようになったのか？　レノーは口を開きかけたが、脇腹が鋭く肘で突かれるのを感じた。驚いてベアトリスを見ると、彼女はひどく厳しい目でこちらを見ていた。

何か女同士の合図でもあったかのように、会話は軽めの話題へと転換した。ハートリーはボストンとロンドンでの商取引について説明し、エメリーンは自分たちのなれそめとレノーがいない間の出来事について話した。エメリーンの話は、タント・クリステルから聞いたのとほとんど変わらなかったが、それでも妹の声を聞くのはすばらしかった。レノーは流れる会話に身を浸し、ただ満ち足りた気持ちでエメリーンとベアトリスの声を聞いていた。これが今のわたしの家族なのだ。

やがてエメリーンが疲れたと言いだすと、ハートリーが弾かれたように立ち上がって、妻が席を立つのに手を貸した。

ベアトリスとエメリーンが別れのあいさつをしている間に、ハートリーはレノーのほうを向いて静かに言った。「あなたが戻ってこられてよかったです」

レノーはうなずいた。そう、わたしは戻ってきたんだ、だろう？　「きみは森の中を走り通して、捕虜になった者たちのために援軍を呼んできたと聞いたが」

ハートリーは肩をすくめた。「わたしにできるのはそれだけでしたから。あなたが生きたまま連れていかれたと知っていたら、見つかるまで捜したでしょう」

あれから六年経った今、口でそう誓うのは簡単だったが、ハートリーの表情は重々しく、目は真剣で熱を帯びていたので、彼が本気で言っているのがレノーにもわかった。

「でも、きみは知らなかったからな」レノーは言い、片手を差し出した。

ハートリーはその手を取り、固く握った。「お帰りなさい」

レノーはただ、うなずいて顔をそむけることしかできなかった。そうでないと、崩れ落ちてしまいそうだった。

エメリーン一家を玄関まで見送ったあと、居間に戻ると、ベアトリスが自分のカップに紅茶のお代わりを注いでいるところだった。レノーは炉棚に歩いていき、小さな羊飼いの女の像をちらりと見てから――これは母のものだったのだろうか？――窓辺に向かった。その間ずっと、ベアトリスの視線を感じていた。

ベアトリスはカップを脇のテーブルに置き、レノーを見た。

「大丈夫？」

レノーは窓の外に向かって顔をしかめた。「どうして大丈夫じゃないと思うんだ？」

ベアトリスは眉を上げた。「ごめんなさい、ただ不安そうに見えたから」

レノーは息を吸い、眼下を通り過ぎる一台の馬車を眺めた。「わからない。わたしはエメリーンを、家族を取り戻したが、まだ何かが足りない気がするんだ」

「慣れる時間が必要なのかもしれないわ」ベアトリスは静かに言った。「あなたは六年間も国を離れて、まったく違う生活を送っていた。だから、あとは慣れが必要なのよ」

「必要なのは爵位だ」レノーはどなり、ベアトリスのほうを向いた。

ベアトリスは考え込むようにレノーを見た。「爵位とそれに伴うすべてを手に入れれば、あなたは満足なの?」

「ほかに何があると言いたいんだ?」

ベアトリスはティーカップに視線を落とした。「あなたが幸せになるには、爵位とお金以上のものが必要なんじゃないかと言いたいの」

レノーの頭は殴られたようにのけぞった。これは何だ? なぜ今になって栖突くようなことを言う? 「きみはわたしのことをわかっていない」そう言いながら、ドアのほうに歩いていく。「わたしが何を必要としているかなどわからないのだから、憶測はやめてくれ」そう言うと、ベアトリスを残して部屋を出ていった。


一週間後、ベアトリスは震える手をウェディングドレスのひだに隠した。とてもしゃれたドレスだ。急いで式を挙げるからといって、新しいドレスを作れないわけじゃないわ、とロッティに言われた。そこで、動くたびに緑にも青にも見える、玉虫織りの絹のかわいらしいドレスを着ることにした。けれど、いくら新しいドレスを着ていても、手の震えを抑えることはできなかった。

たぶん結婚式というのは、誰でもこんなふうに緊張するものなのだ。ベアトリスは自分とレノーの結婚式を執り行う主教に集中しようとしたが、彼の言葉はひとかたまりになり、意味のない単調な音として流れていくばかりだった。

気を失いませんように、と心から祈る。

わたしは正しいことをしているの？　祭壇の前に立った今も確信が持てなかった。レノーはレジー伯父の面倒を見ること、爵位の争奪戦がどんな結果になろうとも、伯父をブランチャード邸に住まわせることを約束してくれた。これでレジー伯父は安泰だから、それだけでもこの男性と結婚する理由になる。たとえ彼がわたしを愛していなくても。

彼がわたしを愛していなくても。

ベアトリスは顔をしかめ、手にした花束に視線を落とした。自分をありのままに愛してくれる男性と結婚したかったのに、実際には冷静な計算から選んだ男性と結婚しようとしている。これでいいの？　わからない。ベアトリスを愛せるほど、レノーの心がほぐれることはないように思えた。この数週間で、レノーは前よりも気難しくなり、爵位とそれに伴う権力を手に入れるという目標にいっそうのめり込んでいるようだった。いつまでも彼に愛されることがなくても、この結婚に耐えられる？

だが、そのときレノーがこちらを向いて、シンプルな金の指輪を指にはめ、頬に優しくキスをしてきた。突然すべてが終わり、もはや考え直すことも、後悔することもできなくなった。ベアトリスは深く息を吸い、レノーの肘に手をかけて、普段よりも強い力で握った。

レノーは身を屈め、ベアトリスに顔を近づけた。「大丈夫か？」

「ええ、大丈夫よ」ベアトリスはにっこりほほ笑んだが、その笑みは顔の上で凍りついた気がした。

レノーは疑わしげにちらりとベアトリスを見て、幸せを祈る小さな人だかりの中を進んでいった。「もうすぐ家に帰れるから、横になってもいいよ」

「あら、でも披露宴があるわ！」

「それに、結婚初夜もね」レノーはベアトリスの耳元でささやいた。「きみの具合が悪いと、楽しめなくなってしまう」

ベアトリスはうつむき、喜びの笑みを隠した。実のところ、婚約以来レノーは唇に控えめにキスするだけで、それ以上のことはしようとせず、彼は自分に興味を失ったのではないかという思いが頭の片隅にあった。

そうではなかったようだ。

祝福の歓声の中、レノーはベアトリスが馬車に乗るのに手を貸したあと、自分も急いで乗り込んだ。馬車が出発すると、ベアトリスに笑いかけてきた。「結婚したら、前とは違う感じがするか？」

「いいえ」ベアトリスは首を横に振ったが、そのときあることを思いついた。「でも、レディ・ホープと呼ばれることに慣れなきゃいけないわね？」

レノーは顔をしかめた。「レディ・ブランチャードだ」窓の外を見る。「じきにそうなる」

それ以上言うべきことが見つからなかったので、馬車は沈黙のまま進み、やがてブランチャード邸の前に着いた。ベアトリスが馬車を降りるときには、客の大半がすでに来ていて、タウンハウスに入っていくところだった。ベアトリスはレノーとともにブランチャード邸の階段を上ったが、妙な気分だった。ここは今も伯父の家なのに、そのうち自分とレノーだけのものになる……もし、レノーが爵位を取り戻したら。自分とレジー伯父は立場が入れ替わるのだと思うと、何だか落ち着かない気分になった。

屋敷の中では、食堂に宴の準備が整っていた。何メートルものふわふわしたピンクの生地がテーブルを縁取り、ベアトリスは一瞬、レジー伯父がこの費用を払うのであればさぞかしおののいただろうと思った。伯父はすでにテーブルの上座に着き、気落ちしたような、悲しげな顔をしていた。ベアトリスと目を合わせようとしない。

レノーは作法どおりベアトリスをレジー伯父の隣に座らせたところで、ひとりの客と話を始めた。ベアトリスはしばらく黙っていた。

「式は終わったんだな」レジー伯父は言った。

ベアトリスは顔を上げてにっこりした。「ええ」

「もう後戻りできないぞ」

「わかってる」

伯父は深いため息をついた。「わたしはおまえの幸せを一番に考えている。わかってるだろう」

「ええ、わかってるわ、伯父様」ベアトリスはそっと言った。

「あいつはおまえのことを思っているように見える」伯父はテーブルに両手を置き、手というものを初めて見るかのように目をやった。「あいつはおまえのことを、おまえが宝石で、それを失うのを怖れているような目で見ることがある。大事にしてもらえ。幸せになるんだてくるのを感じた。

「ありがとう」ベアトリスは愚かにも涙が——一日中、目の奥を刺していた涙が——あふれてくるのを感じた。

「でも、もしうまくいかなかったら」伯父は低い声で言った。「いつでもわたしのところに戻ってこい。この屋敷を出て、ふたりで別の家を探せばいい」

「もう、レジー伯父様ったら」ベアトリスは泣き声に近い声で笑い、息をついた。愛しい、愛しいレジー伯父様、わたしの選んだ道には大反対なのに、それでも完全にわたしを見捨てることはできずにいる。

ベアトリスがハンカチで涙を拭いていると、レノーがベアトリスの隣の椅子に座った。顔をしかめてベアトリスを見る。「何を言われたんだ?」

「しいっ」ベアトリスはレジー伯父を見たが、伯父はタント・クリステルと話していた。

「とても優しい言葉をかけてくれたわ」

レノーは納得がいかない様子でうなった。「うるさいやつだ」

「あの人はわたしの伯父で、わたしは伯父様を愛しているわ」ベアトリスはきっぱり言った。

レノーはうなっただけだった。

披露宴は長く豪勢に続き、ようやく終わったときには、ベアトリスは今にも眠ってしまいそうだった。だが、客を見送るために立ち上がった。

列の最後尾近くに、ヴェール卿夫妻がいた。ヴェール卿はレノーと話し始め、ベアトリスとレディ・ヴェールはしばらくふたりきりで立っていた。

「あの人、あなたたちの結婚をとても喜んでいるのよ」レディ・ヴェールは静かに言った。

ベアトリスは驚いて彼女を見た。「ヴェール卿が？」

レディ・ヴェールはうなずいた。「ホープ卿のことをすごく心配しているの。ホープ卿が生きて戻られた、この一連の出来事がショックだったみたいで……。もちろんいい意味でのショックだけど、とにかくショックだったことに変わりはないわ」

ベアトリスは眉を上げた。

「ホープ卿の変わりようを心配しているの」

「ふさぎ込んだ感じになったわね」ベアトリスはつぶやいた。

レディ・ヴェールはうなずいた。「ヴェールもそう言っていたわ。とにかく、あなたがホープ卿との結婚に同意してくれたことを、とても喜んでいるのよ」

何と返せばよいのかわからなかったので、ベアトリスは黙ってうなずいた。

レディ・ヴェールはしばらくためらっていた。「あの……」

ベアトリスは彼女を見た。「なあに？」

レディ・ヴェールはどこか気恥ずかしそうに言った。「少し変わった結婚のお祝いを贈ってもいいかしら？」

「どんなもの？」

「実は、仕事なの。だから、もしいやなら、どうか正直に言ってちょうだい。わたしは構わないから」

ベアトリスは興味をかき立てられた。「お願い、教えて」

「本よ」レディ・ヴェールは答えた。「少し前に、ある友人に、あなたは製本が趣味だと聞いたの」

「それで？」

「その、これはわたしが取り組んでいる課題みたいなものなんだけど」レディ・ヴェールの口調は内気とも言えるほどだった。「おとぎ話の本で、もともとはエメリーンの……そして、あなたのご主人のものだったの」

ベアトリスは身を乗り出した。「レノーの？」

レディ・ヴェールはうなずいた。「エメリーンが去年見つけて、わたしに訳してほしいと頼んできたの。本はドイツ語で書かれていたから。わたしはそれを訳して、友達に清書してもらったわ。それで、今度はあなたに製本をお願いできないかしらと思って。わたしというより、エメリーンのためだと思ってちょうだい。最終的にはエメリーンに贈るつもりだから。お子さんもいるしね。協力してもらえる？」

「もちろん」ベアトリスは言い、レディ・ヴェールの手を取った。ある種の喜びが体に満ちてくるのを感じる。レディ・ヴェールのおかげで、セント・オーバン家の一員になれたような気がした。「喜んでやらせてもらうわ」

「ベアトリスはきれいだったね」披露宴のあと、ネイトはロッティのそばにやってきて言った。

「ええ、そうね」ロッティはネイトのほうは見ずに答えた。「あなたが結婚式に招待されていたとは気づかなかったわ」

ロッティはブランチャード邸の玄関の内側に立ち、馬車が回されるのを待っていた。ネイトのほうは絶対に見ないようにしていたのに、濃い青色の上着とブリーチ、白いかつらと首巻きがよく似合っていることは、はっきり意識していた。この上着の袖口がほつれていて、繕わなければならないことを知っているのは、おそらくロッティだけだ。家を出る前にネイトの近侍に伝えるのを忘れたのだが、まだ家の中の誰も気づいていないようだった。

ネイトの端整な顔がくもった。「本当に？　教会でぼくのほうを見たと思ったんだけど」

ロッティはこわばった笑みを浮かべた。「あなた、誰もが自分を見ていると思ってたんじゃない？　さすが野心にあふれた若手議員ね」

ネイトは唇を引き結んだが、こう言っただけだった。「お似合いのカップルだな。ベアトリスはとても幸せそうだった」

「まあね。でも、まだ三時間だから」

「きみに皮肉は似合わない」

「あら、でしょうね。あなたは幸せなふりをする女性のほうが好きなのよね」ロッティはかわいらしく言った。

「いや、ふりだけじゃなくて、実際に幸せな女性のほうが好きだよ」ネイトは言った。

「じゃあ、自分の妻のことをもっと気にかければよかったんじゃないかしら」ロッティはぴしゃりと言った。

「それなのか？」ネイトは胸がロッティの肩につくくらい近くに寄り、低い声で熱っぽく言った。「きみを演劇やバレエに連れていくと約束したら、戻ってきてくれるか？　お菓子や花を贈ったら？」

「子供扱いしないで」

「じゃあ、どうすればいいか言ってくれ」ネイトは鋭くささやいた。普段は愛想の良い顔が、怒りにゆがんでいる。「ロッティ、ぼくは何をそんなに間違ったことをした？　どうすれば戻ってきてくれる？　きみが出ていったことで、ひどい噂が立てられているんだ。このままだと、ぼくの評判に……仕事に差し障る」

「そうね、仕事――」ロッティは口を開いた。

ところが、ネイトにさえぎられた。今までになかったことだ。「ああ、仕事だよ！　きみはぼくが政治家という仕事をしていることをわかって結婚したはずだ。今さら何も知りませんでした、傷つきましたっていう顔をするのはやめてくれ」

「あなたの仕事のことはわかっていたわ」ロッティは静かに言った。「わかっていなかったのは、あなたは生活も心も仕事に支配されて、妻が入る余地なんてないってことよ」

ネイトは体を引き、ロッティを見た。「何が言いたいのかわからない」

「わからない？」ロッティは言い返した。「じゃあ、少し考えてみるといいわ」

そう言うと、ドアを出ていった。ネイトが返事をする前に……自分がわっと泣きだす前に。

14

ロングソードとセレニティ王女を見ると、三頭の竜は飛びかかってきた。巨大な鉤爪を伸ばし、口から火を噴いている。ロングソードは身構え、強力な剣を振るった。バシッ！　一番小さい竜は地面に倒れ、胸に致命傷を負って痛みに叫んだ。だが、残りの竜は二手に分かれ、前後からロングソードに襲いかかった。ロングソードは前にいる一頭を斬ったが、背中が恐ろしい鉤爪に引っかかれるのを感じた。振り向き、片膝をつく。最後の一頭――最も大きな竜――は甲高い勝利の声をあげ、とどめを刺そうと飛びかかってきた……。

『ロングソード』より

日が暮れるころには、ベアトリスは落ち着きを失っていた。すでに処女ではないのだから、緊張する必要はないはずだ。そもそも、何を怖れているのだろう？　だが、身体的には親しんでいても、数週間前よりも夫のことがわからなくなった気がしていた。

たとえ体内に受け入れたところで、男性を本当の意味で理解することはないのかもしれない。それは結婚初夜に抱くには陰鬱な考えで、ベアトリスはドロップ形の真珠のイヤリングを外しながら顔をしかめた。このイヤリングはメアリー伯母のものだった。どこまでも現実的だった伯母は、この結婚をどう思っただろう？　レノーのことを認めてくれた？　レジー伯父に対する高飛車な態度にはいやな顔をするはずだ。それは間違いない。ベアトリスは良心がちくりと痛むのを感じた。今日、わたしはとんでもない間違いを犯してしまったの？

そう思ったとき、レノーが部屋に入ってきた。ベアトリスは低い声でクイックに退室を命じた。ベアトリスは伯爵夫人の部屋に移っていた。レノーの母親が亡くなって以来、使われていなかった部屋だ。伯爵の部屋は今もレジー伯父のものだったが、それは名目上のことだった。というのも、今夜伯父は家を空けていたのだ。伯父の留守中に、レノーが主寝室を自分のものにするのではないかとも思った。だが、彼はそうしなかった。

これもレノーの行動としては意外だった。

レノーは濃い金色のガウンの下にシャツとブリーチだけを身につけて、ベアトリスに近づいてきた。その服装に、あごのそばで揺れるイヤリングと飛ぶ鳥の刺青が相まって、どこか異国の王子のように見える。大量の絹の枕の上でくつろぎ、黒髪の美女にハーレムを作らせているような王子だ。その想像に、ベアトリスは気後れを感じた。わたしはハーレムの美女にはなれない。

そんなことを考えていたせいか、声が少しうわずった。「ワインとビスケットと、あと砂糖菓子が暖炉のそばのテーブルにあるわ。ワインを注ぎましょうか？」

「いや」レノーはゆっくり頭を振り、ベアトリスに近づいた。「欲しいのはワインじゃない」

「まあ」まあ、どうしましょう。ここは何か気の利いた一言を、経験の乏しい世間知らずの淑女だと思われないような何かを言わなければ。

レノーの口角が跳ね上がり、異国の王子は危険さを増した。ベアトリスは一歩後ずさりし、ベッドで腰を打った。

「緊張してるのか？」レノーはたずねた。何気ない調子を装ったのだろうが、いかにもわざとらしく聞こえた。

「いいえ」ベアトリスはそう答えたあと、ここは正直に言わなければならない気がして、前言を撤回した。「ううん、違うわ。確かに、少し緊張してる。わたし、自分から誘惑するようなタイプじゃないから」

「そうなのか？」

「そうよ」ベアトリスは辛辣とも呼べる口調で言った。「わたしは現実的だし、謎めいたところがまったくないから、男性が群がってきたことなんてないの」

レノーは眉を上げたが、刺青やら何やらのせいで、いかにも邪悪そうに見えた。

「素朴な若者に褒めそやされたり、恋に絶望した男にひれ伏されたりはしなかったのか？」

ベアトリスはたじろいだ。「なかったと思うわ。平凡なイギリス女だもの」

「ああ、よかった」レノーは言い、突然ベアトリスのそばに寄ってきた。シュミーズとガウン越しにも体温が感じられるほどだ。「きみの内側に秘められたすてきな部分を見た男がいなくてよかった。もしほかに男がいたら、そいつを殺していたかもしれない」

レノーは軽い口調で言ったが、その言葉の奥に潜む凶悪さに、ベアトリスは身震いした。これはただ、結婚初夜に花嫁を誘惑しているだけ？　それとも、何らかの本音を言っているの？

この人は本当にわたしに惹かれているの？

ああ、そうだったらどんなにいいか！　自分が自分というだけで、ほかに何の理由もなく求められるのは、ベアトリスが欲してやまないことだった。だが、レノーが下を向き、ベアトリスの首のつけねに唇を寄せてくると、そんなことは考えられなくなった。その感触は妙で、くすぐったくもあり、官能的でもあった。肩から太ももの間にかけて、戦慄が駆け下りるのを感じる。どうしよう、肩にキスされただけでこれなら、この先が思いやられる。触れられただけで切望の塊になってしまうなら、結婚生活において対等でいられるだろうか？

無理だ。平凡なイギリス女である自分を何とかして、別の形にする必要がある。愛していると言葉でレノーに告げることはできなくても、体でそれを示せばいいのだ。

その思いを胸に、夫に手を伸ばした。手はガウンの絹をすべり、その下の体温を感じた。前回は服を脱がすよう命じられた。今回はその指示は待たない。ベアトリスはレノーのガウンを肩から外した。レノーは今も首筋にキスをしていたが、ベアトリスの動きに喉の中でうなり声をたてた。

ベアトリスはその反応に背中を押された。

次はシャツのボタンを外し、広い胸と再会できたことを喜んだ。レノーの胸はすてきだ。

広くて筋肉質で、浅黒い日焼けが今も残っている。ベアトリスは彼に腕を上げさせ、シャツを引き上げて脱がせた。ゆっくりと、誘惑するように動いているせいかもしれないが、今回は彼の背中に、前回は気づかなかったものを感じた。シャツをガウンのそばに放り、脇腹から背中に沿って手を這わせる。そこはぶつぶつと盛り上がっていた。これはおかしい。ベアトリスは顔をしかめ、指でそれを探った。まるで……。

レノーに手をつかまれ、背中からどかされた。彼はその手をふたりの体の間に入れ、情熱的にキスをした。舌が口の中に押し入ってくると、ベアトリスは唇をすぼめてそれを吸った。レノーが手を放してくれたので、胸をなで回し、肌の感触を堪能する。その手は下に下り、ブリーチのウエスト部分に触れた。手探りでボタンを探したが、レノーが両手で胸のふくらみを愛撫してくると、その作業は難しくなった。

ベアトリスは息を切らしながら、唇を引きはがした。「それ、わたしの気をそらすためでしょう」

「それって、これか？」レノーはとぼけた調子でたずね、胸の先端をつまんだ。

「もう！」ベアトリスはブリーチの前のボタンを上からふたつ外し、指を中に入れて、硬いものに軽く触れた。

レノーは声を殺して悪態をつくと、突然ベアトリスを押しのけて、ブリーチと下着を脱いだ。「続きはベッドでしょう」

レノーは後ろ向きに歩いて、ベアトリスを引き連れてベッドに向かい、枕の上に横たわった。ベアトリスは彼の隣に這い上がり、膝をついて座った。レノーは両腕を伸ばし、頭の下で曲げた。腋毛は黒くて濃く、上腕には筋肉が盛り上がっている。その光景に、ベアトリスは腹が熱くなるのを感じた。視線を下にやる。男の部分はぴんと伸びていたが、まだ完全にふくらみきってはいない。前回愛を交わしたときは、レノーの指示でそこを探った。だが、今度は自分のしたいようにしてみたかった。

軽く身を屈めてさすると、それは返事をするようにぴょこんと動いた。レノーがしっかり触られるのが好きなのはわかっていた。前回、自分でそう言っていたのだ。ベアトリスはふくらんだ頭部の真下を、親指と人差し指で太さを測るように握った。

ベアトリスの下で、レノーが身じろぎした。「こっちにおいで」

ベアトリスは彼に、今や自分のものとなった大柄な男性の上に這い上がり、手が顔に届くと、両手で包み込んでキスをした。経験はレノーを気難しく、時には残酷とも呼べる人間にしたが、生きて戻れたのもその経験のおかげなら、それは喜ぶべきことでもある。

ベアトリスはレノーに深くキスをしながら、彼の上で動き、レノーはベアトリスの体を好きに動かした。脚を開かせて腰にまたがらせ、その脚を引っぱって、ベアトリスを自分の上に座らせる。ベアトリスは体を起こし、問いかけるような顔をすると、レノーはうなずいた。

「上で動いてくれ」

ベアトリスは起き上がってシュミーズを脱ぎ、レノーと同じく裸になった。これはふたりの結婚の仕上げであり、ベアトリスは神の目の前で、対等な存在として夫に接したかった。

身を屈めると、濡れた合わせ目がレノーの硬いものに触れた。

ベアトリスはレノーを見た。「今度はあなたの番よ。わたしの中に入れて」

レノーはベアトリスと目を合わせてから、ふたりの間に手を伸ばし、右手を添えてベアトリスのそこに当てた。

「こんなふうに？」レノーはたずね、ベアトリスは最初の刺激を、頭部が侵入してきた部分が押し広げられ、開いていくのを感じた。

「そう、そんなふうに」レノーの動きにすっかり心を奪われ、ささやくように言う。

レノーの唇が引き結ばれた。

軽く前かがみになって彼の肩をつかむと、レノーはぐいと突き立て、とたんにそれは根元まで収まった。ふたりはつながった。体と誓いによって結びついた。そう思うと体が少し震え、ベアトリスはレノーの目を見つめた。この人も、今この瞬間を重要だと感じているかしら？　それはわからなかった。彼の目は黒くて底知れず、表情を読むことはできなかった。

「上で動いてくれ」レノーはもう一度言った。

ベアトリスは言われたとおりにした。そろそろと腰を上げ、自分の深みからレノーを抜いていったあと、腰を落として再び中に迎え入れると、あえぎ声がもれた。レノーの目は半開きになり、上唇がめくれて歯が見えた。大きな手のひらで胸を包まれ、親指で乳首をもてあそばれて、目を閉じてしまいたい衝動と闘う。この点は重要だった。これは神聖な意味を持つ行為なのだから、隅々まで意識しておきたい。

ベアトリスはレノーに腰をすりつけながら、前のめりになってペースを速めた。あれが、あの途方もない至福がもうすぐやってくる。体がこわばるのを感じながら、解放に向かって腰を動かす。レノーのそれは硬くてなめらかだった。ベアトリスは腰を回しながら、割れ目を彼にすりつけ、快楽を与えると同時に快楽を受け取った。レノーは頭をのけぞらせ、目を半開きにしている。ベアトリスがすばやく身を乗り出して乳首をなめると、彼はうめいた。知的な黒い目の焦点が合わなくなってくるのがわかる。口が開き、叫び声がもれた。レノーの体が下でのけぞり、ぴんと張った弓のようになると、ベアトリスは彼の肩を押さえて自分が座る位置を保ちながら、ひくひくと痙攣し、甘美なる快楽を腹の中にほとばしらせた。波打つ彼の胸に倒れ込み、口を開いて肌の塩気を味わう間に、新たな波が押し寄せてくるのを感じた。目を閉じ、たくましい首に顔を埋める。

これでほぼ完成した。

ベアトリスはレノーの上に横たわり、自分の下で彼の胸が上下するのを感じていた。このまま永遠に、幸せな余韻に身を浸していたかったが、いずれ外の世界が割り込んでくるのはわかっている。そこで、レノーがシャツを脱いだとき、先延ばしにしていた質問を投げかけた。

「背中の傷はどうしたの？」

レノーがごまかしたことにベアトリスが気づいていたのは当然だったが、それでも質問が飛んでくると、レノーはショックを受けた。一瞬、無視しようか、質問の意味がわからないふりをしようかと考えた。だが、ふたりは夫婦になったのだ。ベアトリスにはそのうち見られるだろうし、運がよければ結婚生活はこの先も長く続く。

そこで、レノーは覚悟を決めて言った。「一度だけ話すが、二度とその話はしたくない。それでいいか？」

ベアトリスはふくれっつらをするだろう――それどころか、この辛辣な口調に傷つくかもしれない――と思ったが、彼女はあの大きな灰色の目でレノーを見ただけだった。「わかったわ。見てもいい？」

レノーは顔をしかめて目をそらしたあと、突然寝返りを打ってベアトリスに背中を向けた。

ベアトリスは息をのみ、黙り込んだ。

レノーは目を閉じて、ベアトリスが目にしたものを思い浮かべた。たった一度だが、自分でも鏡で見たことがあるため、背中が傷だらけであることは知っていた。

レノーはベアトリスのほうに向き直ったが、目は閉じたままだった。「ガホの家族に入って、二度目の夏のことだ」

「話して」ベアトリスは簡潔に言い、レノーは目を開けて、自分を見る彼女を見た。ベアトリスの顔はしわひとつなく、純粋で美しく、金髪は今も後ろにひっつめられている。胸はシーツで覆っているが、白い肩はあらわになっていた。

レノーはうつむき、ベッドカーテンを見つめた。

「あの地域の夏は気温がとても高くなる。暑くてじめじめしていて、どうやらそのせいで、わたしは肺をやられてしまったんだ。熱と下痢で衰弱した。ガホや家族の女性たちが看病してくれたが、意識がない日も何日かあった」

「それで、何があったの？」

レノーは息を吸った。「ガホが祝祭に参加するために、野営地を離れたんだ。娘をふたりともと、その夫たち、自分の夫を連れていった。わたしは旅ができるような体調ではなかった。わたしと数人の老人、女性の奴隷がひとり、そしてサスタレツィだけが残った。サスタレツィは、ガホ一家が訪ねる部族の首長と喧嘩をしたからだと言っていたが、本当はわたしを殺すのが目的で残ったんだと思う」

ベアトリスは何も言わなかったが、レノーの手をぎゅっと握った。

「サスタレツィは夜にわたしを襲いに来た。わたしは拘束されていたし、熱でまだ弱っていた。勝てる見込みはなかったが、とにかく抵抗した。あいつの手に落ちたら、命がないことはわかっていた」

「でも、抵抗したのに捕らえられたのね？」ベアトリスはそっとたずねた。

レノーはうなずいた。言葉が喉につかえ、胸が痛んで、息ができなかった。男の手が喉にかけられる感触、相手を追い払うほどの体力はないという自覚。

「レノー？」ベアトリスが呼ぶ声が聞こえた。「レノー、もういいわ」

「いや」レノーはあえいだ。「いや。この話は今して、これっきりにしたいんだ」

ベアトリスは黙って両手でレノーの手を包んだ。

「あいつはわたしを殺すつもりだった。わたしが許しを乞うまで拷問し、火あぶりにするつもりだったんだ」

「でも、あなたは死ななかった」ベアトリスは言った。せっぱつまっているような声だ。

「助かった」

「ああ、助かった」レノーは言った。

「何があったの？」

「ガホと家族が戻ってきたんだ」レノーは簡潔に言ったが、その言葉ではとうてい、あの出来事に感じた驚きを伝えることはできなかった。「ガホはあとで、夢を見たと話してくれた。わたしの夢を見て、祝祭に行くのをとりやめて家に戻ってきた」

「ガホはどうしたの？」ベアトリスはたずねた。

レノーは唇をゆがめた。「わたしの命を救ってくれた。朝になるとナイフを手渡して、わたしにやるべきことを命じた」

「何をしろと言われたの？」

「サスタレツィを殺せと」レノーは言った。「わたしは弱っていた。大量出血と体調不良に苦しんでいたが、それでもあいつを殺さなければならなかった」

「そして、あなたは勝った」

「ああ、わたしは勝った」レノーは言ったが、勝利感はまるでなかった。

ベアトリスはため息をつき、レノーの肩にもたれかかった。「よかった。あなたが生きていてくれてよかった」

「そうだな」レノーは低い声で言った。「わたしもそう思う」

もしあのとき死んでいたら、今ベアトリスを腕に抱くこともなかった。それだけでも生きていてよかったと思う。目を閉じ、妻の柔らかなぬくもりを、自分を包む女性と花の香りを感じた。彼女の息づかいが落ち着き、深い寝息になるのを聞きながら、この瞬間をこの女性を経験できたことに感謝した。

そう考えれば、今まで起こったどの出来事にも価値があるのかもしれない。


「新婚の男にしてはやけに早起きだな」一週間後の朝、ヴェールは快活に言った。「さては昨日の晩寝すぎたんだな」

ヴェールの反対側を歩いていたサミュエル・ハートリーが鼻を鳴らした。三人は立ち聞きされるのを避けるため、華やかなロンドンの街路を歩いていたが、風が冷たいせいで早足になっていた。

レノーはふたりに向かって顔をしかめた。こんなに天気のいい朝に、温かなベッドで眠る新婚の妻を残してまで、ふたりの道化と相談しにやってきたというのに。

レノーが払った犠牲を、ふたりは評価もしてくれないのだ。「必要なら助言するよ」ヴェールは人まねカラスのように愚かしい口調で続けた。「幸せな結婚生活のすばらしさについて。少なくとも、わたしにはできる」

ヴェールは問いかけるようにハートリーを見た。

「わたしもだ」ハートリーは答えた。幅広の口は引き結ばれているが、その顔はなぜか笑っているように見える。

「妹の夫であるきみがそう言ってくれるのは嬉しいね」レノーはとげのある口調で言った。

ハートリーは表情こそ変えなかったが、体には少し力が入ったようだった。

「ご心配には及びません。エメリーンのことは大事にします」

「それはよかった」

「まあ、まあ」ヴェールが子供部屋の乳母を思わせるような、甘ったるい声で言った。「この男のことは、エメリーンをたぶらかしたときにわたしがぶん殴ってやったから」

レノーは眉を上げた。「本当に？」

「嘘ですよ」嬉しそうにうなずくヴェールを尻目に、ハートリーは淡々と言った。「わたしがヴェールを階段から突き落としたのです」

ヴェールは口をすぼめて上を見た。「わたしには覚えがないが、あの出来事に関するきみの記憶が定かでないのは仕方ない」

「おい、それはだな」ハートリーは静かに口を開いたが、その声には面白がるような調子がにじんでいた。

「ふたりとも」レノーは言った。「そろそろ本題に入ろう。わたしは結婚してまだ一週間なんだ。帰りが遅いと、愛しの妻がしびれを切らしてしまう」

「そうだな」ハートリーは真顔になってうなずいた。「ヴェール、最後に会ったとき以来、新たにわかったことは？」

「スピナーズ・フォールズの裏切り者は貴族だという噂がある。それから、母親はフランス人だという噂も」ヴェールは歯切れよく言った。

ハートリーは首を傾げた。「その情報はどこから？」

「マンローだ」前回ヴェールに会ったときに聞いていたので、レノーは説明した。「ひとつめの情報はフランスの仕事仲間から。ふたつめは――」

「ハッセルソープに聞いたんだ」ヴェールは言った。「ただ、マンローがその情報をわたしに教えてくれたのは、一カ月ほど前になってからだ」

ハートリーは不思議そうにヴェールを見た。「どうして？」

ヴェールは気まずそうな顔になった。

「わたしが理由だろうな」レノーは言った。「わたしの母親はフランス人だ」

「なるほど」ハートリーはうなずいた。

「わたしがすでに死んでいるのなら、わたしの名に疑いをかけても仕方ないと思ったんだろう」レノーはさばさばと言った。「でも、わたしが死んでいなかったとなると……」

「生き残りの中で、ほかにフランス人の母親を持つのは誰かということになる」ヴェールは厳しい表情で言った。「その人物が裏切り者というわけだ」

「でも、該当者はほかにいない」ハートリーは言った。

レノーは顔をしかめた。「もし、わたしだと言いたいなら――」

「馬鹿なことを」ハートリーはぴしゃりと言った。「いいですか。生き残ったのはあなた、わたし、ヴェール、マンロー、ウィンブリー、バロウズ、ネイト・グロウ、ダグラス……わたしはその全員と話をしています」

「そうだな」ヴェールは言った。「その全員がロンドン出身で、先祖代々イングランドに住んでいる者ばかりだったはずだ」

「ソーントン、ホーン、アレン、クラドックは死んでいます」ハートリーは続けた。「でも、彼らのことも徹底的に調べました。母親がフランス人という者はいなかった。つまり、生き残った者の中に該当者はひとりもいないんです」

「では、戦死した者の中にいるのかもしれない」レノーは低い声で言った。「筋は通らないが」

「その中に母親がフランス人という者はいたか？」ヴェールはたずねた。

「クレモンスの義理の妹がフランス人だった」ハートリーは考え込みながら言った。

「そうなのか？」ヴェールは目をみはった。「全然知らなかった」ハートリーはうなずいた。「一度、本人が言っていたんだ。弟の奥さんがそうだが、すでに死んでいる」

「どっちにしても条件に合わない」レノーはいらいらと言った。「ほかに考えられるのは、マンローの情報提供者が間違っている可能性だな」

ハートリーは首を傾げた。

「マンローと話して、何か覚えていることはないかきかないと」レノーは言った。

「数週間前、使者は送った」ヴェールは言った。「でも、返事が来ないんだ」

レノーはうなった。マンローは確かに世捨て人として知られているが、彼の記憶も必要なのだ。これでは、ベアトリスを連れてスコットランドに向かうことになるかもしれない。

だが、まずは片づけなければならない大事な問題が押し迫っている。

「明日、議会の特別委員会で申し立てを行うことになっている」レノーはふたりに言った。

「ブランチャード伯爵の爵位を取り戻すためにね。そこで、きみたちに頼みがあるんだ」

ヴェールは眉を上げた。「もちろん、力になるよ。何をするつもりだ？」

レノーはあたりを見回し、自分たちの会話に耳をそばだてている者がいないのを確認してから言った。「実は、考えが……」


ベアトリスは製本用の道具を注意深く並べた。新しい課題に取りかかるときは、いつもわくわくする。ばらばらになった古い本を修復するのも、単なる紙束だったものをすてきな本にするのも、期待に胸が躍った。実際、それは芸術とも呼べるものだ。だから、道具や素材もていねいに扱う。きれいに並んださまざまなサイズの骨べら、小さな箱に入った針、作業机に整列した糸巻き。あとで模様入りの紙と子牛革の在庫を調べなければならないが、今は裁断し、折って、綴じることに集中すればいい。

とても満ち足りた気分で、ひとりで低く鼻歌を歌いながら作業をしていたため、ホールの時計が鳴り、もうすぐ夕食時だと気づいたときは驚いた。ホールから足音と男性の声が聞こえてきたので、首を傾げ、夫の声がしないかと耳をそばだてる。自分用の小さな居間のドアが開くと、顔を上げた。

「ああ、ここにいたのか」レノーは言い、部屋に入ってきた。

ベアトリスはにっこりした。夫を見ると、馬鹿みたいに笑わずにはいられなかった。結婚して日が経つごとに、ますますレノーに惹かれていく。そのことが不安だった。レノーはまだ愛しているとは言ってくれないし、寝室でふたりきりのとき以外は愛情表現もほとんどない。もしかすると、上流社会の結婚ではそれが普通なのかもしれない。紳士の大半が愛情を示すのが苦手なのかもしれない。

ああ、そうだったらどんなにいいか。

ベアトリスはやみくもに作業机に視線を落とした。「ヴェール卿との時間は楽しかった?」

「楽しかった、というのはしっくりくる表現ではないな」レノーは机のそばにやってきた。

「これは何だ?」

「レディ・ヴェールに頼まれて製本をしているの」ベアトリスはレノーを見上げた。「あなたの妹さんにあげるのよ。お宅の乳母《ナニー》が、あなたたちが子供のときに読んでくれた本らしいわ」

「そうなのか?」レノーはベアトリスの肩越しに、ベアトリスが綴じているページをのぞいた。「何と。ロングソードの物語じゃないか」驚きの笑みが顔に広がった。「わたしのお気に入りの物語だ」

「じゃあ、うちにも一冊作ろうかしら」ベアトリスは軽い口調で言った。

「なぜだ?」

「それは……」ベアトリスは手元に視線を落とし、注意深く綴じ糸を引いた。「もちろん、わたしたちの子供のためよ。あなたも自分が子供のときに楽しんだ本を、子供に読んであげたいかと思って」

レノーは肩をすくめた。「きみがそうしたいなら」

ベアトリスは鼻にしわを寄せ、強く顔をしかめて、愚かにも込み上げてきた涙がこぼれないようにした。そっけない口調に傷つくなど、子供じみた反応だ。息を吸う。「ヴェール卿と何を話したの?」

「爵位のことだ」レノーは言った。「忘れているかもしれないが、明日取り戻すつもりでね」

「そうだったわね」ベアトリスはせかせかと道具を操った。レノーの口ぶりは確信に満ちていたが、彼が狂気に陥っているという噂は今もロンドンの街を飛び交っていた。

「爵位を手にした暁には、この屋敷はわたしだけのものになる」

「レジー伯父様とわたしも置いていただけると助かるわ」ベアトリスは努めて軽く言った。

「くだらないことを言うな」レノーは顔をしかめた。

「くだらなくなんかないわ」ベアトリスは言い、強すぎるくらい糸を引っぱった。「ただ……」

「何だ？」レノーはぴしゃりと言った。

ベアトリスは道具を置いてレノーを見て、深く息を吸った。「あなたは爵位やお金や土地、つまり自分が失ったものを取り戻すことで頭がいっぱいだわ。確かに気持ちはわかるけど、それでも考えることはほかにあると思うの」

「何が言いたい？」レノーはたずねたが、その顔は険しく、しわが刻まれていた。

ベアトリスはあごを上げた。「伯爵になったら何をするか考えたことはある？」

「地所を管理し、投資に携わる」レノーはいらいらと手を振った。「ほかに何をしろと言うんだ？」

ベアトリスは作業机に片手を置き、端をつかんだ。この人、怒ったら本当に上からものを言うのね！「伯爵になれば、世の中に役立つことがたくさんできる――」

「そのつもりだ」レノーは言った。

「本当に？」ベアトリスの声はきつくなったが、構っていられなかった。レノーはベアトリスも、ベアトリスの考えもあっさり退けようとしている。「本当に？　あなたが口にするのは自分の屋敷や自分のお金、自分の土地のことばかり。そういうものを手に入れたあと、どういう人生を送るかについて考えたことはないの？　貴族院の議員になるのよ。議会で議案に投票することができるし、望めば自分で議案を提出することだってできる」

「ベアトリス、子供に言い聞かせるような口調はやめろ」レノーはぴしゃりと言った。「いったい何が言いたい？」

「明日提出される議案があるわ」ベアトリスは勇気がしぼんでしまう前に言った。「ミスター・ホイートンの軍人恩給の議案よ。イギリス軍を除隊した兵士のために、路上で物乞いをしなくてすむだけの恩給を――」

レノーはもういいというふうに手を振った。「今はそんな時間は――」

ベアトリスは手で机をばんとたたき、本が床にすべり落ちた。レノーは振り向き、驚いた顔でこちらを見た。

ベアトリスはすっくと立ち上がった。「レノー、いつになったらその時間ができるの？いつ？」

「言っただろう」レノーは冷ややかに言った。「爵位が確保できてからだ」

「そこからいきなり、ほかの人のことを気にかけるようになるの？　そういうことなの？」

ベアトリスは震え始めた。この議論にはもはや、ミスター・ホイートンの議案は関係なかった。何かもっと大きな話になっていた。「教えて、レノー、あなたはわたしを愛しているの？」

レノーは首を傾げ、警戒するようにベアトリスを見た。「なぜ今そんなことをきく？」

熱い涙が目を刺したが、ベアトリスは目を見開き、レノーを見据えた。

「あなたは長い間、感情を厳しく抑えつけてきたせいで、その手をゆるめる方法がわからなくなったと思うからよ。ほかの人のことなんて、いつになったって少しも気にかけられないと思うわ」

そう言うと、居間から出ていった。

15

セレニティ王女は恐怖に縮み上がったが、ロングソードは片膝をついても、ひるみはしなかった。竜の突撃に鋼の刃で立ち向かい、一度、二度、三度と強力な剣を振るう。ついに砂埃が収まり、あたりが再び静まり返ると、巨大な竜は倒れ、ロングソードの足元で息絶えていた。しかも、死んだ竜は醜い老婆の姿になっていた。邪悪な魔女本人が竜に化けていたのだ。さてと！　王女は大喜びだった。国王である父のもとに駆け寄り、いましめを解く。ロングソードが邪悪な魔女を倒したと知ると、国王はたいそう喜び、ひとり娘である王女との結婚を褒美として与えることにした。かくしてロングソードは第一王女と結婚した……。

『ロングソード』より

レノーがベッドに入ってきたのは、真夜中をゆうに過ぎてからだった。ベアトリスは横たわったまま動かず、眠ったふりをしていた。夫が望めば愛の営みを許すのが妻の務めだが、今はまったくその気になれない。喧嘩をしているからだ。ぶしつけなことを言ったのだから、レノーは腹を立てているだろうが、それでも言わずにはいられなかった。

わたしは自分のことしか考えられない男性と結婚したんだわ。

暗闇を見つめ、静かにゆっくりと息をする。吸って、吐いて、リズムが乱れないようにし、深く眠っているふりをする。レノーが服を脱ぐ音――衣ずれの音と、何かにぶつかったらしく低い声でぶつぶつ言う声――を聞きながら、これまで感じたことのないほどの孤独を感じていた。

レノーはろうそくを吹き消し、ベッドを沈ませ、揺らしながら入ってきた。ベアトリスの肩の上で上掛けが引っぱられ、レノーが引き上げたのがわかる。やがて、彼は身を落ち着けたようだった。ベアトリスは暗闇を見つめた。時は刻々と過ぎ、やがてレノーは眠りについたように思えた。

だが、そのときレノーが言った。「ベアトリス」

ベアトリスは動かなかった。

レノーはため息をついた。「ベアトリス、起きているんだろう」

ベアトリスは唇を噛んだ。狸寝入りを続けるのは馬鹿げていると思ったが、今レノーに返事をすれば、そもそも寝たふりをしていたのを認めることになる。

「失望させたのはわかっている」レノーは静かに言った。「もしきみに選択権があれば、わたしはきみが選ぶような男じゃないこともわかっている」

ベアトリスは上掛けに指を食い込ませたが、声は発しなかった。

「でも、きみの夫はわたしで、その事実は動かせない。その中で何とかやっていくしかないんだ」レノーはしばらく黙っていた。「今夜はわたしに腹を立てているかもしれないけど、せめてそばに来てくれないか？　くそっ、きみを抱いて眠ることに慣れてしまったんだ」

仲直りの申し出としては、あまり説得力のある言葉ではなかったが、それでもベアトリスは心を揺さぶられた。それに、口論のきっかけを作ったのは自分だ。完璧でないとわかっている男性と結婚を決めたのも自分だ。本当なら、自分が仲直りの手を差し伸べなければならなかったのだ。ベアトリスは寝返りを打ち、レノーのそばに行った。

「これでいい」レノーはあくびをし、ベアトリスに腕を回してそばに引き寄せた。「すごく柔らかくて温かいよ」彼はしばらく黙っていた。呼吸が深くなっていく。やがて、眠そうにつけ加えた。「髪の匂いも好きだ」

レノーの呼吸音が大きく響くようになり、眠ったのがわかったが、ベアトリスはまだ起きていた。耳元でゆっくりと力強く打つ夫の心臓の音と、心休まる息づかいを聞く。そのとき突然、そしてはっきりと、最後の煉瓦が壁にはまるように、自分は彼を愛していると悟った。この風変わりな、怒れるエキゾチックな男性を。わたしひとりで、ふたり分愛せるかしら？

ベアトリスは長い間その疑問について考えていたが、何の答えも出せないまま眠りに落ちた。

背中に温かな手が這う感触に、目が覚めた。手は力強くしっかりと下りていき、シュミーズの下のヒップに差しかかった。ベアトリスは大きなベッドに横向きに寝そべり、レノーに背を向けて、上掛けと彼の体に包まれたまま、まだ半分は眠っていた。湿った息が首にかかるのが感じられる。片腕は体の下側に入り込み、もう片方はヒップをなでていた。背中に覆いかぶさるレノーは大きくて熱く、ベアトリスを包み込んで守っていた。彼のぬくもりと匂いに抱かれているかのようだ。

夢うつつに、背中でレノーが動くのが感じられ、硬いこわばりが執拗に主張してきた。ベアトリスは小さく息をつき、枕に顔を埋めた。夜明けの薄闇に包まれる室内で、ベアトリスはレノーを求め、必要としていた。たとえ、レノーが求めているのがベアトリスの体だけだったとしても。そう思うと悲しくなったが、その思いは脇に押しやった。彼だけを感じたい。何も考えず、何も思い悩まずにすむように。

レノーはベアトリスの膝の下に手をかけ、曲げさせて脚を開かせ、自分が作った空間の中に入り込んだ。さっきよりも大きくなったこわばりが、熱く執拗に、ヒップに押しつけられる。それがするりと前に動いて、ベアトリスの女の部分に触れた。そこは濡れ、レノーはぴたりとそこに収まっていた。ベアトリスのその部分にいるのが当然であるかのように、寸分の狂いもない。それは合わせ目をすり抜け、頭部で女の芯をなぶった。その衝撃に圧倒され、ベアトリスは突然息を乱した。あとは、この人がわたしを愛してくれさえすれば、完璧なのに。

だが、そのことは考えないようにした。

レノーの手はヒップをなで回し、前に回って縮れ毛をもてあそんで、核となる部分を押さえた。背後では男の部分をゆっくりと、官能的に愛撫するように引いたあと、ベアトリスの中に自らを刻みつけ、押し入った。

ベアトリスはうめき、頬のそばにある手に指を絡ませた。突然、耐えられなくなった。鋭い情欲が、彼を愛しているという新たな自覚と混じり合う。ほろ苦い涙が目を刺した。

レノーはベアトリスの指を握り、軽く腰を突き出したが、この体勢だと、彼のそれは驚くほど大きく感じられた。ベアトリスは口を開いて声にならないあえぎ声をあげ、舌に涙の味を感じながら背中を少しそらした。レノーはゆっくりだが執拗に、しっかりと突き、少しずつ、どうしようもなくベアトリスを満たしていった。ベアトリスは上になっている脚を少し上げ、レノーのふくらはぎに引っかけた。彼はすっぽり収まり、ベアトリスは奥まで押し広げられた。目を閉じて、降伏するように、背後のレノーに向かって頭をのけぞらせる。彼はベアトリスの中に根元まで収まったまま、開いた唇を首筋に這わせた。

そして、手を動かした。指を広げて女の部分を覆い、恐ろしいほど正確に、感じやすい蕾を中指で押さえる。

ベアトリスはヒップを突き出し、レノーに押しつけた。「レノー」

「しいっ」レノーはベアトリスの首筋にささやいた。

レノーは腰を引き、ベアトリスの中心部の壁をこすったあと、勢いよく押し入った。ベアトリスはすべり落ちないよう、ベッドに片手をついた。レノーは再び腰を引いては突き出し、ベアトリスはあえいだ。

「しいっ」レノーは背後の見えないところで、誘惑するようにささやいた。ざらついて濡れた舌が首筋に感じられる。

レノーは再び動き始めた。しっかりと、容赦なく。どの動きもそれぞれに刺激的だった。ベアトリスは目を閉じ、唇を噛んだ。腰を突き出したい。レノーに腰を押しつけて、動きを速めて爆発したい。けれど、太ももに埋もれたあの勝手知ったる手が、ベアトリスを固定し、縛りつけていた。レノーの好きなように、自分自身とベアトリスを喜ばせられるように。

レノーは腰をすりつけて奥まで入り込み、やがてベアトリスは濡れたところに彼を感じながら、体を大きく開いて次の動きを待った。

「お願い」割れた声でささやく。

「しいっ」レノーはベアトリスの耳たぶに歯を立て、警告するように噛んだかと思うと、腰を引いて再び勢いよく押し入った。

ベアトリスは息をのみ、心臓は動きを止めた……壊れてしまったのかもしれない。

レノーはベアトリスの中に大きく、雄々しく、強引にそれをねじ込みながら、ベアトリスのふくれ上がった芯に指を這わせ、こすったり突いたりした。

もう耐えられなかった。ベアトリスは今にも爆発し、大量の小さな破片となって飛び散って、生きている間は二度と元に戻らない気がした。二度と元の自分にはなれないのだと。頭を振り、枕の上ですすり泣きながら、握り合わせたふたりの手に頬を押しつける。

「ベアトリス」レノーは低く、誘うようにベアトリスの耳元でつぶやいた。「ベアトリス、いってくれ」

言われたとおり、ベアトリスは絶頂に達した。叫び、震え、体をほてらせ、その先を求めながら。たとえレノーには必要とされなくても、ベアトリスには彼が必要だった。

レノーは男の部分で重く、執拗に攻め込んだ。突き立て、激しく打ちつけると、ベアトリスの体内に混じりけのない快感の閃光が弾け、血管を駆け巡って、内なる太陽のように照り輝いて手足を照らし出した。

レノーはベアトリスの肩に噛みついて激しく震え、ベアトリスは彼の炎が自分の中にあふれ出すのを感じた。それはベアトリスの光と出会って混じり合い、ひとつの烈火となった。


ベアトリスが次に目覚めたときは、窓から日光が差し込んでいた。ベアトリスは横たわったまま、レノーが鏡台の洗面器で顔を洗うのを見ていた。彼はまだ下着しか身につけておらず、動くと背中の筋肉が収縮し、傷跡が小刻みに震えた。

「囚われの身からどうやって逃げ出したのか、まだ話してくれていないわ」ベアトリスは静かに言った。

今さらそれを聞いてどうなるの？　わからない。おそらくどうにもならないのだろうが、それでもベアトリスは知らなければならなかった。

ベアトリスの声に、レノーは驚いた様子もなく振り返った。「起きたのか」

「ええ」ベアトリスは上掛けをあごまで引き上げた。上掛けの中は暖かく、ベッドではふたりのひそやかな匂いがほのかに混じり合っていた。起き上がって現実に直面することなく、一日中この中で過ごせたらいいのにと思う。今、この場所では、愛情に満ちた結婚生活を送っている気分になれた。

「話してくれる?」ベアトリスはそっとたずねた。

レノーは再び鏡台に向き直り、ベアトリスは拒まれたのだと思った。彼はかみそりと革の切れ端を手にし、かみそりを研ぎ始めた。レノーはとても優秀な近侍をつけているのに、身支度はほとんど自分でやっている。使用人に身の回りの世話をさせることに、まだ慣れていないのだろう。

「先住民の捕虜の大半は二度と家に戻ることはない」レノーは静かに言った。「彼らが捕虜のまま死ぬのは、主人の力が絶大だからではなく、本人が逃げる気をなくすからなんだ」

「意味がわからないわ」ベアトリスは言った。

レノーはうなずいた。「自分で直接経験しない限り、理解するのは難しい。前にも話したとおり、アメリカ大陸のあのあたりの先住民は、捕虜を自分たちの家族に迎え入れ、死んだ家族の一員の代わりをさせる」

「でも、本当の意味で家族と見なすことはないと言っていたわよね。捕虜が担う役は象徴的なものだって」

「ああ」レノーはかみそりを研ぎ終え、脇に置いた。「それも間違いじゃない。捕虜は猟などの労働を担っていた家族の一員の代わりとなって、その技能を補塡《ほてん》する」

「でも、それだけじゃないのね？」ベアトリスはたずねた。

「そういう場合もある」レノーは皿の上の石鹸を泡立てて顔に塗った。「毎日一緒に生活している人間を好きになるのは、人間にとって自然なことなんだろう。一族や家族で一緒に狩りをし、一緒に食事をし、一緒に寝る。とても親密な生活形態なんだ」

ベアトリスは何も言わず、レノーがかみそりを手にして、顔の片側の泡に最初の道筋をつける様子を見ていた。

「時には」レノーは静かに言った。「捕虜が本当に家族の一員になることもある。結婚し、子供を作るんだ」

ベアトリスは凍りついた。「あなたも先住民の奥さんをもらったの？」

レノーは洗面器の水でかみそりをすすぎ、ベアトリスのほうを見た。「いや。でも、それは結婚を許されていなかったからじゃない」

「話して」ベアトリスはささやいた。

レノーは首を傾げ、耳の脇の部分を細かく、慎重に剃った。気のせいかもしれないが、彼はその作業に時間をかけすぎているように見えた。「ガホは二度目にわたしの命を救ってくれたあと、ずいぶんわたしに好意を示すようになった。理由がわたしにあるのか、虫の知らせのように見たわたしの夢にあるのかはわからない。だが、どちらにしても、ガホはわたしがあそこの生活に満足できるようにしようと考えた。わたしが結婚して家族を持てば、それが逃走を企てない理由になることもわかっていた」

「あなたを自分に縛りつけようとしたのね」ベアトリスは言った。

レノーはうなずき、かみそりをゆっくりと磁器の洗面器に打ちつけた。「そのとおりだ。だが、問題があった。ガホの娘はふたりとも結婚しているし、あの部族には男性がふたりめの妻をめとることはあっても、女性がふたりめの夫を迎えることは決してないんだ」

「不公平ね」ベアトリスはそっけなく言った。

レノーの顔に笑みがよぎってすぐに消えた。「わたしが考えたわけじゃない」

「ふん」

レノーは鏡台に向き直って言った。「次の冬は病気とけがの治療に専念した。春になると、ガホはわたしの顔に自分が信じている神の絵の刺青を入れた。耳に穴を空け、自分のイヤリングをくれた。そうすることで、わたしが腕のいい猟師であること、一族の一員であること、自分が大事にしていることを示したんだ。そして、友好関係を結びたいと考えていた一族に伝言を送った。わたしとある戦士の娘との結婚を画策したんだ」

レノーのあごの筋肉がぴくりと震えるのが見えた。「そうすることで、双方の一族は和睦し、味方同士になることができる」

「きれいな人だった？」ベアトリスは思わずきいてしまった。

「きれいだったよ」レノーは答えた。「でも、とても若くて、まだ一六にもなっていなかったし、わたしは結婚を望んでいなかった。妻子ができてしまえば、ガホとその一族にいっそう固く縛りつけられることになる。わたしは国に帰りたかった……そのことしか頭になかったんだ」

「それで、どうしたの？」

「何とかして、その娘と直接話せるようにした。建前上は禁じられていたが、わたしたちは婚約中ということだったから、年長者たちも見逃してくれた。その結果、その娘にはひそかにつき合っている男がいることがわかった。わたしと同じく、ほかから連れてこられた奴隷だ。そのあとは簡単だった。相手の男に、わたしが持っていた高価なものをすべてやった。二年間の捕虜生活の間に貯めた毛皮やら、こまごました装身具やらをありったけ。次の晩、将来の花嫁は恋人と行方をくらました」

「優しいのね」ベアトリスは言った。

「違う」レノーは顔に水をかけ、残っていた石鹸の泡を流した。「優しさはほとんど関係ない。わたしは逃げ出すと決めていた。家に帰り、元の生活を取り戻すと決めていた。その女性と結婚させられれば、今の生活になじみやすくなってしまう。本当の意味で、ガホの家族の一員になってしまう。二度とイギリスの土を踏めなくなってしまうんだ」

レノーは顔を拭くのに使った布を放り出し、ベアトリスを見た。その目は黒く、くっきりしていた。「実は、わたしのせいでガホと一族は皆殺しにされた」

「何ですって？」ベアトリスはささやき声で言った。

レノーはうなずき、苦々しげに唇をゆがめた。「チャンスが来たときに逃げ出すための貯蓄を作るのに、四年かかった。五年目、フランス人の商人が野営地を訪れるようになると、その男を少しずつ説得して、命の危険を顧みずわたしの逃走を手助けしてもらえるようにした。わたしはその商人について三日間森を歩き、彼の野営地にたどり着いた。そこで、ガホと敵対する一族が、彼女の一族を襲撃しようとしているという噂を聞いたんだ。わたしはひどく空腹で、疲れ果てていたが、それでも走って村に戻った。わたしを救ってくれた女性を、今度はわたしが救うために」

レノーは手に視線を落とし、指を曲げた。

「村はどうなっていたの？」ベアトリスはたずねた。この話は最後まで聞かなければならないと思った。

「遅かった」レノーは静かに言った。「全員死んでいた。若者も年寄りも。野営地は荒れ果て、煙を上げていた。わたしはガホを探した。横たわっている顔をひとりずつ見ていった」

「見つかったの？」ベアトリスはささやいた。

レノーはゆっくり頭を振り、その光景を覆い隠すかのように、目を閉じた。「ガホは見つかったが、それは服でわかっただけだ。死体をひっくり返すと、どんよりと生気のない茶色の目が、血まみれの顔からこちらを見上げてきた」

「お気の毒に」

レノーはさっと顔を上げ、厳しい表情になった。「気の毒に思うことはない。ガホはただの先住民のばあさんだ。わたしには何の意味もない存在だ」

「でも、レノー」ベアトリスは体を起こした。「ガホは自分を救ってくれた、息子みたいに接してくれたと言ってたじゃない。あなたはガホのことが好きだったんでしょう」

「きみにはわからない」レノーはナイフを手にして長い間見つめていて、これ以上話を続ける気はないかのように見えた。だが、やがて低い声で言った。「ガホと一族を襲撃したのは、五年前に和睦を試みた一族だったんだ。わたしが結婚するはずだった娘がいたところだ」

ベアトリスは息を吸い、何も言わず、ただレノーを見守った。

「もしわたしがガホを好きだったら、あの結婚を受け入れていただろう。ガホの村の安全を保証していたはずだ。でも、そうはしなかった。ガホの家族と過ごした年月の間に、わたしが目指していたのはただひとつ、国に帰ることだった。それより重要なことは何もなかったんだ」レノーはナイフをウエストのさやに収めた。「ガホを埋葬したあとは、何カ月もの間、森の中を、先住民もフランス人も避けながら歩き、やがてイギリスの領地に着いた。その道のりの一歩ごとに、わたしはこの自由を手にするためにガホとその家族を犠牲にしたのだと、自分に言い聞かせた」

「レノー――」

「いいから」レノーは鋭い目つきでベアトリスを見た。「きみが聞きたがったのだから、最後まで話をさせてくれ。わたしはほとんど金もなく友人もいなかった。港に着くと、乗船賃を稼ぐために、ロンドン行きの船の料理人として雇ってもらった」

「ここに来たとき、あなたは具合が悪くて熱があったわ」ベアトリスはささやいた。

レノーはうなずいた。「何カ月も森の中にいたときは、干し肉といちご類しか食べていなかった。人里にたどり着いたときには骨と皮だけになって、船の食事も栄養満点とは言いがたかった。船がロンドンに着くころには、わたしは水夫たちから何か病気をもらい、熱を出していたんだ」

「それでも生きて帰れたなんて、運が良かったわね」ベアトリスは真顔で言った。

「せっぱつまっていたんだ」レノーは言った。「もう一度イギリスの地を踏むまで、死ぬわけにはいかなかった。それに、船に乗ったときに、別の人間に仕えるのはこれで最後にすると誓ったんだ。もう二度と誰の捕虜にもならない、誰の意思にも従わないと。もう一度そんなことがあれば、死んでやると。もしそんなことになれば、ガホに無駄死にをさせたことになるからだ。言っている意味がわかるか?」

ベアトリスはレノーを、誇り高く堂々と立つ姿を見つめた。背中には捕虜生活でできた傷が刻まれ、顔の刺青が囚われの身として生きた年月を物語っている。それはつねに、どこに行くにも、何をするにもレノーについて回る。捕虜にされたことも、他人の意思には二度と従わないという誓いも、決して忘れることはない。彼は気難しい、鉄の意志を持つ人間なのだ。

レノーはうなずいた。「これで全部だ」

ベアトリスはごくりと唾をのんだ。少し胸がむかついていたが、レノーの前で弱いところは見せたくなかった。「ええ、わかったわ」

レノーはベアトリスに背を向け、部屋を出ていった。

ベアトリスはぼんやりと部屋を見回した。レノーの物語は想像よりも堪《こた》えた。なぜなら、これで本当にわかったからだ。レノーがベアトリスを愛することは決してないのだと。

わたしにあんな話をさせるなど、ベアトリスはどういうつもりなんだ？　レノーは階段を駆け下りて玄関ホールに向かった。わたしに何を望んでいるんだ？　わたしは思いやりのある夫で、気づかいのできる恋人ではないのか？　これ以上どうすればいいんだ？

しかも、なぜこの話を今日持ち出す？　胃がきりきりと締めつけられ、レノーは無意識にそこをさすりながら、玄関ホールを通り抜けた。意識を研ぎ澄まして、感情の浮き沈みに左右されることは避けなければならない。突然出ていったことに関しては、今夜埋め合わせをしよう。オーツが言っていた、ベアトリスが好きだという花を持っていくのだ。だが、今日は特別委員会への申し立てのための事務弁護士との打ち合わせがあり、それをすっぽかすわけにはいかない。

なおもベアトリスのことで頭をいっぱいにしたまま、タウンハウスの正面階段を下りていると、名前を呼ばれるのが聞こえた。振り向くと、過去に見た光景がそこにあった。アリスター・マンローがこちらに向かって歩いてくる。顔には先住民の儀式とわかる拷問の傷跡があった。

レノーはたじろいだ。

「ひどいものでしょう？」マンローはしゃがれた声で言った。

レノーはマンローをまじまじと見た。右頰はナイフと焼けた棒による傷跡で損なわれていた。黒い眼帯が片目を隠している。

「叫んだか？」レノーはたずねた。「いいえ」

マンローは首を横に振った。

「では、価値のある捕虜と見なされただろうな」レノーは言った。「もし救助されなかったら、死ぬまで拷問されたはずだ」

マンローは頭をのけぞらせ、かすれた声で笑った。「わたしに面と向かって、この傷のことをそこまでずけずけと言ったのはあなたが初めてです」

レノーはにこりともせず、手を振り動かした。「それは名誉の印だ。わたしの背中にも同じものがある」

「本当に？」マンローは考え込むようにレノーを見た。「六年もの捕虜生活を生き延びられたとは、相当の曲者だったんでしょうね」

「まあ、そんなところだ」レノーはうなずいた。「ヴェールにはもう会ったか？」

「ええ、会いました。そこで、あなたがわたしに頼みがあると聞いたものだから」

「ご親切に」レノーはにっこりした。「実は、やってもらいたいことはふたつある。説明するよ……」

ハッセルソープは馬車に乗り込み、杖で天井をたたいて御者に指示を出した。座席にもたれ、外套のポケットからメモ帳を取り出す。過半数をとるのはぎりぎりだが、ホイートンの馬鹿げた軍人恩給の議案は難なく否決できるだろう。一度軍隊に入ったというだけの理由で、酔っぱらいや一日中ごろごろしている下層民に金が払えるほど、政府に余裕はないのだ。それでも、用心するに越したことはない。ハッセルソープは親指をなめ、小さなメモ帳の一ページ目をめくって、議案に反対する演説の復習を始めた。

主張するポイントの確認に熱中していたため、馬車がハイドパークのそばを通っていることに気づいたのは、しばらく経ってからだった。

ハッセルソープは顔をしかめて立ち上がり、馬車の天井をたたいた。「馬車を停めろ！おい、停めろと言っているんだ！　行き先が間違っているぞ」

馬車は路肩に寄って停まった。ハッセルソープはまぬけな御者を叱りつけようと身構えた。ところが、馬車の扉は手をかける前に勢いよく開き、見たことのある顔が戸口にのぞいた。

「いったい何をしている？」ハッセルソープはどなった。

16

こうして、ロングソードはセレニティ王女と国王とともに宮殿に暮らすようになり、心やすく楽しい日々を送るようになった。食べ物は豪勢でたっぷりあり、服は暖かく柔らかかった。鬼や悪魔と戦う必要もなく、王女と一緒にいるのも楽しかった。それどころか、王女と馬に乗り、食事をし、宮殿の庭を散歩しているうちに、いっそう甘い喜びを感じるようになり、昼も夜もいつまでも彼女と過ごしたいと願うようになった。

だが、それができないことはわかっていた。地上で過ごせる時間は終わりが近づいていた。じきにゴブリン王に連れ戻される……。

『ロングソード』より

ウェストミンスター宮殿は、いかめしいゴシック建築が、年配議員の大半に支持される保守的な雰囲気を醸し出していた。レノーは唇の端を上げ、立派なドアに近づいた。ここには若いころ、貴族院の議員だった父親のお供でよく来ていた。その場所に今、父が持っていた爵位——何の異議もなく自分が受け継いでいたはずの爵位——の権利を主張しに来るというのは、妙な感じだった。レノーは肩をいからせ、あごを突き出して、玄関を入った。それが戦闘の直前にする動きと同じであることに気づく。

これも戦闘だが、この戦闘には頭脳で挑まなければならない。

丸天井のついた大ホールに入り、軒に並ぶ天使たちの監視の下を通って、裏手に向かう暗い通路に入る。短い階段を下りると、濃い板材のドアが並ぶ場所に出た。ドアの前には、地味な服装の使用人が立っている。

使用人はレノーにおじぎをした。「皆様、中でお待ちです」

レノーはうなずいた。「ありがとう」

レノーが入った暗い小部屋には、家具はほとんどなかった。木製のベンチが四列に並び、それに向かい合うように大きな木製のテーブルが置かれている。テーブルのそばには、背の高い椅子が一脚だけあった。ベンチはほぼ満席で、室内には男たちの声が飛び交っていた。この特別委員会は二〇人から成り、貴族院から選ばれた委員たちが、レノーの爵位の問題を審議することになっている。レノーが席を見つけて座ると、委員長のトラヴァーズ卿が立ち上がった。最前列にいる彼の隣には、ベアトリスの伯父が座っている。トラヴァーズ卿はレノーを認めると、うなずいて背の高い椅子の前に行った。

「皆様、そろそろ始めましょうか？」

部屋は徐々に静かになったが、完全に静まり返ることはなかった。数名はひそひそ話を続けていたし、ひとりの年配の議員は隅でクルミの殻を割っていて、周囲の状況を気にも留めていないようだった。

トラヴァーズ卿はうなずき、委員たちの前で審議内容を簡潔に説明したあと、レノーを呼んだ。

レノーは深呼吸し、普段はナイフを吊している場所に手をやってから、今日はナイフを家に置いてきたことを思い出した。立ち上がり、部屋の前方に歩いていって、貴族仲間のほうを向く。レノーを見つめ返す顔は、ほとんどが年老いていた。彼らはわかってくれるだろうか？　今も情けをかけてくれるだろうか？

レノーは息を吸った。「皆様、わたしは皆様の前で、わたしの父が、祖父が、曾祖父が、その父が所有していた爵位の所有権を申し立てます。わたしが求めているのは、生まれつきわたしだけが所有していたものです。身元を証明する書類は提出してあります。その点に関しては、議論の余地はないかと思います」言葉を切り、自分を裁くために座っている男たちを見る。ひとりとして、特に共感している様子はなかった。「議論すべきは、異議申立人が主張を予定している点、わたしが狂気に陥っているかどうかということです」

その言葉に数人の貴族が顔をしかめ、額を集めて相談を始めた。レノーは肩甲骨がひきつるのを感じた。危ない橋を渡っているのはわかっているが、それも計算のうえだ。

ざわめきが収まるのを待って、あごを上げる。「わたしは正気です。わたしはイギリス軍の士官で、戦闘と苦難をおそらく人並み以上に経験しました。もしわたしが正気でないのなら、実戦に参加した士官、手足や目を失って帰還した士官、夢の中で血を流し、ときの声を聞いた士官は全員、正気ではないということになります。わたしを侮辱すれば、この国のために戦った勇敢な人々全員を侮辱することになるのです」

そう言いきると、室内のざわめきの声は大きくなったが、レノーはそれに負けないよう声を張り上げた。「ですから皆様、わたしの、わたしだけのものをわたしにお与えください。わたしの父親のものだった爵位を。いずれわたしの息子が受け継ぐ爵位を。ブランチャード伯爵の座を。わたしの伯爵の座を」

しかめっつらと議論の声の中を、レノーは歩いて席に戻った。腰を下ろしながら考える。今、わたしは爵位を取り戻したのだろうか……あるいは、永遠に失ったのだろうか、と。

リスター公爵アルジャーノン・ダウニーは貴族院に向かうところだったが、タウンハウスの正面階段で足を止め、秘書に追加の指示を出した。「もう我慢ならない。おばに、金の勘定ができないのなら、誰か教養のある人間を雇って代わりにやらせろと伝えてくれ。それまでは、今季分の小遣いはいっさい渡さない。商人に何度か取引を断られれば、もっと無駄遣いを控えるようになるだろう」

「わかりました、公爵様」秘書は深々とおじぎをした。

リスターは向きを変えて階段を下り、待たせてある馬車に向かった。

少なくとも、最初はそのつもりだった。ところが、階段を踏み外しそうな勢いで足が止まった。階段の下で、鮮やかな緑のドレスを着た小柄な美人が待っていたのだ。

リスターは顔をしかめた。「マデリン、ここで何をしている？」

女性は胸を突き出し、身頃の上質な絹が今にも破れそうになった。「わたしがここで何をしているかですって？」

背後から乾いた咳の音が聞こえた。振り返ると、秘書が目を丸くしてリスターの愛人を見ていた。

「中に入って、公爵夫人が玄関から出てくる気にならないよう見張っていてくれ」リスターは命じた。

秘書は少しがっかりしたようだったが、おじぎをして中に入った。

リスターは階段を下り始めた。「マデリン、きみはわたしが家族と住んでいる家に来るほど愚かではないはずだ。もし、これが何か脅迫の類──」

「脅迫！　まあ、いいわね！　すごくいいわ」マデリンはどこか曖昧な返事をした。「ところで、あの人は何？」

リスターはマデリンが指さした先をたどった……。「ディミーター？　わけがわからない」

そう呼ばれた金髪の女性は、見事なヒップを振り、豊かな胸の前で腕組みをした。「わたしだってわけがわからないわよ。この手紙を受け取ったんだけど」上品な外観の手紙を振る。「今すぐここに来てほしいと書いてあったわ。よりによってこの場所に。もし、わたしがあなたに少しでも愛情があるならって」

リスターは気を引き締めた。先祖はヘイスティングスの戦いに参戦し、わたしはイギリスで五番目に裕福な男で、気性の荒さでも知られている。愛人のうちふたりが同時に玄関に現れれば、確かに狼狽はするが、それでもこれほどの経験と名声を兼ね備えた男なら……。

「それで、これはいったい何なの？」愛人の中でも性格のきついイヴリンが、角を曲がってきて叫んだ。背が高く、黒髪で堂々とした雰囲気のイヴリンは、普段はリスターの股間を硬くするあの野性的な情熱をあらわにしてこちらを見た。「アルジャーノン、わたしに別れを告げるためにこんなことをしたのなら、後悔させてやるわ。覚えていてちょうだい」

　リスターはたじろいだ。イヴリンにファーストネームで呼ばれるのは不吉だった。口を開いたが、何を言っていいのかわからない。今まで生きてきて、こんなことは初めてだった。この状況は、リスターほどの大物でも時々見てしまう悪夢に、不気味なほどよく似ていた。例えば、貴族院で発言しようと立ち上がったとき、下着しかつけていないことに気づく夢。あるいは、どういうわけか愛人たちが同時に、同じ場所に……しかも、よりによって自宅に勢揃いする夢。

　リスターは背中を脂汗が伝うのを感じた。

　もちろん、これで愛人が全員揃ったわけではない。もしそうなら、最近できた愛人もここにいるはず……。

　危険なほど背の高い二頭立ての軽四輪馬車《フェートン》が角を曲がってきた。はしたないことに、手綱を握っているのはしゃれた身なりの女性で、派手な紫と金の仕着せ姿の少年が後ろについている。全員がいっせいに振り返った。

リスターはその光景が近づいてくるのを、発砲する軍隊の前に立っているかのような悲壮感で見ていた。フランチェスカは大仰な動きで馬を止めた。薔薇の蕾のようなかわいらしいおちょぼ口がぽかんと開く。

「これは何？」彼女はひどいフランス語訛りで叫んだ。「公爵様、あなたのかわいいフランチェスカをからかっていらっしゃるの？」

長く恐ろしい沈黙が流れた。

やがて、イヴリンがくるりと向きを変え、凶悪な目つきでリスターを見つめた。「どうしてあの人は新しいフェートンに乗っているの？」

まさにこのとき、侮辱された四人の女性が金切り声をあげた瞬間、街路の反対側で帽子を上げる男が目に入った。男は眼帯をしていた。

リスターは目をしばたたいた。まさか、これは……。

だが、そんな考えは一瞬で頭から吹き飛んだ。女性たちがリスターに迫ってきたのだ。これでは、貴族院には待ってもらわなければならない。

レノーは自分の立場を測ろうと室内を見回したが、そこはひどいありさまだった。議員たちは今も熱心に議論を交わし、ひとりかふたりがレノーに好奇の視線を投げかけてきた。ほほ笑みかけてくる者は誰もいない。

レノーは膝の上で両手をこぶしにした。

偽伯爵がテーブルの前に立ち、咳払いをした。話を始めたが、声が小さすぎたため、何人かの議員に、聞こえない、と叫ばれた。セント・オーバンは目に見えて息を詰まらせ、言葉を切ったあと、大きな、だがかすかに震える声で再開した。

突然、レノーはセント・オーバンが気の毒になった。六〇代で、小柄でずんぐりとした、赤ら顔の話下手な男。彼の記憶はほとんどなかった。一度、ケンブリッジから戻っていたとき、妻を連れてクリスマスの晩餐会に来ていただろうか？　思い出せない。

要するに、セント・オーバンは重要人物ではなかったのだ。遠い親戚のひとりで、レノーが若くて健康だったため、爵位を継ぐ可能性はまずなかった。自分がブランチャード伯爵になるという知らせを受けたときは、どれほど驚いただろう。レノーの死を祝っただろうか？もしそうでも、彼を責める気にはなれなかった。ブランチャード伯爵になったことは、セント・オーバンの人生最高の出来事だったはずだ。

セント・オーバンは口ごもりながら話を終えた。もともと言うべきことはさほどなく、基本的な言い分は、今は自分が爵位を持っているのだから、自分が伯爵だというものだった。トラヴァーズ卿がうなずくと、セント・オーバンは明らかにほっとした様子で自分の席に戻った。

トラヴァーズ卿は立ち上がり、投票を呼びかけた。

レノーの耳の中で血液がごうごうと流れ、その音がうるさすぎて、最初は票決が聞こえなかった。やがて、言葉が聞き取れるようになると、顔に大きな笑みが浮かんだ。

「……したがいまして、本委員会は今上陛下、ジョージ三世国王陛下に、レノー・マイケル・ポール・セント・オーバンに正当な爵位を授け、ブランチャード伯爵とすることを推薦いたします」

委員長は続けてレノーのほかの爵位を羅列したが、もう耳に入ってこなかった。勝利感が胸にあふれ出す。隣に座っている議員がレノーの背中をたたき、後ろの議員はベンチから身を乗り出して言った。「おめでとう、ブランチャード」

ああ、何と気分がいいのだろう。ようやく爵位名で呼ばれたのだ。委員長の話は終わり、レノーは立ち上がった。まわりの男たちが群がってきて、祝福の言葉をかけてくる。突然ちやほやされ始めたことを、レノーは少々皮肉に思わずにはいられなかった。狂人から、イギリスでも影響力のある人間のひとりになったのだ。ベアトリスの言うとおりだ。これで大きな力が手に入った。望めば、世の中の役に立つことを為せる力だ。

人だかりの頭越しに、セント・オーバンがドアのそばに立っているのが見えた。権力を失った今、彼はひとりだった。レノーの視線に気づくと、セント・オーバンは会釈をした。それは敗北を認める礼儀正しい仕草で、レノーは彼のもとに行きたかったが、もみくちゃにされているせいで叶わなかった。次の瞬間、セント・オーバンは部屋を出ていった。

委員たちはぞろぞろと退室を始め、トラヴァーズ卿はレノーのもとに来て祝福の言葉をかけた。「うまくいったな。さて、これからのことだ。国王陛下に提出する正式な委員会の推薦書を、秘書に作らせるよ」

「ああ。そのことですが」レノーが言いかけたとき、戸口で何やらざわめきが起こった。背が高く、血色のよい顔にはっとするほど青い目をした青年が、部屋に入ってきた。

「陛下！」トラヴァーズ卿は歓声をあげた。「わざわざ訪ねてきてくださるとは、どういう風の吹き回しでしょう？」

「書類にサインをしに来たんだ」ジョージ国王は答えた。「何とむさ苦しい小部屋だ」振り向き、レノーをまじまじと見る。「おまえがブランチャードか？」

「はい」レノーは深々とおじぎをした。「お目にかかれて光栄です」

「先住民に捕まっていたそうだな。わたしもサー・アリスター・マンローに聞いただけだが」国王は言った。「面白い話があるのではないか？　お茶に来て、話をしてくれると嬉しい。奥方も連れてくるといいだろう」

レノーは込み上げる笑みを抑え、再びおじぎをした。「ありがとうございます、陛下」

「さてと、推薦書はどこだ？」国王はたずね、宙から現れるとでも思っているかのように、あたりを見回した。

「推薦書にサインなさるためにいらっしゃったのですか？」トラヴァーズ卿は軽く驚いた口調で問いかけた。せっぱつまった様子で、ドアのそばの使用人に向かって指を鳴らす。「ウォルターズ、ペンと紙を持ってきてくれ。国王陛下のサインをいただくための委員会の推薦書を作らないと」

使用人は一目散に部屋から出ていった。

「あとは、貴族院の議席に座るための詔書だな」国王は朗らかに言った。「念のため、あらかじめ用意しておいた」

「陛下は実に準備がよくていらっしゃる」トラヴァーズ卿はどこか冷ややかに言った。「陛下が来られるとうかがっていたら、先に書類を用意させましたのに。これでは、急いで動かなければなりません」

「ほう、そうなのか？」国王は眉を上げた。

「はい、陛下」トラヴァーズ卿はきまじめな顔で言った。「ちょうど今から貴族院の議会が始まるのです」


「いったい何をしている？」ハッセルソープ卿は吠えた。植民地民のサミュエル・ハートリーが、当然のような顔をして馬車に乗り込んできたのだ。

「失礼」ハートリーは言った。「わたしを乗せるために停まってくださったのかと思って」

「何だと？」ハッセルソープは窓の外を見た。ロンドンの郊外に差しかかっている。「強盗か？　わたしの馬車を乗っ取ったのか？」

「めっそうもない」ハートリーは肩をすくめ、胸の前で腕組みをして、軽く座席にもたれかかった。脚が場所を取りすぎている。「あなたの馬車が停まるのが見えたから、乗せていただこうと思っただけです。構わないでしょう？」

「これからウェストミンスター宮殿で開かれる貴族院の議会に出なくちゃいけないんだ。構わないはずがないだろう！」

「では、御者にそう言ったほうがいい」ハートリーはぬけぬけと言った。「この馬車は逆方向に向かっていますよ」

ハッセルソープは再び立ち上がり、馬車の天井をたたいた。

一〇分後、方向感覚をすっかりなくしてしまったらしい御者と馬鹿げた言い争いの末、ハッセルソープは再び座席に腰を下ろした。

ハートリーは悲しげに頭を振った。「まともな使用人を見つけるのは難しいものだ。あなたの御者は酔っぱらっているのですか？」

「あるいは、頭がおかしいか」ハッセルソープはうなった。このペースでは、馬車がウェストミンスター宮殿に着くころには議会はとうに終わっている。ハッセルソープは汗ばんだ手でメモ帳を握りしめた。この投票は重要だった。党を束ねて率いる能力を見せつけるチャンスなのだ。

「あなたにききたいことがありましてね」ハートリーがハッセルソープの思考をさえぎった。「サー・アリスター・マンローに、スピナーズ・フォールズの裏切り者にはフランス人の母親がいると言ったのは、誰のことを指していたのです？」

ハッセルソープは頭が真っ白になった。「何だと？」

「記憶をかき集めてみても、スピナーズ・フォールズの退役軍人でフランス人の母親がいるのは、レノー・セント・オーバンだけでしてね」ハートリーは言った。「もちろん、あなたのご兄弟もあの場にいましたね？　トマス・マドック中尉です。勇敢な兵士だったと記憶していますよ。トマスがあなたに、フランス人の母親を持つ兵士のことを手紙で知らせたのですか？」

「何を言っているのかわからない」ハッセルソープは言った。「わたしはマンローに、フランス人の母親を持つ兵士の話などしてはいない」

ハートリーはしばらく黙ってハッセルソープを見つめていた。

ハッセルソープは腋《わき》が汗で湿るのを感じた。

やがて、ハートリーは低い声で言った。「本当に？　妙ですね。マンローはその会話をはっきりと覚えているんですが」

「きっと酔っぱらっていたんだろう」ハッセルソープはぴしゃりと言った。

その言葉に決定的な何かを嗅ぎつけたかのように、ハートリーはにやりと笑い、軽い口調で言った。「そうかもしれませんね。そういえば、トマスのことを思い出したのはずいぶん久しぶりだ」

ハッセルソープは唇をなめた。暑すぎる。馬車が落とし穴のように感じられた。

「トマスはあなたのお兄さんですね？」ハートリーは落ち着いた声でたずねた。

17

地上での一年間が終わりに近づくと、ロングソードはひどくふさぎ込み、セレニティ王女は夫がこのまま死んでしまうのではないかとすら思った。だが、気分は乱れ、落ち込んでいても、体は相変わらず健康で丈夫だった。そこで、王女は心の問題なのだろうと考え、原因を突き止めるため、昼も夜もロングソードを問いつめた。ロングソードは妻の質問攻めに悩まされ、ついには事情を白状するしかなくなった。ゴブリン王と不利な取引をしたこと。自分の代わりに自らゴブリン王国に行ってくれる人が見つからない限り、地上には一年間しかいられないこと。もし身代わりが見つからなければ、永遠にゴブリン王の下で働かなければならなくなること……。

『ロングソード』より

「ウェストミンスター宮殿ってすごく男性的じゃない？」大ホールで足を止めてあたりを見回しながら、ロッティは言った。

「男性的？」ベアトリスは、年月で黒ずんでいる高い丸天井を見上げた。「あなたが言う

〝男性的〟がどういう意味かはわからないけど、ちゃんと掃除をしたほうがいいっていう意味は含まれているんでしょうね」

「わたしが言う〝男性的〟というのは」ロッティはベアトリスと腕を組みながら言った。「退屈で、うぬぼれていて、心に余裕がなくて女になんか構っていられない、という意味よ」

ベアトリスはロッティに目をやった。濃い紫と茶の縦縞のドレス姿のロッティは、いつもどおり上品に見える。毛皮のフードを脱いだばかりだが、頰は外の寒さで薔薇色に染まり、目は攻撃的にぱちぱちしているが、それがウェストミンスター宮殿の建築と関係あるかどうかは怪しかった。

「ロッティ、これはただの建物よ」

「そのとおり」ロッティは言った。「すべての建物、少なくとも偉大な建物は、ある種の精神性を備えているものだわ。去年の春、わたしがセント・ポール大聖堂で寒気を感じた話は覚えてる？　すごく不思議でしょう。背筋に震えが走ったの」

「隙間風が入るところにいたのよ」ベアトリスはさばさばと言った。ふたりはホールの突き当たりまで行き、通路に出るところだった。「どっちに行けばいいの？」

「右よ」ロッティは言った。「左に行くと庶民院の一般席だから、右に行ったら貴族院のはずよ」

「ふうん」でたらめな言い分に思えたが、ベアトリスは議事堂に来るのは初めてで、ロッティは来たことがあったため、彼女に従った。

結局、幸運か偶然か、ロッティの言ったとおりだった。右に曲がって狭い通路を進むと、二枚並んだ扉に行き当たった。その脇に階段があった。一番上まで上り、待機している使用人にひとり二シリングずつ払うと、傍聴席の女性側に入ることができた。

傍聴席の下のホールでは、ベンチが大聖堂の聖歌隊席のように、段になって両側に並んでいた。ベンチは赤いクッションで覆われている。ふたつのベンチ列の間には長い木製のテーブルが置かれ、ホールの端にはひとり掛けの椅子が何脚かあった。傍聴席はホールの上に張り出し、三方に巡らされていた。

「議会は始まっているものだと思っていたわ」ベアトリスはささやいた。

「始まっているわよ」ロッティは答えた。

ベアトリスは貴族院の議員である貴族たちを観察した。「まじめにやっているようには見えないけど」

それは事実だった。室内をうろついている者もいれば、数人で固まっておしゃべりをしている者もいる。クッションにもたれかかっている者もいるし、居眠りをしている者もひとりではなかった。ひとりの紳士が端に立って話をしているようだが、ホールのざわめきが大きすぎて、その声は聞こえなかった。議員の中には、気の毒なその紳士に野次を飛ばしている者もいた。

「政治の過程は、素人には理解しにくいんでしょうよ」ロッティがつんとして言った。

「まあ、あれはフィプス卿だわ」ようやく演説者が誰だかわかり、ベアトリスはうろたえて叫んだ。「ミスター・ホイートンの議案は雲行きが怪しいようね」

フィプス卿は貴族院で軍人恩給の議案を推進している議員だった。思いやりのある男性だが、表情が乏しく、得体の知れないところがあって、今も見てわかるとおり、あまり演説が上手ではない。

「いいえ、そんなことはないわ」ロッティは声を潜めて言った。「あの方、会合にいらっしゃるときはとてもすてきだもの。一度、赤毛の猫についていろいろ話してくださったわ」

「亡くなった奥様の話をするときは目に涙を浮かべていたわ」ベアトリスは言った。

「とてもいい人よね」

後ろ髪の長いかつらをつけ、黒と金のローブを着た男性が部屋の奥で静粛を求めているが、成果は出ていない。誰かがオレンジの皮を投げつけた。

「まあ、何てこと」ロッティはため息をついた。

ドアのそばでざわめきが起こったが、傍聴席は議場の上にせり出しているため、誰が入ってきたのかは見えなかった。やがて、レノーが議場に姿を現すと、ベアトリスの心臓は痛いくらいに跳ねた。レノーはとてもハンサムで、とても堂々としていて、これまでにないほど遠い存在に感じられた。レノーが椅子に座っている人のほうにまっすぐ歩いていくと、人々はいっせいにそちらを向いて彼の足取りを追った。

「何をしているのかしら？」ロッティは言った。「貴族が議会に参加するには、国王陛下の召喚状が必要なのに」

「爵位を取り戻したんでしょうね」ベアトリスは静かに言った。レノーのことを思えば嬉しかったが、レジー伯父が心配だった。打ちひしがれているに違いない。「特別措置でも受けたのかしら？」

「国王その人からね」男性の声が、傍聴席の男女の区画の境となる通路から聞こえた。

「ネイト！」ロッティは叫んだ。

ミスター・グラハムは妻に向かってうなずいた。「ロッティ」ふたりの近くの手すりのところまで来る。「ウェストミンスター中の噂だよ。レノーは爵位と伯爵の座をジョージ国王陛下から授けられた。陛下ご自身がそのために宮殿まで足を運ばれたんだ」

「でも、どうして今日、貴族院の席に座ることができるの？」ロッティはたずねた。

ミスター・グラハムは肩をすくめた。「陛下がそのとき、召喚状も発行されたんだ」

「まあ」ベアトリスは言った。「じゃあ、ミスター・ホイートンの議案にも投票できるのね」レノーは議案に賛成するだろうか？　反対するだろうか？

黒と金のローブ姿の議員が、静粛に、と叫んだ。「ブランチャード伯爵閣下が、本件についてお話しされます」

ベアトリスは息をのみ、身を乗り出した。

レノーは立ち上がり、議場の中央のテーブルに片手をのせた。一瞬間を置き、議会が静まり返ると、口を開いた。「皆様、この議案については、フィプス卿から詳しく説明があったことと思います。この議案は、この国とジョージ国王陛下に、勇気と労働、時には命そのものを捧げた人々に安寧を提供するものです。中には、この務めを軽くとらえ、栄光ある緑の島の兵士たちを、まともな老齢年金に値しないと考える人もいます」

ひとりの議員が叫んだ。「いいぞ！」

「おそらく、こうした人々は、えんどう豆の粗挽き粉とオートミールをごちそうだと思っているのでしょう。土砂降りの雨の中、泥道を三〇キロ行進することを、快適な庭を散歩するのと同じだと思っているのでしょう」

「いいぞ！　いいぞ！」呼びかけの声は増えていった。

「おそらく、大砲の発射に直面することを、心落ち着く時間だと思っているのでしょう。疾走する騎兵隊の突撃に遭うことを、楽しい余興だと思っているのでしょう。死にゆく人間の悲鳴が、耳に音楽のように感じられるのでしょう」

「いいぞ！　いいぞ！」

「おそらく」レノーはかけ声をかき消すように叫んだ。「こうした人々は、手足を切断され、片目を失い、拷問を受けることの苦痛が、大好きなのでしょう。例えば、こんなふうに」

ベアトリスは恐怖と誇らしさの入りまじった気持ちで、口に手を当てた。レノーは最後の一言を言うなり、上着とベストを脱ぎ捨て、シャツを腕の半ばまで引き下ろして、背中の上半分をあらわにしたのだ。突如静まり返ったホールの中、彼はその場でくるりと回った。日焼けした肌を這い回る醜い傷跡に、光が反射する。静寂の中、リネンが破れる音が大きく響いた。レノーがシャツの残りを破り、床に放り捨てたのだ。

片手を上げ、腕を伸ばして言う。「もしそのような人がこの部屋にいるなら、この議案に反対票を投じるといい」

室内に歓声が湧き起こった。議員は総立ちになり、その大半が今も叫んでいた。

「いいぞ！　いいぞ！」

「静粛に！　静粛に！」黒と金のローブ姿の議員が叫んだが、無駄だった。

レノーは今も胸をあらわにして立ち、背中をまっすぐ議場の中央に向け、彼が確かに屈辱を感じていたあの傷跡を誇らしげに見せていた。顔が上を向き、ベアトリスの視線をとらえる。ベアトリスは目に涙を浮かべ、拍手をしながら立ち上がった。レノーは一見それとわからない程度にうなずき、すぐに別の議員に注意を向けた。

「勝ったな」ミスター・グラハムが大声で言った。「投票は行われるが、形式上のものにすぎないだろう。セント・オーバンは貴族院の投票権を失ったし、ハッセルソープとリスターは来ていない」

ロッティはミスター・グラハムのほうに身を乗り出した。「がっかりしてるんでしょうね」

ミスター・グラハムは首を横に振った。「ハッセルソープはリーダーとしてついていきたい人間ではないとわかったんだ」おどおどとベアトリスを見る。「ミス・モリヌーの舞踏会での騒ぎは、ほぼ間違いなくハッセルソープの仕業だと思う。いずれにせよ、ミスター・ホイートンの議案には賛成票を投じるつもりだ」

「まあ、ネイト！」ロッティは叫び、礼儀を無視して、夫の首に腕を回した。

ロッティとミスター・グラハムが抱き合っている間、ベアトリスは下を向いてにやにやしていた。

「お客様！　お客様！」ひとりの使用人が叫んだ。「傍聴席の女性側には、男性は立ち入りを禁じられています！」

ミスター・グラハムは一瞬だけ顔を上げた。「うるさい、この人はわたしの妻だ」そして、何ともロマンティックな目つきでロッティの目を見つめ、つけ加えた。「そして、わたしが愛する人だ」

そう言うと、再びロッティにキスをした。

すでに感情が高ぶっているベアトリスに、その光景はたまらないものがあった。気がつくと、頬に流れる涙を拭っていた。友人をそっとしておくため、そして自分の気持ちを落ち着けるため、静かに傍聴席を出て、音をたてずに裏階段を下りる。階下の暗い通路にひとりで立ち、壁に軽くもたれた。

どうしてレノーはあんなことを？　昨夜、傷跡の話は二度としたくないと言ったばかりだ。なのに、なぜ議場いっぱいの見知らぬ他人にそれを見せたの？　あの議案はレノーにとってそれほど重要なものだったのかしら？　それとも――もしそうだったら嬉しいけど――最後はわたしのためにあんな行動をとってくれたの？　議案を支持した理由が自分であってほしいと思うなど、自分勝手なことだ。大勢の兵士の命がかかっているのだ。きっと、退役軍人のことを思う高潔さから、あのような行動に出たのだろう。でも、あのときわたしに向けた視線……。もう、一瞬向けられただけの視線を深読みしてはだめ！

ベアトリスがひとりでそんなことを考えている間、議員たちは静かだったが、やがて再びどよめきが起こった。〝ブランチャード！　ブランチャード！〟という叫び声から、レノーの働きでミスター・ホイートンの議案が逆転勝利を収めたことがわかる。ベアトリスの胸は喜びにあふれんばかりだった。傍聴席に戻ろうと夢中で振り返ったが、とたんに大柄な男性にぶつかった。

謝罪のためにほほ笑んで顔を上げたが、ぶつかった相手を見た瞬間、その笑みは消えた。

「ハッセルソープ卿！」

ハッセルソープ卿は死人のようだった。顔は血の気が引いて緑がかった白色になり、汗でぎらついている。彼は貴族院の閉まったドアを見ていたが、ベアトリスの声を聞いてこちらを向いた。目の焦点が合ったあと、冷ややかな色が浮かぶ。

「レディ・ブランチャードか」


「真のブランチャード卿に！」ヴェールはすっかり酔っぱらって叫び、泡の立つエールのジョッキを掲げた。

「ブランチャード！　ブランチャード！」マンローも、ハートリーも、彼らがいる薄汚い酒場の客の大半も、歓声をあげた。ヴェールは煙った狭い店内の客全員に、すでに二杯ずつ酒をおごっていた。

一同は隅のブースに座っていた。テーブルは歴代の常連客がつけた傷と穴だらけだ。女性バーテンダーは豊満な体つきの美人で、最初はレノーたち一団に大きな期待を抱いていたようだった。ところが、三〇分あの手この手で迫った末、今はそのあり余る魅力を近くのテーブルに座る水夫たちに向けている。六年前のヴェールが相手なら、彼女の誘惑も違う結果になっていただろうに、と思わずにいられない。

「ありがとう。みんな、ありがとう」ヴェールに酒を勧められながらも、レノーはまだ二杯目だった。警戒を少しでも解くことに不安がつきまとう。長年の捕虜生活の名残かもしれない。「紳士諸君、皆の今日の助けがなければ、これを成し遂げるのはずっと難しかっただろう。そこでマンロー、実に手際よく、とある公爵の行く手をふさぎ、代わりに別の重要人物をウェストミンスター宮殿に送り込んでくれたきみに」

「乾杯！」酒場の客たちが、大半が話の内容を理解しないままに叫んだ。バーテンダーの女性も布巾を振った。

マンローは黙ってほほ笑み、うなずいた。

レノーはヴェールのほうを向いた。「ジャスパー、ミスター・ホイートンの軍人恩給法案に賛成票を投じてくれたきみに！」

「乾杯！」

ヴェールは目に見えて赤面し、ばつの悪そうな顔がみるみる染まっていった。もちろん、エールのせいもあったのだろうが。

「そして、ハートリー、議案の反対派の中心人物を足止めしてくれたきみに！」

ハートリーも客の歓声に応えてうなずいたが、その目は今も険しかった。まわりの常連客が静まるのを待ってから、目下の懸案に戻る。「ハッセルソープのことで皆に知らせておきたいことがある」

「何だ？」突然ヴェールの顔から酔いの色が消えた。

「あいつはマンローに、裏切り者にはフランス人の母親がいると言ったことを否定している」

ほかの人なら唾を飛ばして異議を申し立てるところだが、マンローは眉を上げただけだった。「そうか」

「どうしてそんな嘘をつくんだ？」レノーはエールのジョッキを置き、これを飲まなければよかったと思った。何か重大な局面に差しかかっている。レノーにはそれがわかった。

「おそらくあれは、ハッセルソープがついた最初の嘘だったんだろう」ハートリーが静かに言った。

「どういう意味だ？」ヴェールはたずねた。

「ハッセルソープがマンローに裏切り者の母親はフランス人だと言ったとき、レノーはまだ死んだと思われていた。レノーに疑惑を投げかけることに、何のリスクもなかったんだ。さらに、マンローがその情報を口外しない可能性も高かった。ヴェールの耳に入れば耐えがたい知らせだからな。裏切り者かもしれなくても、その人間がすでに死んでいるのなら、なぜ事を荒立てる必要がある？」

マンローはうなずいた。「確かにそうだ。わたしももう少しでヴェールに黙っているところだった。だが、たとえそれが苦くとも、嘘よりは真実のほうがましだと思い始めたんだ」

「きみの行動は正しかった」ハートリーは言った。「というのも、レノーが戻ってきたことで、ハッセルソープは窮地に追いつめられたんだ。このまま嘘をつき続け、今も生きている人間を巻き込むか？　あるいは、マンローを嘘つき呼ばわりするか？　どちらにしても、まずは自分が疑われないようにする必要があった」

「つまり、きみはハッセルソープが真の裏切り者だと考えているんだな」レノーは静かに言った。「どうして？」

「考えてもみてください」ハートリーは身を乗り出した。「ヴェールがハッセルソープに話を聞きに行ったときに、あいつは撃たれた。だが、命に別状はなかった。弾丸がかすめた傷だったと聞いている。そのあと、ハッセルソープはロンドンを離れ、ポーツマス近くの自分の地所に引きこもった。マンローに質問されると、これ以上詮索されないように嘘をついた。それから、忘れてはいけないことがある。ハッセルソープの兄はトマス・マドック、第二八歩兵連隊のマドック中尉だ」

「爵位を得るためにあんなに大勢を殺したのか？」ヴェールは顔をしかめた。

ハートリーは肩をすくめた。「連隊を裏切る理由になるのは確かだ。われわれがずっと探してきたのはそれだろう？　第二八連隊を裏切る理由だ。あちこち質問してわかった。ハッセルソープは次男なんだ。マドックが死んでまもなく爵位を継いだ。実は、マドックは父親の死後に亡くなったんだが、父親の死の知らせは受けていなかったようだ。その知らせが届くより先に、スピナーズ・フォールズで殺されたんだ」

「納得せざるをえないな」マンローが口をはさんだが、その声は割れてきしんでいた。「ハッセルソープが連隊を裏切った理由はそれでいいとしよう。でも、どうやってその大仕事をやってのけたのかがわからない。第二八連隊の行き先を知っていたのは、連隊とともに行軍していた将校だけだ。待ち伏せ攻撃に遭わないよう、経路は極秘にされていたのだから」

レノーは身じろぎした。「行き先を知っていたのは、第二八連隊の将校たち……と、将校たちに行軍命令を出したその上官だ」

「何を考えている？」ヴェールが熱のこもった様子でレノーのほうを向いた。

「ハッセルソープはケベックでエルムズワース将軍の副官を務めていた」レノーは言った。「マドックに経路を聞いていた可能性はある……何しろ、ふたりは兄弟なのだから。だが、もし兄から聞いていなかったとしても、突き止めるのはさほど難しくはなかったはずだ。エルムズワースがハッセルソープに打ち明けていたかもしれないからな」

「だが、ハッセルソープはその情報をフランス軍に伝えなきゃいけない」マンローが指摘した。

レノーは肩をすくめ、エールのジョッキを脇に押しやった。「あいつはケベックにいたんだ。覚えてるだろう？　あそこはわれわれが捕らえたフランス軍兵士や、フランスの民間人、双方の側についている先住民たちがうようよしていた。混沌状態にあったんだ」

「フランス側に伝えるのは簡単だっただろうな」ハートリーは言った。「問題は、あいつが本当にそれをやったのか、ということだ。仮定や推理はできても、証拠は何もない」

「では、証拠を探すとしよう」レノーはいかめしい顔で言った。「それでいいか?」

残りの三人はうなずいた。「もちろん」ジョッキを掲げた。声を揃えて同意する。

「真相解明に」ヴェールは言い、ジョッキを掲げた。

全員がジョッキを掲げてかちりと合わせ、厳粛に乾杯をした。

レノーもほかの三人と、心を込めて乾杯をした。ジョッキを飲み干し、テーブルにどんと置く。「そして、裏切り者の野郎は吊し首にしてやるんだ」

「そうだ、そうだ!」

「お代わりをくれ」レノーは呼びかけた。

ヴェールが身を寄せ、レノーにエールくさい息を吐きかけた。「きみのような新婚の男が、家に帰らなくていいのか?」

レノーは顔をしかめた。「そのうち帰るよ」

ヴェールはぼさぼさの眉をぴくぴく動かした。「奥方と喧嘩でもしたか?」

「きみには関係ないだろう!」レノーはエールのジョッキで顔を隠したが、それを下げても、ヴェールはまだ潤んだ目でレノーを見つめていた。レノーはエールを飲んでいなければ言わなかったであろうことを言った。「しつこいから答えてやるが、妻はわたしが愛し方を知らている。

「きみが愛していることを、奥さんは知らないのか？」ハートリーがテーブルの向こうからたずねた。

最悪だ。ハートリーもマンローも、ゴシップ好きのおしゃべり女のように耳をそばだてている。

マンローは身じろぎした。「それは言ってあげないと」

「家に帰れ」ヴェールがまじめくさった顔で言った。「家に帰って、愛していると言うんだ」

そのとき初めて、レノーはヴェールの恋愛に関する助言はもしかすると――もしかすると、だが――正しいのかもしれないと思い始めた。

ないと思っている」

18

さて、父親を救ってくれたお礼としてロングソードと結婚したセレニティ王女だったが、何カ月も一緒に暮らすうちに、夫を深く愛するようになっていた。夫の悲惨な身の上話を聞くと、王女は黙り込み、内にこもって、その話が自分にとってどんな意味を持つのか静かに考え始めた。そして、宮殿の庭を時間をかけて何度も歩き回ったあと、ある決意をした。自分がロングソードの身代わりとなり、ゴブリン王に身を差し出そうと。

そこで、ロングソードがゴブリン王国に戻る晩、王女はロングソードのワインに薬を入れた。夫が眠り込むと、優しくキスをして、ゴブリン王に会いに行った……。

『ロングソード』より

六年にわたる計画。六年にわたる巨大なチェス盤での慎重な駒運び。時には動きがあまりにさりげないため、どんなに賢い敵もその真意に気づかないこともあった。この六年間は、首相に、世界一強大な国の事実上の指導者になることで結実するはずだった。辛抱強く待ち、ひそかな欲望を抱き続けた六年間。

その六年間が、一日の午後の間に、ひとりの男……レノー・セント・オーバンによって打ち砕かれてしまった。

トマスの名を出したハートリーの目は、すべてお見通しと言わんばかりだった。かわいそうな、かわいそうなトマス。兄は権力者にはふさわしくなかった。わたしのほうが爵位を有効活用できるというのに、なぜトマスに与える必要がある？　だが、今になって、ハッセルソープは過去のその決断に悩まされていた。ヴェール、ブランチャード、ハートリー、マンロー。全員がロンドンに集結し、額を集めている。ハッセルソープには予感があった。連中のせいで自分が逮捕されるのは、時間の問題だと。

何もかも、ブランチャードが国に戻ったせいだ。ハッセルソープは馬車の向かいにいる敵の妻をにらみつけた。ベアトリス・セント・オーバン、今やブランチャード伯爵夫人となった女、旧姓コーニングだ。ベアトリス・コーニングはハッセルソープの向かいで縛られ、さるぐつわをされて座っていた。口に噛まされた布の上の目は閉じられている。眠っているのかもしれないが、そうは思えなかった。

これまでこの女性にさほど注意を払ったことはなかった。伯父が政治目的で開くパーティで、女主人として良い働きをしているという印象があったくらいだ。容姿はまあまあだが、絶世の美女という雰囲気ではない。男が命を投げ出すようなタイプではなかった。

ハッセルソープはうなり、窓の外を見た。月明かりのない夜は真っ暗で、ここがどこなのかはわからない。そこでカーテンを閉めた。とはいえ、これまでかかった時間から、サセックスの自分の地所の近くまで来ていることはわかっていた。ブランチャードには夜明けまで待つと言ってあるし、実際そのつもりだった。ポーツマスで乗れるよう手配した船は、朝八時にならないと来ない。夜明けまで待って、そのあとは事前に決めた集合場所に逃げる。まずはフランスに渡り、そこからプロイセン、いや、東インドに行ってもいい。この世界のはるか遠くの場所であれば、名前を変えて新たな人生を始められる。じゅうぶんな資金があれば、また一財産築けるだろう。

じゅうぶんな資金があれば、の話だ。どうしようもなく愚かだと今になって気づいたが、ハッセルソープは財産の大半を投資に注ぎ込んでいて、動かすことができなかった。確かに良い投資、健全な利益の出る手堅い投資だったが、今のハッセルソープには何の得もない。現金を少しと、タウンハウスにあったアドリアーナの宝石は持ってきたが、それだけでは足りなかった。

思いどおりに新たな人生を始めるには不十分だ。

ハッセルソープは向かい側の女性に目をやり、彼女の価値を測った。この女が最後の博打、一財産を持ち出すための最後のチャンスだ。もちろん、ハッセルソープ自身はどんな女性のためにも、ましてやこの青白い娘のためになど、自分の命も財産も投げ出すことはしない。それでも、これは確かに博打ではないか？

問題は、ブランチャードがそこまで花嫁に思い入れがあるのかということだ。身代金として一財産を投げ打つほどに……自分の命をも投げ出すほどに。

レノーがブランチャード邸に戻ったのは、真夜中をゆうに過ぎてからだった。ヴェールとマンローとハートリーとの祝賀会はあれから数時間続き、ヴェールがロンドン一のエールを出すと豪語するいかがわしい酒場でお開きになった。そのため、レノーが階段の物陰に男がうろついていることに気づいたのは、むしろ上出来と言えた。

「そこで何をしている?」レノーはナイフに手をかけ、必要とあらば抜けるよう身構えた。

人影は動き、一二歳にもなっていないような少年が現れた。「あなたに一シリングもらえるって言われたんだ」

少年がおとりである可能性を考え、レノーは街路を見回した。「誰に?」

「あなたと同じような紳士だよ」少年は封がされた手紙を差し出した。

レノーはポケットを探り、少年に一シリングを放った。少年はそれ以上何も言わず、走っていった。レノーは手紙を掲げた。灯りが暗くてよく見えなかったが、手紙の外側に何も書かれていないのはわかった。階段を上って中に入り、ホールであくびをしている従僕に向かってうなずく。ベアトリスはすでにベッドに入っているだろう。彼女のぬくもりと柔らかさに身を寄せたくてたまらなかったが、この奇妙な手紙は気になる。そこで、居間に行き、暖炉の火で数本のろうそくを灯したあと、手紙を破って開けた。

手紙の文字は走り書きされ、急いで封をしたらしく、ところどころ汚れていた。

〝わたしは絞首刑になるつもりはない。

ブランチャードの宝石を用意しろ。わたしの田舎の地所にひとりで来い。誰にも言うな。夜が明けるまでに来い。夜が明けてから来たり、仲間を連れてきたり、宝石を持ってこなかったりしたら、奥方は殺す。

奥方はわたしが預かっている。


リチャード・ハッセルソープ〟


レノーは最後の一行を読み終えないうちに、居間のドアに向かって走りだしていた。「おい！」驚いている従僕に向かって叫ぶ。「妻はどこだ？」

「奥様は今夜まだ戻られていません」

だが、レノーはすでに階段を駆け上っていた。こんなことがあるはずがない。ベアトリスはここにいる。従僕に会わず部屋に戻ったのだろう。あの手紙は冗談だ。ベアトリスの寝室に着くと、レノーは勢いよくドアを開けた。

クイックが暖炉の椅子から、弾かれたように立ち上がった。「まあ、旦那様、どうなさいました？」

「レディ・ブランチャードはいるか？」レノーは問いただしたが、ベッドは整えられた状態のままで、誰もいないのは明らかだった。

「申し訳ございません、旦那様。奥様は午後に議事堂に行くと言って出かけられてから、まだ戻っていらっしゃいません」

何ということか。レノーは手の中の手紙を見下ろした。〝奥方はわたしが預かっている〟ハッセルソープの田舎の地所はここから何時間もかかる。夜明けはもうすぐだ。

馬車の旅はもう何時間も続いていた。馬車が角を曲がり始めると、ベアトリスは身をこわばらせ、体を支えた。両手は背中で縛られているため、ずいぶん前からしびれていて使えず、もし床に投げ出されたら顔を打ってしまいそうだ。ハッセルソープ卿が受け止めてくれるとはとても思えなかった。

体を軽くひねり、指を動かそうとしたが、使い物にならなかった。縄が手首に食い込んでいる部分が痛むが、それ以外は何ともない。レノーが両手を縛られたまま、アメリカの森の中を何日も歩き続けた話が思い出された。そのような苦行にどうやって耐えたのだろう？痛みは強烈だっただろうし、手を失うかもしれない恐怖にも苛まれたはずだ。今さらながら、彼が自分の体験を語ってくれたときに、もっと何か言えばよかったと思った。思いやりの気持ちを、もっと言葉にすればよかった。

愛していると言えばよかった。

ベアトリスは目を閉じ、口に詰められた布を固く噛んだ。このおぞましい男に不安を見せたくはないが、レノーに愛していると伝えることができればどんなにいいか――ああ、どんなにいいか！――と思う。なぜそれを伝えたいと思うのかはわからなかった。彼は気にもしていないかもしれない……いや、おそらく気にしていないだろう。レノーは好意と情熱こそ示してくれるが、愛と呼べるものは見せたことがない。きっと、恋愛感情を抱く力がなくなってしまったのだ。長続きする真の愛情を、運が良ければ一生に一度めぐり会える本物の愛を感じるには、自分が落ちていく覚悟がなければならない。必要とあらば、相手に自分を完全に委ねる覚悟が。ベアトリス自身はそれができるはずだが、レノーは人を愛することを自分に許さないだろう。

だが、それでも構わないような気がしていた。愛情というものは、相手と交換しなくても豊かに生い茂るものであることがわかったのだ。ベアトリスの愛は、レノーの愛が少しも存在しなくても、どこまでも幸せに育つし、花を咲かせることもできる。それは止めようのないことだった。

馬車が突然揺れ、ベアトリスは反応が間に合わず、体を支えきれなかった。肩が馬車の壁にぶつかり、痛みが走る。

「おっと」ハッセルソープ卿は言った。彼の声を聞くのは数時間ぶりだった。「着いたぞ」

ベアトリスは首を突き出して窓の外を見ようとしたが、ほとんど暗闇しか見えなかった。馬車がカーブを曲がったので、床板に足をふんばる。

やがて、馬車は停まった。

従僕が扉を開けると、ベアトリスは彼の同情を引けるのではないかと思い、目を合わせようとした。だが、従僕は視線を落としたままで、一度ハッセルソープ卿をちらりと見ただけだった。この方面に助けは期待できそうにない。

「どうぞ、奥様」ハッセルソープ卿は意地の悪い口調で言い、ベアトリスを引っぱって立たせた。

ベアトリスは先に馬車から押し出され、一瞬、頭からステップを転げ落ちるのではないかと思った。従僕が腕をつかんで支えてくれたが、慌ててその手を離した。もう一度従僕を見ると、眉間にかすかなしわが寄っているのが目に入った。やはり、この男性には協力が期待できるかもしれない。

だが、その件についてそれ以上考える時間はなかった。ハッセルソープ卿に屋敷に向かって歩かされたのだ。暗闇の中でも、それが大きな建物であり、下のほうの窓にひとつだけ灯りがついていることがわかった。玄関に近づくと、一枚のドアが開いた。年老いた男性の使用人が脇に立ち、細い手首には重すぎるように見える枝つき燭台を持っていた。

「旦那様」老人は頭を下げたが、その表情は落ち着き払っていて、もしかするとハッセルソープ卿は、縛られ、さるぐつわを嚙まされた淑女をしょっちゅう家に連れてきているのではないかと思えるほどだった。

ハッセルソープ卿は執事には目もくれず、ベアトリスを引きずって階段を上がり、ホールに入った。

ふたりが前を通り過ぎたあとになって、老いた執事は咳払いをして言った。「旦那様、奥様がこちらにいらっしゃっています」

ハッセルソープ卿が唐突に立ち止まったので、ベアトリスは自分の足につまずいた。彼は無意識にベアトリスを支え、執事をにらみつけた。「何だと?」

執事は主人の怒りには動じていないようだった。「レディ・ハッセルソープが昨日の夕方お着きになり、今も上でお休みです」

ハッセルソープ卿は数階上で妻がベッドに入っているのが目に見えるかのように、天井に向かって顔をしかめた。田舎の地所に妻がいることが想定外だったのは明らかだ。ベアトリスは少しだけ希望が見えた気がして、胸が弾んだ。レディ・ハッセルソープはあまり頭が良いほうではないが、夫が伯爵夫人を誘拐して家に連れてくれば、さすがに抗議するはずだ。

だがそれも、レディ・ハッセルソープがベアトリスと会うことができればの話だ。今、ハッセルソープ卿はベアトリスを急き立て、屋敷の裏手に連れていこうとしていた。ふたりは暗い通路に入ったが、並んで歩けないほど幅が狭いため、ハッセルソープ卿はベアトリスを前に押し出して歩いた。突き当たりは急な階段になっていて、らせんを描きながら屋敷の地下に続いている。ベアトリスは階段を下りながら、腰に汗が噴き出てくるのを感じた。階段は石がむき出しになり、すり減ってつるつるしている。ここから落ちれば、首の骨が折れるだろう。それがハッセルソープ卿の狙い? わたしを殺すことで、レノーが議会の支持を得たことに、一風変わった復讐をするつもり? でも、ただ殺すだけなら、どうしてわざわざ田舎の地所まで連れてきたの? まるで筋が通らない。

ベアトリスはそのわずかな希望にしがみつき、屋敷の奥深くに下りていった。ついにでこぼこの石の床に着くと、そこが地下牢のような場所であることがわかった。この屋敷はおそらく、古い要塞の上に建てられたのだろう。ハッセルソープ卿はベアトリスの背中を石壁に押しつけた。鎖がかちゃかちゃ鳴る音が聞こえ、ベアトリスは手首に冷たい金属を感じた。ハッセルソープ卿は脇によけてうなずいた。「旦那が来て身代わりになるまで、こうしていろ」

ベアトリスは身をこわばらせ、何か、何でもいいからハッセルソープ卿の注意を引くようなことを言おうとしたが、彼はそのまま歩き去り、灯りも遠ざかっていった。ベアトリスは寒い、じめじめした暗闇に取り残された。留め具が腐っていることを期待して、鎖を強く引いたが、それは固く締まっていた。鎖のせいで座ることもできないため、立ったまま待つしかない。ここにひとりきりで、暗闇の中で死ぬの？　それとも、ハッセルソープ卿か使用人の誰かが助けに来てくれる？　ベアトリスはレノーのことを思った。あの怒れる黒い目を、自信に満ちた手を、優しい唇を。そして、あの愛しい顔をもう一度見ることはできるのだろうかと考え、少し泣いた。だが、彼が助けに来てくれないことはわかっていた。

本人がそう言っていたのだ。二度と他人の意思には従わないと。

馬の汗ばんだ首の上で、レノーのこぶしはすべった。前傾姿勢で馬にまたがり、首の両側に手をやって、両手で手綱を握っている。二時間前、スピードが落ちてきた自分の馬と交換に、寝ぼけまなこの宿主に莫大な金を払って、一番いい馬を融通してもらった。骨がごつごつした大きな去勢馬で、見た目は良くないが、スタミナがある。

今はスタミナとスピードだけが重要だった。

ふくらんだ鞍袋が、レノーの背中にくくりつけられている。そこには一財産が入っていた。家中の金製品と母親の宝石をかき集めてきた。ロンドンを出る前に、上着の左右のポケットに拳銃を突っ込んでおいたが、強盗が寄りつかないのは主にスピードのせいだろう。

一歩ごとに馬のたくましい脚が跳ね、レノーの体を震わせたが、もはや気にならなかった。腕と脚と尻は痛み、両手は感覚を失い、指は寒さに凍りついたが、それでも馬を駆り立て続けた。真っ暗な夜を猛スピードで、道路上の穴や見えない障壁の心配など少しもせず、馬の首も自分の首も危険にさらして走り続けた。

そんなことはどうでもいいのだ。夜明けまでにサセックスのハッセルソープ邸の玄関に着かなければ、あの男はベアトリスを殺す。そうなると、いずれにせよ生きる理由はなくなるのだ。実際、皮肉なことだった。今までずっと、自分が失ったもののことで頭がいっぱいで、手に入れたもののことは考えもしなかった。爵位が、土地が、金が欲しかったが、そんなものがあったところで、彼女が傍らにいなければ何の意味もなかったのだ。わたしを興味深そうに見つめる、あの穏やかな灰色の目。その目には、わたしという人間に対する恐怖も幻想もいっさい感じられない。あのかわいらしい、楽しげな笑顔。だが、わたしの傲慢さを叱るときは、一転して辛辣な表情になる。わたしが中に入ったとき、顔に浮かぶあの官能的な驚きの表情と、感嘆したように開く唇。

ああ！　何ということか！　その彼女を今にも失おうとしているなんて。熱い涙が頬を焼く。夜明けはもうすぐだ。去勢馬を駆り立て、馬のかすれた息づかいと馬具が鳴る音、自分の心臓がやぶれかぶれに打つ音を聞きながら、無理だ、間に合わない、と思った。時間どおりに着きそうにない。

あの男を殺す。妻を殺すあの男を。血と痛みにまみれた復讐をし、そのすべてを自分の手で終わらせる。

彼女が死んでしまったら、生きる意味はないのだから。

19

セレニティ王女は一晩中歩き続けた。太陽の最初の光が地上に届いたときには、一年前にロングソードに出会った場所に来ていた。不毛の土地で、木もなければ、草さえ生えていない。王女はあたりを見回したが、命あるものはいっさい見当たらなかった。無駄足だったかと思い始めたとき、乾いた地面にひびが入った。ひびはどんどん広がり、やがてゴブリン王が地中から姿を現した。

ゴブリン王は王女を見つけると、オレンジ色の目を輝かせ、黄色い牙をむき出しにして笑いながら言った。「おまえは誰だ?」

「セレニティ王女です」王女は答えた。「ゴブリン王国で夫の代わりを務めるために来ました……」

『ロングソード』より

そこは暗く、とても暗く、ベアトリスは時間の感覚を失った。立ち続けていたのは数分かもしれないし、数時間かもしれない。腕は背中で痛いほどよじれ、目は暗闇の中で虚しく見開かれていた。時折、痛みと恐怖より眠気が勝ることがあったが、体が前に倒れると手首の鎖に引っぱられるため、驚いて目が覚めた。最初、地下牢は静かだと思っていたが、ずっと立っていると、物音が聞こえ始めた。小さくかさかさ鳴る音。小さな鉤爪が石を引っかく音。どこかでゆっくりと水が滴る音。暗闇にひとりでいるのだから、音がいっそう恐怖をかき立ててもおかしくない。ところが、音はむしろ心を落ち着けてくれた。視覚だけでなく聴覚まで奪われたら、正気を保てるかどうかわからなかった。

ついに足音が聞こえた。遠くはあるが、だんだん近づいてくる。ベアトリスは背筋を伸ばし、冷静に、勇ましく見えるよう努めた。レノーは捕虜にされても勇敢であり続けたのだから、自分にもできるはずだ。わたしは伯爵夫人。死を前にしてもすすり泣いたりしない。

地下牢のドアが勢いよく開き、角灯の光にベアトリスはたじろいだ。

「ベアトリス」

ああ、神様、まさか。目を細めると、夫の広い肩が角灯の光をさえぎっているのが見えた。帽子はかぶっておらず、ブーツは泥まみれですり減り、片方の肩にぱんぱんに詰まった鞍袋を掛けている。ベアトリスは前のめりになり、喉が何かを言おうとするように動いた。気をつけて、と言いたかった。最初に馬車に乗り込んだとき、ハッセルソープ卿は一時間近く、レノーに復讐してやるとわめき散らしていたのだ。

「触るな」ハッセルソープ卿の声が聞こえ、レノーは脇によけた。ハッセルソープ卿が背後にいて、レノーにぴたりと銃を突きつけていた。「ほら、奥方はここにいる。見てのとおり無事だ。だから金をよこせ」

レノーはハッセルソープ卿を見なかった。その目はベアトリスだけを見つめ、熱く、黒く、危険だった。「さるぐつわを外せ」

「無事は確認できた――」

レノーはハッセルソープ卿のほうを向き、刺すような目でにらんだ。「いいから外せ」

ハッセルソープ卿は顔をしかめたが、視線はレノーに向けたまま、前に進み出た。片手で、ベアトリスの頭の後ろで結ばれている布と格闘し、やがていましめは落ちた。

ベアトリスは口に詰められていた布を吐き出した。「レノー、殺されるわ！」

「黙れ」ハッセルソープ卿は言った。

「うるさい」レノーはふたりの間に掲げられている銃には目もくれず、ハッセルソープ卿に一歩近づいた。しばらくハッセルソープ卿を見つめたあと、ベアトリスを見る。あごの筋肉がぴくりと震えた。「痛い思いをさせられたか？」

「いいえ」ベアトリスはささやいた。「レノー、やめて」

「しいっ」レノーはかぶりを振り、ほほ笑みに近い表情を浮かべた。「きみは生きている。大事なのはそれだけだ」

「奥方は生きているし、わたしは金が必要だ」ハッセルソープ卿はいらだたしげに言った。

「妻を解放してくれるという保証がどこにある？」レノーはベアトリスの顔立ちを記憶に刻もうとしているかのように、顔をじっと見つめた。

ベアトリスは体の芯が凍りついていくのを感じた。「レノー」ささやいた声は、懇願になった。

「わたしの妻がこっちに来ている」ハッセルソープ卿は言った。「妻はこの件には何の関係もない。レディ・ブランチャードは妻に預けて、ふたりともロンドンに送るつもりだ。すでに従僕に、アドリアーナをここに連れてくるよう言ってある」

「奥方は一緒に連れていかないのか？」レノーの目はぞっとするほど穏やかで、ハッセルソープ卿に話しかけているというのに、視線はベアトリスの顔から離れなかった。

「どこにその必要があるんだ？」ハッセルソープ卿はいらいらと答えた。

レノーの口角がぴくりと上がった。この状況のいったい何が面白いのだろう？

「何かしらの感傷とか？」

「感傷に浸る暇も、おまえの気の利いた一言につき合う暇もない」ハッセルソープ卿はぴしゃりと言った。「奥方に生きて朝日を見せたいなら――」

「わかった」レノーはハッセルソープ卿の足元に鞍袋を投げた。ちょうどそのとき、レディ・ハッセルソープが地下牢の戸口に現れた。

「まあ、あなた、お客様がいらっしゃるなんて言わなかったじゃない」レディ・ハッセルソープは騒々しく言い、夜明け前に起こされて地下牢の訪問者を迎えるのは日常茶飯事だと言わんばかりだった。夫が〝お客様〟のひとりに銃を突きつけていることには気づいていないように見える。

レディ・ハッセルソープは地下牢に足を踏み入れたが、傍らにいた屈強な従僕に止められた。「お入りにならないほうがよろしいかと。足元が悪いので」

ハッセルソープ卿は従僕に向かってうなずいた。従僕は口ではそう言ったが、レディ・ハッセルソープを止めた本当の理由は、レノーのそばに行かせないためだろう。

「アドリアーナ、レディ・ブランチャードをロンドンにお連れしてくれ」ハッセルソープ卿は言った。「体調を崩されているんだが、ブランチャード卿とわたしは話し合わなきゃいけないことがあってね」片手をベアトリスの背後に伸ばし、手首の鎖の錠を外した。

ベアトリスの心は沈んだ。「レノー、あなたをここに残しては行けないわ」

ハッセルソープ卿はレノーに険しい目を向けた。「わたしはそれでも構わないが、おまえはそうはさせたくないはずだ」

レノーは唇を引き結んだ。「わたしから話す」

「好きにしろ」

レノーはベアトリスの耳元に向かって身を屈め、顔に顔を寄せた。ベアトリスの手は今も背後で縛られている。自由の身になって、愛しいその顔を感じたかった。

「きみはレディ・ハッセルソープと一緒に行くんだ」レノーは耳元でささやいた。

ベアトリスは目から熱い涙があふれるのを感じた。「だめ。だめよ、あなた、もう二度と他人の手に身を委ねることはしないって言ってたじゃない」

「わたしが間違っていた」レノーは息を詰まらせて笑い、ベアトリスの頰をそよがせた。彼

から は 馬と革と、夫の匂いがした。「完全に間違っていた。わたしは愚かでひとりよがりで、もう少しでそれに気づくのが遅れるところだった。きみを失うところだった。でも、失わずにすんだ」

「レノー」ベアトリスはすすり泣いた。

「しいっ」レノーはささやいた。「きみはわたしに、愛しているかときいたね。愛してるよ。この命よりも愛してる。きみが生きている以上に大事なことなど、この世にはない。わたしのためにそうしてくれるか？　生きてくれるか？」

　そう言われて何が言えただろう？　レノーはわたしのために自分を犠牲にしようとしている。ベアトリスにはそれがわかった。わたしのために自分を犠牲にし、自分を置いてこの部屋を出ていけと言っている……。ベアトリスは首を横に振った。悲しみが込み上げ、喉が詰まった。

　レノーはベアトリスの顔を両手ではさみ、ベアトリスを見た。その黒い目には、彼が戻ってきて初めて、あの肖像画で笑っている若者が見えた。その目は自信たっぷりに、満ち足りたようにベアトリスを見つめ、かすかにいたずらな光を浮かべていた。

「そう、きみならできる」低くて深い、ベアトリスが愛してやまないあの声で、レノーは言った。「わたしのために。わたしのために生きてくれ」

「愛してるわ」ベアトリスはささやき、レノーの目が嬉しそうに輝くのを見た。

　ベアトリスはよろめきながら向きを変え、地獄から出ていった。ハッセルソープ卿は何も言わず、レディ・ハッセルソープは甲高い声で何やらしゃべっていたが、ベアトリスの耳には入らなかった。なぜなら、レノーを置き去りにしていたからだ。戸口で最後にもう一度振り返り、肩越しに後ろを見る。

レノーはベアトリスが鎖でつながれていた石壁の前で膝をついていた。石壁には鉄の輪が三つ取りつけられている。ベアトリスはその真ん中の輪につながれていたが、今、鉄の鎖は外側のふたつの輪に通されていた。レノーのたくましい腕が大きく開かれ、ハッセルソープ卿の目の前で、屈強な従僕がレノーの手首に鎖を取りつけている。冷たい石の床は膝に堪えるだろうし、あの鎖が痛いこともベアトリスは知っていたが、それでもレノーはベアトリスの目を見てほほ笑んだ。

その身を拘束されながら、ほほ笑んだ。

何カ月も前のことになるが、レノーは囚われの身から抜け出したとき、もう二度と生け捕りにはされないと誓った。敵に捕らえられることがあれば、その前に死のうと誓った。本気でそう誓った。

だが、今その誓いを破った。敵の足元にひざまずき、両腕を広げられて壁に鎖でつながれ、なすすべもなかったが、それでも嬉しかった。ベアトリスが生きているなら、それ以外のことはどうでもよかった。この仕打ちも、それ以上のことも、彼女が生きている限り耐えられる。

ハッセルソープはしゃがみ込んで鞍袋を開けた。レノーの母のサファイアのネックレスが、角灯の光の下に転がり出た。ハッセルソープはうなり声をあげ、宝石をつまみ上げた。

「すばらしい」きらめく濃い青の石をまじまじと見つめる。「わたしの勘違いでなければ、ブランチャードの宝石だな」レノーに向かってにんまりした。

レノーは肩をすくめた。「そのとおりだ」

「実にすばらしい」ハッセルソープはネックレスを革の袋に戻し、ひもを結びながら獣のような従僕に話しかけた。「馬を用意させて、かばんを下ろしておけ。船は二時間後に出る。遅れるわけにはいかない」

大柄な使用人は初めて、自分でものを考えている様子を見せた。レノーのほうを見てためらっている。「この人はどうするんです？」

ハッセルソープは冷ややかな目で従僕を見た。「おまえには関係のないことだ」

従僕は左右の足にかかる体重を移し替えた。「でも、その、わたしが責められます」

「何だと？」

「この人のことで」従僕はレノーのほうにあごをしゃくった。「旦那様が行ってしまわれて、わたしのもとに死んだ貴族が残されると、まずはわたしが疑われます」

レノーはにんまりした。この男の言うとおりだ。

「おい、いいかげんにしろ」ハッセルソープがどなったとき、地下牢のドアが開いた。レディ・ハッセルソープがベアトリスを従えて入ってきた。

何ということだ！　レノーは鎖につながれた体を前に突き出したが、太い鉄の鎖はびくともしなかった。ハッセルソープはくるりとドアのほうを振り返り、ベアトリスに銃を向けた。

「出ていけ！」レノーは命令した。ベアトリスはレノーを見たが、その顔には頑とした決意が浮かんでいた。レノーは全身の力を込めて鎖を引き、わずかな手応えを感じた。

鎖の音に反応し、ハッセルソープがレノーのほうを向いた。角灯の光に、手にした銃身がきらりと光る。ハッセルソープは銃を掲げ、レノーは抵抗するように歯をむいた。

「やめて！」ベアトリスが叫んだ。

レディ・ハッセルソープが夫に駆け寄った。「リチャード！　あなた、どうかしたんじゃない？」

「ベアトリス！」レノーが再び体を突き出すと、右腕の手首を固定していた鉄の輪が壁から外れた。

ハッセルソープは銃を構えてレノーのほうを向いたが、そこにはレディ・ハッセルソープとベアトリスがいた。あろうことか、ベアトリスはハッセルソープに向かって自分の身を投げ出した。

銃は耳をつんざくような轟音をあげ、石壁と天井に響きわたった。一瞬、その場にいる全員が凍りついた。

「ベアトリス」レノーはささやき声で言った。

ベアトリスは唖然とした目でレノーを見て、こちらに向かって片手を上げた。

その指から血が流れた。

ベアトリスは銃声で耳が聞こえなくなりそうだったが、レノーが怒りに吠えているのはわかった。その声は怒れるライオンか、人間に復讐するために天国からやってきた猛々しい大天使のようだった。彼は前に飛び出し、自由になった右手をハッセルソープ卿のほうに伸ばした。鎖が鉄の輪にこすれてきしみ、体が後ろに引き戻されて、指先がハッセルソープ卿の袖をかすめた。

「ふざけるな！」ハッセルソープ卿は叫んだ。ベアトリスに覆いかぶさり、腕をつかむ。

それはやってはいけないことだった。

レノーは再び吠え、前に飛び出した。もうひとつの鉄の輪も勢いよく壁から外れた。彼はひとつ飛びでハッセルソープ卿につかみかかり、ベアトリスから引き離した。

レディ・ハッセルソープが悲鳴をあげた。

レノーは恐ろしい衝撃音をたててハッセルソープ卿の顔を殴り、ハッセルソープ卿は地面に倒れた。

「あの人を止めて！」レディ・ハッセルソープがベアトリスの腕をつかんだ。「リチャードが殺されてしまうわ」

レノーもそのつもりなのだろう。相手はとうに抵抗をやめているのに、殴る手を止める気配はなかった。

「レノー」ベアトリスは言った。「レノー！」

レノーは突然手を止め、胸を上下させながら、血まみれの両手を脇に垂らした。手首からは今も鎖がだらりと下がっている。

ベアトリスはレノーのもとに行き、短い黒髪に触れた。「レノー」

レノーは不意に振り向き、ベアトリスの腹に顔を寄せて、大きな手で腰をつかんだ。「あいつはきみを傷つけた」

「いいえ」ベアトリスは愛しい頭をなで、手のひらに彼のぬくもりを感じた。「違うの。この血はハッセルソープ卿のものよ。自分に弾が当たったみたい。わたしはけがをしていないわ」

「耐えられなかった」レノーはベアトリスの腹に向かって言った。「きみが傷つけられたと思うと、耐えられなかったんだ」

「大丈夫よ」ベアトリスはささやいた。レノーの手を、けがをした大きな手を取り、彼を立たせる。「わたしは元気だし、無事よ。あなたが救ってくれたの」

「いや」レノーは立ち上がりながら言った。「救われたのはわたしのほうだ。わたしが道に迷い、だめになっていたのを、きみが救ってくれた」身を屈め、ベアトリスの唇に向かってささやく。「きみがわたしを取り戻してくれたんだ」

レノーはベアトリスを引き寄せ、ベアトリスは喜んで愛する男の腕に飛び込んだ。

自分を愛してくれる男の腕に。

20

セレニティ王女の言葉にゴブリン王は頭をのけぞらせ、緑の髪全体が波打つほど笑った。

「あなたのような人がわたしの動物園に加わってくれるとはありがたい」ゴブリン王は突起のついた手を差し出した。王女はその手のひらに、小さな白い手を置いた。ちょうどそのとき、ロングソードが全速力で走ってきた。

「やめろ！」ふたりの姿を見ると、彼は叫んだ。「こんな恐ろしいことはやめるんだ！　妻が何をするつもりなのか知らなかったが、夜中に目が覚めて彼女の姿がないことに気づいて、最悪の事態を疑った。一晩中走って、このようなことは止めに来たんだ」

「何と」ゴブリン王はため息をついた。「だが、もう手遅れだ。おまえの奥方とわたしの契約はすでに同意され、締結された。おまえにできることは何もない。奥方はわたしがいただいた……」

『ロングソード』より

「ハッセルソープ卿はどうなるの？」その日、あとになって——ずいぶんあとになってから

——ベアトリスはたずねた。シュミーズ姿で鏡台の前に座り、髪をとかしている。

鏡に映るレノーを眺めた。彼はベッドの上でくつろぎ、前をはだけたガウンから裸の胸をのぞかせている。靴と靴下は脱いでいたが、ブリーチは履いていた。今日はもう少しで彼を失うところだった。その恐怖が今も生々しく残っている。もし自分の好きにできるなら、レノーが生きているかどうかを見張るためだけに、一日中彼につきまといたかった。だが、今朝は早くから別れることになった。レノーはハッセルソープ卿を当局に突き出すことに手を取られ、ベアトリスは混乱したレディ・ハッセルソープを連れてはるばるロンドンに戻らなければならなかった。レディ・ハッセルソープは気の毒に、夫が殺人も辞さない人間だとは思ってもいなかったうえ、あのおぞましい男を心から愛していたようだった。ベアトリスは馬車に乗っている間中、彼女をなぐさめようとした。

そんなこんなで、レノーと再会できたのは夕食直後のことで、彼はあたふたとベアトリスと抱擁したあと、風呂に入ると言って出ていった。風呂上がりの今も髪は濡れていて、ベアトリスはその髪に触れたかったが、なぜだか妙に気恥ずかしく、その衝動を抑えていた。

「反逆罪と殺人罪で告発されるだろう」レノーは言った。「有罪が確定したら、絞首刑になる」

「レディ・ハッセルソープが気の毒だわ」ベアトリスはかすかに身震いし、ブラシをそっと鏡台に置いた。「ハッセルソープ卿は本当に、お兄さんを殺すためだけに、あなたの連隊の動きをフランス軍に伝えたの？」

レノーは肩をすくめ、ガウンの前がさらに開いた。「金も受け取っただろうが、主な理由は兄の爵位を自分のものにすることだったと思う」

「何て恐ろしい人なの」

「まったくだ」

ベアトリスはスツールの上で回り、レノーを正面から見た。「ミスター・ホイートンの議案を通すのに協力してくれたことに、まだお礼を言っていなかったわね」

「きみが礼を言う必要はない」レノーは静かに言った。「あの議案で恩恵を受けるのは兵士だ。わたしの下にいた兵士も含まれる。自分の心配ばかりせずに、最初からあの議案にもっと関心を持つべきだったんだ」

ベアトリスは立ち上がり、レノーのほうに歩いていった。「あなたはすべてを失ったんだもの。自分が取り戻さなきゃいけないもののことしか考えられなかったのも無理はないわ」

「いや」レノーは首を横に振って目をそらし、あごの筋肉をこわばらせた。「わたしは金と土地と爵位のことしか頭になかった。手遅れ寸前になるまで、何が本当に大事なのか考えていなかったんだ」

ベアトリスは胸が詰まるのを感じた。ベッドによじ上り、レノーの隣に座って、彼の胸を指でなぞる。「それは何だったの?」

レノーはくるりと横を向いて手をつかみ、ベアトリスを驚かせた。

「きみだ」彼はベアトリスの指先にキスをし、黒い目で怖いくらい真剣に見つめてきた。

「きみだよ。きみだけだ。そのことに、ハッセルソープの地所に向かう途中で気がついた。気がついたが、もう手遅れだと思った。ああ、ベアトリス。わたしは自分が着くころにはきみは死んでいると思いながら、何時間も馬を走らせていたんだ」

「あなたは来てくれないんじゃないかと思ったわ」ベアトリスは認めた。

レノーは苦しそうに目を閉じた。「怖かっただろうね。わたしを憎んだだろう」

「いいえ」ベアトリスはつないだ手を口元に持っていき、指のつけねにキスをした。「あなたを憎むことなんてできない。愛しているから」

レノーはベアトリスの体をつかみ、唐突に押し倒した。その体勢は威圧的で、攻撃的だった。警戒すべきところなのだろうが、ベアトリスにレノーを怖れる気持ちは少しもなかった。

レノーは鼻が触れ合わんばかりに顔を寄せてきた。「本気じゃないなら、その言葉は口にしないでくれ。きみが本当にわたしのものになったら、後戻りはできない……取り消すことはできないんだ。わたしはいったん自分が望むものを手に入れたら、それを手放すつもりはさらさらない。足元に気をつけて進んでくれ」

ベアトリスはレノーの顔を両手ではさんだ。「わたし、足元に気をつけたりしないわ。飛び跳ねながら走りたい。屋根の上から叫びたい。あなたを愛してるの。あなたがお茶会に飛び込んできたときから愛してた。本当は、その前から……若いころに、青の間でおちゃめなあなたの肖像画を見たときからよ。レノー、愛してる。愛して――」

唇が重ねられ、その言葉はのみ込まれた。ベアトリスは両手でレノーの頭をなで上げて、髪のなめらかな感触を楽しんだ。この人は生きている。わたしは生きている。喜びが体を駆け抜け、ベアトリスはレノーの下で招き入れるように脚を開いた。

幸い、レノーも同じことを考えていたようだった。

彼はベアトリスから唇を引きはがし、息を切らしながらふたりの体の間をまさぐった。

「きみはわたしのものだ、ベアトリス。永遠に」

レノーは体を起こし、シュミーズのスカートを引っぱった。何かが破れたあと、ベアトリスは脚の間に熱いものを感じた。レノーは中に一度、二度と突き立て、根元まで押し入ったが、そこでぴたりと動きを止めた。

頭をがくりと落とし、身震いする。「ベアトリス」

ベアトリスはゆっくりと、官能的に脚を伸ばした。

「おい、やめろ」レノーは言った。「ベアトリス……」

ベアトリスは片脚をレノーのふくらはぎに絡め、もう片方の脚を高く上げて彼の腰に掛けた。「ん？」

内側をぎゅっと締める。

レノーのそこが、中でぴくりと跳ねた。「ああ」

「今の、もう一回やって」ベアトリスはつぶやき、彼と触れ合わせている腰をずらした。レノーはベアトリスに重くのしかかっていて、その位置を変えることはできないが、うねらせるような動きならできた。

「きみはわたしを殺す気か」レノーはささやき、額をベアトリスの額に寄せた。

「死にそうなの？」ベアトリスは彼のガウンに両手をすべり込ませ、背中の素肌をつかんだ。

「ああ」レノーはうなった。「幸せなまま死ねる」

「じゃあ、一緒に死にましょう」ベアトリスはレノーの唇の上でささやいた。

そして、優しく愛撫するように、軽く甘くキスをし、わずかに唇を開いて、どんなに彼を愛しているか示そうとした。言葉ではどうしても伝えられそうになかったからだ。

レノーは理解してくれたようだった。彼は小さくあえぎ、手を動かしてベアトリスの顔をはさむと、顔を上げて、ベアトリスを見ながら上で動き始めた。腰を引き、ほんの少し中に押し入る。その動きは細かく、抑制されていて、ベアトリスの感覚をどうしようもなく刺激した。ベアトリスはレノーを、自分が愛する男を、自分のために命を投げ出してくれた男を見つめながら、彼の愛の行為を受け入れた。レノーの顔は険しくていかめしく、鳥の刺青は異国風で不吉だったが、その口元は優しく、その目にはベアトリスが思わず体をのけぞらせてしまうような表情が浮かんでいた。

「ベアトリス」レノーはささやき、速く動き始めた。

ベアトリスはレノーにしがみついて筋肉をこわばらせ、息を切らし、彼を見つめながら待った。レノーはベアトリスの上で少し体をずり上げ、腰を上からすりつけて、まさにあの部分を刺激した。とたんに、ベアトリスは壊れた。それは唐突に、何の前触れもなく訪れた。

ベアトリスはあえぎ、震え、叫びながら、せっぱつまったようにレノーに体を押しつけ、あの容赦ない黒い目を見つめた。全身に熱が押し寄せ、それは永遠に続くかと思われた。

「ベアトリス」レノーは叫んだ。「ああ！　ベアトリス！」

そう言うと、彼はベアトリスの上で痙攣し、ぶるぶる震えながら、ベアトリスの中を精で満たした。体は震え、黒い目は大きく見開かれ、唇は苦しげにゆがんだ。その目はゆっくり閉じていき、レノーはがくりとうなだれて、たくましい胸を上下させて息をしようとした。

ベアトリスはレノーの背中を、物憂げに丸くさすった。体は満ち足り、心は穏やかだった。

レノーは顔を近づけてベアトリスにキスをした。口を大きく開き、舌で自分のものだと主張する。ベアトリスの神経は今も張りつめたままで、体はまたも自然とのけぞった。

レノーは顔を上げてベアトリスを見た。「ベアトリス、愛してる。いつまでも。愛してる」

ベアトリスはにっこりした。「わたしも愛してる。いつまでも」それは新しい始まりのようだった。新しい契約の始まり。

ベアトリスはレノーの顔を引き寄せ、キスでその契約を締結した。


「では、あの男は有罪判決を受けたのか」それから一カ月ほど経って、サミュエル・ハートリーは小声で言った。

「有罪判決を受け、年明けまでに絞首刑になる予定だ」レノーも同様に小さな声で答えた。

ふたりは青の間の片側の集団の中に立っていたが、女性陣もそう遠くないところにいるし、女性は怖いくらい耳がいい。この話題は淑女にはふさわしくなかった。

「当然の報いだ」レジナルド・セント・オーバンが、静かさとはかけ離れた声で言った。ヴェールが眉を上げるのを見て、ぱっと顔を赤らめる。「言っただろう、わたしがあの人を支持していたのは、自分の兄を殺したとは知らなかったからだ。ましてや、国王陛下を裏切っていたなんて。とんでもない話だ」

「それは誰も知らなかったことだ」マンローがうなった。「あなたのせいじゃない」

「ああ」レジーは驚いた顔になり、咳払いをした。「そうか、ありがとう」

ハートリーは何か言おうと身を乗り出し、レノーは笑いをこらえた。この一カ月間で、〝レジー伯父〟が屋敷にいることに慣れ、さすがにまだ親友と呼べる間柄ではないものの、かなり仲良くやっていた。レジーが金の運用に長けていて、資産を増やしてくれるのも助かった。だが、それを言うなら、たとえレジーが最悪の偏屈老人だったとしても、レノーは受け入れていたはずだ。何しろ、レジーはベアトリスを育ててくれた人だし、ベアトリスは伯父を愛している。結局のところ、重要なのはそれだけなのだ。

レノーは女性たちが長椅子のそばに固まっているところに目をやった。ベアトリスは一同の脇に立ち、レディ・マンローの言葉を聞いてほほ笑んでいた。今夜のベアトリスは薄い薔薇色のドレスを着ていて、髪はろうそくの光を受けて金色に輝いている。ブランチャードのサファイアが首元できらめいていたが、それさえもベアトリスの顔の明るい美しさの前ではかすんで見えた。もしここにふたりきりなら、大股に歩いていって妻を抱き上げ、ベッドに運んでいって、またしても自分の愛の深さを見せつけたいところだ。愛を証明したいという切迫した欲求は、決して消えることはない気がした。レノーは深く息を吸った。今は客がいるのだから、ベアトリスを独り占めできるのは何時間かあとになるだろう。

長椅子の中央には、エメリーンがオレンジのように丸みを帯びた姿で座っていた。ハートリーはしょっちゅう彼女のほうを見ていて、レノーはそれほどまでに妹を甘やかしてくれる義弟に感心していた。レディ・マンロー、すなわちヘレンは少し離れたところに立っていたが、女性たちの会話には参加している。タント・クリステルは金めっきの椅子に堂々と座っていた。レディ・ヴェールは長椅子のエメリーンの隣に座り、背筋をぴんと伸ばして、薄い唇にほのかな笑みを浮かべていた。

女性の笑い声が聞こえ、レノーの視線は別の長椅子に吸い寄せられた。そこには、ミス・レベッカ・ハートリーが座っていた。隣に身をこわばらせて立っているのは、簡素な黒い服を着た青年で、黒っぽい髪を後ろになでつけていた。

「来年には義弟ができそうです」ハートリーがレノーの隣でつぶやいた。

レノーはうなった。「エメリーンの話だと、あの男は妹さんの家の従僕だったそうじゃないか」

「そうなんです」ハートリーは再び妻に視線をやった。「でも、オヘアは昨年、わたしの下で植民地での商売を学んできました。驚くほど数字に強い男でしてね。もしエメリーンとわたしがイギリスに長く滞在するようなことになれば、ボストンの問屋はオヘアに任せようかとも思っています」

レノーは眉を上げた。「その役には若すぎるような気がするが」

「確かに」ハートリーは答えた。「でも、あと数年経てば……」肩をすくめる。「もちろん、そうすれば家族経営を保てるという効果もありますしね」

レノーは再び長椅子のカップルを眺めた。ミス・ハートリーの頰は鮮やかなピンク色に染まり、オヘアはこの部屋に入って以来、彼女の顔から少しも目を離していない。「つまり、ふたりの結婚には賛成というわけだ」

「ええ、そうです」ハートリーは唇をゆがめた。「まあ、わたしがどう思おうと関係ないんですけどね。レベッカなら夫にふさわしい男を選ぶと信じていますから」

女性たちのおしゃべりの声が突然大きくなり、レノーはそちらに顔を向けた。ベアトリスが身を乗り出し、エメリーンの膝に何やら包みを置いている。

「今度は何をするつもりだろう？」ハートリーが隣で不思議そうに言った。

レノーは頭を振ったが、ベアトリスの興奮した顔を見て、笑みが戻ってくるのを感じた。

「さっぱりわからないね」

「殿方はまたあの恐ろしい裏切り者の話をしているのね」タント・クリステルが誰ともなしに言った。

ベアトリスは紳士たちのほうに目をやった。一同は隅に固まっていて、話にはしょっちゅうハッセルソープ卿の名が出てくるが、今夜のレノーはむしろ気楽そうに見えた。彼はベアトリスの視線に気づくと、ゆっくりとウィンクしてきて、ベアトリスは頬がかっと熱くなるのを感じた。もう！　今は、今朝わたしにしたことを思い出させるときじゃないわよ。

慌ててエメリーンのほうを向く。「開けてちょうだい」

「贈り物なんていいのに」エメリーンは言ったが、それでも嬉しそうだった。

この一カ月で、義妹は傍目には近寄りがたそうに見えるが、本当はとても優しい人であることがわかった。「実は、レディ・ヴェールとレディ・マンローとわたしの分も入っているの。でも、あなたに見てほしいのよ。ほら、開けてちょうだい」

エメリーンは箱のふたを開けた。中にはそれぞれ色の違う、製本された本が四冊入っていた。青、黄、ラベンダー、深紅。

エメリーンはベアトリスを見上げた。「これは何？」

ベアトリスは頭を振った。「一冊開いてみて」

エメリーンは青い本を選んで開いた。とたんに、息をのんだ。「まあ。まあ、すごい。もう少しで忘れるところだったわ」

メリサンドからヘレン、ベアトリスへと視線を移す。「どうやって……」

タント・クリステルが身を乗り出した。「これは何？」

「お兄様とわたしが子供のころ、乳母がよく読んでくれたおとぎ話の本なの。ごめんなさい」エメリーンは指先で目から涙を拭った。「わたしが原書をメリサンドに渡して、翻訳してほしいと頼んだのよ」

「それで、わたしが翻訳したの」メリサンドが落ち着いた声で言った。「翻訳が終わると、その原稿をヘレンに渡して清書してもらったわ。字がとてもきれいだから」

ヘレンは顔を赤らめた。「ありがとう」

「ヘレンは清書した原稿を渡してくれた。四部作ってくれたわ。でも、わたしはしばらくの間、それをどうすればいいのかわからなかったの」メリサンドは言った。「それで、ベアトリスがレノーと結婚したとき、ベアトリスに原稿を渡して製本を頼んだの。でも、四冊も作ってくれるとは思わなかった」

ベアトリスはにっこりした。「わたしたち全員がかかわったわけだから、記念として四人の手元におとぎ話の本があればいいなと思ったの」

「ありがとう」エメリーンは静かに言った。「ありがとう、メリサンド、ヘレン、それからもちろん、お義姉《ねえ》様も。すばらしい贈り物だわ」青い本を胸に抱き、男性陣のほうに目をやる。「長い間、わたしにはお兄様の形見しかなくて、この本はその中でもお気に入りのひとつだったの。でも、今はお兄様も戻ってきた。それが本当に嬉しい」

ベアトリスも涙を拭わずにはいられなかった。レノーが戻ってきて嬉しいのは、自分も同じだ。

そのとき、居間のドアが開き、執事が威厳ある姿を現した。「旦那様、お食事の用意ができました」

「そうか。よし」レノーは言った。タント・クリステルが座っているところに歩いていき、おじぎをする。「紳士が妻を食事にエスコートするのが、礼儀に反しているのはわかっているが、わたしたちはまだ新婚だ。この一回は見逃してもらえませんか？」

タント・クリステルは、厳しい水色の目でレノーをにらんだが、そのまなざしはすぐにやわらいだ。「まったく。仕方のない子ね。でも、今日はクリスマスだから、許してあげましょう」レノーに向かって手を振る。「奥さんを連れていきなさい。あなたたち全員、奥さんを連れていくのよ。それから、あなた」不安げな顔をしているレジー伯父に向かって指を曲げた。「あなたはわたしをエスコートしてちょうだい！」

レノーはベアトリスに腕を差し出し、客たちはひとかたまりになって夕食の席に案内されていった。ベアトリスが袖に指をかけると、レノーはベアトリスに顔を近づけた。「奥様、メリー・クリスマスはもう言ったかな？」

「言ったわよ」ベアトリスは言った。「何度も。でも、何回聞いても飽きないわ」

「わたしも何回言っても飽きることはないと思うよ」レノーの黒曜石のような目が躍った。

「今も、この先も。だから、もう一度言わせてくれ。これから何度も言ううちの最初だ。メリー・クリスマス、愛しい妻よ。メリー・クリスマス、愛するベアトリスよ」

そう言うと、彼はベアトリスにキスをした。

エピローグ

ゴブリン王のおぞましい言葉を聞いて、ロングソードは彼の前に膝をついた。魔法の剣を抜き、ゴブリン王の足元の地面に置いて言う。「この剣を差し上げます。わたしは死ぬことになりますが、剣と引き替えに妻を返してください」

ゴブリン王は目をみはった。ショックのあまり、オレンジ色の目が顔から飛び出しそうになっている。「この女のために、自分の命を投げ出すのか?」

「喜んで」ロングソードは簡潔にそう答えた。ゴブリン王はセレニティ王女のほうを向いた。

「それからおまえ、おまえもこの男のために、永遠に自分を犠牲にしようというのか?」

「すでにそう申し上げたはずです」王女は答えた。

「ああっ!」ゴブリン王はいらだたしげに叫び、緑の髪をかきむしった。「それでは、これは〝真の愛〟……何とも恐ろしいものではないか! わたしは〝真の愛〟のように強大な力にはかかわらないようにしているんだ」ゴブリン王はしゃがんで剣を拾い上げたが、金属に触れただけで邪悪な皮膚が焼け、しっ、と声をあげた。「ばかばかしい! 剣までもが愛に汚されている! こんなことになるなんて、わたしは大いに不満だ!」

そう言うと、耐えられないほど激昂したゴブリン王は、姿を現した地面の割れ目に消えていった。

王女がやってきて、土埃の中でひざまずいたままの夫の前に膝をついた。彼の手を取って言う。「わからないわ。あなたはゴブリン王国を憎んでいました。わたしにそう言いましたね。なのに、どうしてわたしが身代わりになるのを止めようとしたのです？」ロングソードは妻の両手を唇に持っていき、片方ずつキスをした。「あなたのいない人生は、ゴブリン王国で永遠に生きるよりも不幸だから」

「では、あなたは本当にわたしを愛しているのですか？」王女はささやいた。

「心から」ロングソードは答えた。

王女は身震いし、ゴブリン王が立っていた地点に目をやった。「あの人、またわたしたちのところに来るでしょうか？」

ロングソードはにっこりした。「聞いていなかったのですか？　わたしたちは、ゴブリン王をも倒してしまうほど強い魔法が使えるのです。お互いへの愛という魔法が」

そう言うと、彼は王女にキスをした。

訳者あとがき

エリザベス・ホイトの「四人の兵士の伝説」(The Legend of the Four Soldiers) シリーズも、ついに最終巻を迎えることになりました。本書『初恋と追憶の肖像画』(原題『To Desire a Devil』) では、シリーズ開始当初からたびたび言及されてきたレノー・セント・オーバンが登場し、〝スピナーズ・フォールズの大虐殺〟の裏切り者探しにも決着がつけられます。

〝スピナーズ・フォールズの大虐殺〟とは、本シリーズの四人のヒーローたちが植民地アメリカで参加した戦闘、フレンチ・インディアン戦争で起こった惨劇で、四人はその生き残りです。四人が所属していた第二八歩兵連隊は行軍中、フランス軍と同盟を結んでいた先住民の奇襲に遭い、大半の兵士が殺されてしまったのです。行軍ルートを敵に知られていたことから、連隊内の誰かが敵に情報を売ったことがわかり、シリーズを通じてその裏切り者探しが行われてきました。けれど、事件の真相に近づいたと思いきや、事態は二転三転し、結局真相はわからないままでした。そして、あろうことか、スピナーズ・フォールズで殺された士官、レノー・セント・オーバンが裏切り者であることが匂わされたところで、前作は終わっています。
レノーはシリーズ第一作『ひめごとは貴婦人の香り』のヒロイン、エメリーンの実兄であり、第二作『道化師と内気な花嫁』のヒーロー、ヴェール子爵の幼なじみでもあります。第二八歩兵連隊では、兵士たちに慕われる良き上官でした。いずれは父親からブランチャード伯爵を継承するはずでしたが、アメリカで戦死したため、その爵位は遠い親戚であるレジナルド・セント・オーバンに渡っています。ところが、この六年間戦死したと思われてきたレノーが、ブランチャード邸でのお茶会に飛び込んでくるところから、最終話は幕を開けるのです。

前作の終盤にも少し登場した、レジナルド・セント・オーバンの姪、ベアトリス・コーニングが本書のヒロインです。ベアトリスは幼いころに両親を亡くし、伯父夫婦に育てられてきました。レジナルドがブランチャード伯爵となってからは、伯父とともにロンドンのブランチャード邸に住み、すでに亡くなった伯母に代わって女主人役を務めてきました。ブランチャード邸の居間には、若かりし日のレノーを描いた肖像画が飾られています。ベアトリスはこの屋敷に住むようになった五年前から、その肖像画に魅せられてきました。考え事をしたいときも、つらいことがあったときも、初めて男性とキスをした日も、ひとりその肖像画を眺めて過ごしました。その肖像画に描かれている青年に恋をしていたといってもいいでしょう。その青年が、すでにこの世には存在しないはずのその男性が、ある日突然目の前に現れたのです。肖像画の中のいたずらな目をした若者とは、似ても似つかない姿となって。

死んだと思われていたレノーは実は生きていて、アメリカ先住民に捕らえられ、ある部族の奴隷となっていました。何とか生きてイギリスに戻ってきたものの、奴隷としての六年間はあまりに過酷で、外見も中身もすっかり別人のようになってしまったのです。過酷な日々を支えていたのは、いつか故郷に戻り、失われた元の生活を取り戻してやる、という決意でした。

一方、肖像画の青年に夢を見るばかりで、現実には心から愛せる男性に出会うことなく生きてきたベアトリス。突然目の前に現れたレノーは社交界の紳士たちと違い、自分をありのままに見て、求めてくれる……ベアトリスはそう感じ、しだいに彼に惹かれていきます。けれど、レノーが肖像画の青年の軽やかさや柔らかさを失い、爵位を取り戻そうとすることに躍起になっている理由が理解できず、戸惑います。そのうえ、レノーが望みどおり爵位を取り戻すということは、親代わりのレジー伯父は爵位を手放すはめになるということ。当然、今住んでいる屋敷からも追い出されてしまいます。

レノーのほうも、英国淑女の鑑《かがみ》のようなベアトリスに惹かれ、また妻をめとる必要にも駆られて、何とか彼女の心をつかみたいと願います。けれど、長年植民地で紳士とはかけ離れた生活を送ってきたせいで、淑女への求愛は思うようにはいきません。

互いに惹かれ合っているものの、さまざまな思惑や葛藤が絡み合い、前途多難なふたり。

また、レノーの帰還によって、行きづまっていた〝スピナーズ・フォールズの大虐殺〟の裏切り者探しも再開され、サミュエル・ハートリー、ヴェール子爵、アリスター・マンローという、本シリーズのヒーローたち（とその妻となったヒロインたち）がロンドンに集結します。ついに暴かれる裏切りの真相とは？　レノーとベアトリスのロマンスの行方は？『初恋と追憶の肖像画』は、シリーズ最終作にふさわしく、最後まで目が離せない展開となっています。どうぞ、お楽しみください。

二〇一三年一一月

ライムブックス

初恋《はつこい》と追憶《ついおく》の肖像画《しょうぞうが》

著 者　エリザベス・ホイト
訳 者　琴葉《ことは》かいら

2013年12月20日　初版第一刷発行

発行人　成瀬雅人
発行所　株式会社原書房
〒160-0022東京都新宿区新宿1-25-13
電話・代表03-3354-0685　http://www.harashobo.co.jp
振替・00150-6-151594
ブックデザイン　川島進(スタジオ・ギブ)
印刷所　中央精版印刷株式会社

落丁・乱丁本はお取り替えいたします。
定価は、カバーに表示してあります。
 ISBN978-4-562-04452-8　Printed in Japan